'ÁMBAR'
NICOLÁS FERRARO

**SAFRA
vermelha**

'ÁMBAR'
NICOLÁS FERRARO

Tradução
Jana Bianchi

1ª edição

Porto Alegre
2023

Copyright ©2023 Nicolás Ferraro.

Todos os direitos dessa edição reservados à AVEC Editora.

Nenhuma parte desta publicação poderá ser reproduzida, seja por meios mecânicos, eletrônicos ou em cópia reprográfica, sem a autorização prévia da editora.

Editor: Artur Vecchi
Organização: Cesar Alcázar
Tradução: Jana Bianchi
Diagramação: Bethânia Helder
Ilustração: Matias Streb
Revisão: Camila Villalba

Dados Internacionais de catalogação na Publicação (CIP)
(Câmara Brasileira do Livro, SP, Brasil)

F 376

Ferraro, Nicolás
Âmbar / Nicolás Ferraro; tradução de Jana Bianchi. – Porto Alegre : Avec, 2023.

ISBN 978-85-5447-166-8

1. Ficção argentina   I. Bianchi, Jana
II. Título

CDD 863

Índice para catálogo sistemático:
1.Ficção : Literatura argentina   863

1ª edição, 2023
Impresso no Brasil/ Printed in Brazil

AVEC Editora
Caixa Postal 6325
CEP 90035-970 – Porto Alegre – RS
contato@aveceditora.com.br
www.aveceditora.com.br
Twitter: @aveceditora
Instagram: /aveceditora
Facebook: /aveceditora

A Damián Vives e Ariel Mazzeo

Parte I

De lugar nenhum

1

"Você é minha cicatriz favorita."

É o que papai me diz, batendo no antebraço, bem ali, onde ele tem meu nome tatuado:

ÁMBAR

E dois hibiscos vermelhos, um de cada lado.

Diz ele que era minha flor favorita quando eu era pequena. Não me lembro de ter uma flor favorita. Tampouco do meu pai presente quando eu era pequena. E me lembro menos ainda de ser pequena.

Ele tem meu nome tatuado logo abaixo do cotovelo, bem onde ficam as mangas arregaçadas da camisa, então ele está quase sempre escondido. *Podem identificar você pelas tatuagens,* é o que ele diz, e conta a história de Fura Roldán, que prenderam por culpa de uma bola oito na nuca.

Mas agora o que oculta meu nome é o sangue que escorre de um tiro no peito dele, ao lado do ombro. Busco uma toalha. Ele limpa primeiro a tatuagem e sorri para mim. Faço uma cara de *vai logo,* e aí, sim, ele limpa a ferida. A toalha vai ficando vermelha aos poucos.

— A bala atravessou — diz ele e se joga na poltrona, esmagando o livro que eu estava lendo até ver os faróis altos do VW 1500. Ele chegou logo atrás, sem camisa, agarrando o ombro. Ficou encostado na porta por tempo suficiente para recuperar o fôlego e deixar uma poça de sangue no chão.

Faço tudo de memória, sem que ele me peça. Afasto a cortina da janela que dá para a estrada para ver se tem alguém vindo. Não chego a ver o carro, mas os faróis ficaram acesos e a luz banha a lateral da casa. À medida que o entardecer se dilui, a iluminação fica mais perceptível. Pego a caixa de pesca onde guardamos os materiais de primeiros socorros, dou a ele dois comprimidos e um copo d'água e deixo uma garrafa cheia ao lado — perder sangue dá muita sede. Os músculos do braço dele tremem de uma forma esquisita.

— O que você tava vestindo?

— A camisa.

Papai me ensinou a remover balas e dar pontos em cortes quando eu tinha doze anos. A atirar aos treze, e a fazer uma ligação direta em um carro alguns meses depois.

Se a bala saiu, o problema é a infecção. Restos de tecido ou da cápsula que podem ter ficado na ferida. Jogo água oxigenada no machucado até uma erupção de espuma rosa brotar dele. Ele pragueja, mas não me importo. Olho de perto. O furo de entrada é redondo, já o de saída parece mais um buraco. Calibre médio, 9mm, com certeza. Um tiro de .45 teria arrancado um pedaço, e a bala de um de .22 não teria saído. Antes, eu ficava surpresa — ou assustada — pelo fato de saber tudo isso. Agora sei esse tipo de coisa da mesma forma que sou capaz de reconhecer uma nota falsa só de encostar nela, diferenciar uma víbora de uma cobra pelas escamas da cabeça, ou identificar um pássaro pelas penas.

O sangue sai em abundância. Jogo mais água oxigenada para poder ver bem a ferida. Papai cerra os dentes e segura a respiração. Não encontro nada além de carne machucada.

— Não parece grave.

— Obrigado, sardentinha.

Fico feliz quando ele fala assim comigo, quando sou mais que a cicatriz favorita dele.

Vinda de quase qualquer outro homem, a frase teria pouco valor. A maioria não tem mais que um corte na sobrancelha por ter caído quando criança, a marca de uma cirurgia de remoção do apêndice ou a lembrança de alguma briga em que não estava em jogo nada além do próprio orgulho.

Já papai carrega suas cicatrizes como medalhas. O corpo conta a história dele melhor do que ninguém. Víctor Mondragón é um homem que é melhor de se ler em braile do que escutar, embora não seja compreensível em nenhuma língua.

Ele vai me levar na pele, mas nunca me carregou no colo. Escolheu meu nome, mas não me procurou — até que não teve mais escolha. Virou meu pai como outros viram sobreviventes, algo que se é só depois de um acidente. Para meus pais, o amor foi um acidente, do qual ambos saíram se arrastando e cheios de cicatrizes. Então penso que sim, que faz sentido ele me dizer que sou sua cicatriz favorita.

Busco mais gazes no banheiro. Quando volto, vejo, pela porta aberta, o carro com o para-brisa baleado e estilhaçado como uma teia de aranha cheia de sangue. Há uma pessoa morta no banco do passageiro, mas não consigo identificar quem é. Dá na mesma, porém, porque não tenho ninguém cuja perda eu lamentaria.

Empapo uma das gazes com antisséptico e encosto na ferida.

— Segura — digo, e meu pai obedece.

Pego outra e a coloco no buraco de saída da bala enquanto corto um pedaço de esparadrapo com os dentes. Quando aperto, vejo as unhas vermelhas.

— Do que você tá rindo? — pergunta ele.

Ele odeia que eu as pinte, mas parece que não fica puto quando é com o sangue dele.

— De nada.

Continuo enrolando o peito e o ombro. Dou uma volta, duas, três e meia até acabar a atadura. Ele apalpa o curativo e move o ombro.

— Não mexe! — falo, e ele ri.

Depois o sorriso vai morrendo até desaparecer. Ele fica cabisbaixo, olhando as flores da tatuagem, e esfrega as manchas de sangue ao lado. Parecem pétalas caídas, como se os hibiscos estivessem murchos e ninguém tivesse tido coragem — ainda — de jogar fora.

— Junta suas coisas — diz ele. Antes que eu possa responder, acrescenta: — Sim, eu sei que prometi.

Vai até o quarto. Sai com uma regata, abotoando uma camisa por cima. Em uma bolsa, vai enfiando armas que tira de vários cômodos. *Nunca se sabe onde vão encontrar você.* Passa do banheiro para o meu quarto, me vê parada no meio da sala e diz: Vamos, e repete que é para eu juntar minhas coisas. *Não esquece a escopeta,* diz, como outros pais diriam às filhas para não esquecerem o casaco. Mas continuo no mesmo lugar, tirando o sangue das unhas, porque já está tudo guardado, em uma bolsa, como sempre. Porque papai pode até ter feito uma promessa, mas, embora ele próprio não saiba, as promessas dele são verdades com data de validade.

Vou até meu quarto e pego a bolsa. Na sala, enfio o *walkman* e o livro dentro dela.

— Pega um casaco que esfriou — diz ele. Para no batente da porta, a bota pisando no sangue que antes era dele e agora é de ninguém. Olha para mim, e já sei o que

13

ele vai falar. — Um dia você vai entender.

E não, não vou, não entendo e espero nunca entender.

Paro perto da parede da janela. Papai apaga as luzes do VW 1500. Arrasta o morto com o braço bom; tem dificuldade de levar o cadáver até o porta-malas, mas nem cogito ajudar.

Não desta vez.

O entardecer faz a sombra dele ficar enorme, se esticando pelo campo e subindo pelas paredes da casa. Quando eu era pequena, gostava de olhar minha sombra a essa hora. Dizia para o meu pai que eu tinha nove anos, mas minha sombra tinha quinze, e que meu corpo ia ser daquele tamanho quando eu crescesse.

Ao longe, na beira do mundo, o sol parece um fósforo que o vento está terminando de apagar. As sombras de tudo — carro, casa, papai, eu — se transformam em uma só e afundam no pasto. Penso que agora, com quinze anos, já não tenho sombra. Apenas escuridão.

2

Sempre achei que a pior condição para se dirigir era na chuva. Mudei de ideia quando precisei conduzir à noite, com o para-brisa estilhaçado e manchado de sangue.

Papai insistiu que eu ficasse no volante. Disse que precisava descansar o braço, mas acho que fez isso para que eu não tivesse que me sentar em cima dos restos do morto. Antes de a gente subir, limpou o que conseguiu com um pedaço de jornal. Tirou as partes sólidas, ossos e miolos, mas o sangue manchou o vidro e se acumulou no piso e em cima do porta-luvas.

Do meu lado, o principal problema são as rachaduras. A estrada parece censurada. Tento ver por um buraco maior bem na minha frente. O encosto e o assento estão destroçados de tanta bala. Me pergunto onde ele estava para não ter sido acertado na cabeça. O vento que entra pelo vidro me faz lacrimejar. De vez em quando, algum mosquito bate no meu rosto e tenho medo de que acabe pegando no olho. Seria ótimo se eu usasse óculos. Depois disso, vou pedir que ele compre um para mim.

— E?

— Falta pouco.

Meu pai se ajeita no banco. Ouço o ruído úmido do sangue quando a camisa descola do estofado de couro. Ele está com o .38 entre as pernas como uma velha levaria um rosário a uma igreja.

Espero — quero — uma explicação. Que me diga como alguém vai trabalhar de caminhoneiro e volta trazendo a morte como acompanhante. Mas papai é um homem de soluções, não de explicações. Ele está nem aí para o fato de que eu gostaria que fosse diferente. Tem o olhar afiado. Sempre com as pálpebras apertadas, como se vivesse apontando uma mira ou desconfiado de algo.

De tempos em tempos, olha do retrovisor para os espelhos laterais, vendo o pouco que dá para enxergar. O luar ajuda, desenterrando parte da estrada e da paisagem. Não há postos de gasolina por aqui. Nem borracharias. Nada do tipo. Também não tem lugar para comer, o que segundo ele diminui a possibilidade de a gente encontrar com policiais. *Se não tem o que comer, não tem quem subornar.*

O asfalto da estrada é esburacado, como se tivesse tido acne. Sofro ao perceber que a primeira pessoa que me vem à cabeça é Yanina Gorostiza, minha companheira de carteira na escola. "Cara de Lua", para os demais. Foi assim que Melina "Tenho Mais Peito que Vocês" Loria e Hanna "Pago de Alemã, Mas Meu Sobrenome é Garmendia" a batizaram. Yanina alterna as marcas com espinhas enormes, morrendo de medo de mais furos no rosto. Às vezes, fico com vontade de espremê-las. Ou espremer minha mão na cara da Melina e da Hanna. Se eu fosse amiga dela, teria feito alguma coisa.

Olho minha pele no retrovisor. Não tenho espinhas. Tenho mais chances de ter uma cicatriz do que marcas de acne.

Estou com as mãos brancas de tanto apertar o volante. O VW não serve nem para tocar música. O rádio nunca funcionou. E, há pouco tempo, a fita do Barboza do papai travou. Comemorei na hora, mas agora cantarolaria contente no ritmo do acordeão, cujos acordes sei de cor, para poder esquecer que tem um cadáver no porta-malas, que papai está ferido e que tem alguém atrás dele para matá-lo.

A única coisa boa é que a gente vai se livrar do VW 1500.

Finalmente.

Quando nos instalamos aqui, na cidadezinha onde ele passou a infância, houve três momentos que definiram que dessa vez era para ficar — que ali seríamos Ámbar e Víctor Mondragón.

Arranjar o VW 1500.

Me matricular na escola.

Pintar meu cabelo de rosa.

O VW 1500 foi o único carro que meu pai comprou na vida — modo dele de dizer que, a partir daquele momento, íamos estar dentro da lei. Motor engasgado, cor verde-militar e um estofado caindo aos pedaços. É o pior de todos os carros que a gente teve — e olha que tivemos vários. Trocávamos de veículo como trocávamos de roupa. Na maior parte do tempo, era o que o bico do papai provia. Outras vezes, a gente pintava e trocava as placas e já estava bom. A tinta demorava vários dias para sair das mãos, e a gente tinha que dizer por aí que estávamos trabalhando pintando casas. *Tão novinha e já trabalhando*, o povo dizia, sempre intrometido. O segredo era não roubar nada chamativo. Um 504, um Escort ou um Senda. Nada de um 206 ou Ford Fiesta. Muito menos um Alfa Romeo. Todos tinham que ser prata, marrom ou vinho. Nunca vermelho ou azul.

De uma maneira ou outra, tudo era descartável.

Nossa roupa.

Nossa identidade.

Cada vez que chegávamos a um vilarejo ou cidade

nova, a gente adotava um nome diferente. Cada vez um escolhia. Assim fomos Maria e Miguel Navarro, Beatriz e Bautista Alcázar, Estefanía e Emilio Molina — esses quando passamos pelo que ele chamou de período espanhol. Depois veio o *período Independiente:* fomos os Villaverde, os Clausen, os Outes. Dessa vez, eu que escolhi os nomes. Batizei a mim mesma de Aramí, Anyélen e Arely. Papai gostou de ser Raúl — por causa do cantor Barboza —, mas odiou ser José — especialmente quando o chamavam de Pepe, dizendo mas *quem mandou ser mais um José?*. Odiou mais ainda ser Antonio, o nome do homem que roubou dele a primeira namorada. Foi minha maneira de me vingar. Ele tinha usado meu único vestido como torniquete. Minhas possibilidades de revanche são poucas, pequenas, mas eu as aproveito.

Na maioria dos hotéis de beira de estrada em que a gente parava, a única coisa nossa que faziam questão que fosse de verdade era o dinheiro. Quase nunca pediam documentos. Papai me deixava preencher as fichas para praticar letras diferentes. A gente sempre comia fora ou pedia serviço de quarto. Coca, batatas fritas, milanesa. O que eu mais gostava eram os hambúrgueres, mas ele os reservava para quando dava alguma mancada e precisava compensar. Sendo assim, eu comia hambúrguer com frequência.

O bom dos hotéis, diferente das casas afastadas — esconderijos —, era que eles tinham tevê a cabo. Dava para ver todos os filmes que eu quisesse, contanto que eu deixasse o volume baixo e ficasse atenta à porta, trancada com chave e com uma poltrona servindo de barricada. Acabava vendo algum de terror, ou então um com o DiCaprio ou o Johnny Depp. Do Brad Pitt eu não gosto. Ele se acha muito e não sabe atuar.

Quando meu pai comprou o Sega para mim, ficava vidrada em *Sonic, Earthworm Jim, Mortal Kombat II*. Eu sempre escolhia o Scorpion. Odiava a Sonya. Ficava ali, escutando os barulhos dos outros quartos, a televisão mais alta para encobrir os gritos, choros e gemidos enquanto papai saía para fazer as coisas dele. Para se livrar de algum problema.

Ou trazer um.

Depois que mamãe foi embora, morei com Nuria, minha avó materna. De vez em quando chegava um envelope com dinheiro que papai mandava de algum canto da tripla fronteira. Com sorte, ele aparecia a cada seis meses. Sempre com uma aparência diferente e alguma cicatriz nova.

Outros pais quando viajam voltam com lembranças de onde passaram. Papai não acreditava nisso. *Trazer caixas de chocolate é supervalorizado. São uma merda. Vem dez bombons e só um presta*. Ele me trazia de presente palavras que delatavam onde ele havia estado. No começo eu achava que estava sendo avarento, mas acabei me acostumando. Ele substituía o *pecosa* em espanhol por *sardentinha* quando voltava do Brasil, ou me chamava de *cuñataí* quando vinha do Paraguai. A cada viagem, me presenteava com uma palavra nova. *Saudades de você* em vez de *te extrañé*. *Melancia* para *sandía*. Cachoeira para cascata. Se tivesse passado por terras guaranis, então era mbaracaja para gato. *Tatácho* para *borracho*, bêbado. Quando eu insistia em alguma coisa, em vez de dizer que eu estava chata, me dizia que eu era uma *juky vosa*. Uma época, ele trabalhou com um basco e cumprimentava todo mundo com *kaixo* e se despedia com um *agur*. Sabia se misturar, ganhar confiança. Alguns diziam que ele tinha o dom de lidar com gente. Eu não achava a melhor definição.

Três anos se passaram assim, até que vó Nuria teve um infarto. Um dia estava lá; no outro, não passava de cinzas. E papai foi encontrar comigo sem saber muito bem o que fazer.

Ainda não sabe.

Um carro se aproxima do nosso vindo de trás, rápido, e os faróis altos nos iluminam. Meu pai pega o .38. O carro passa voando. Meu cabelo chacoalha, as mechas rosa ondulando como se capturadas em um tornado. É a primeira vez que pude escolher o corte e a cor do meu cabelo. Já não era mais problema chamar a atenção. Eu podia ser eu mesma, Ámbar.

Eu podia ser lembrada.

— Quem é? — pergunto, gesticulando com a cabeça na direção do porta-malas.

— Alguém que eu precisava tirar do meu pé. Cuidado com a rotatória.

Não dá para ver nada, mas diminuo a velocidade e a rotatória surge do nada. Nas laterais da pista, há placas verdes com nomes de vilarejos e distâncias em quilômetros que a ferrugem engoliu. Mesmo assim, meu pai seria capaz de falar o nome de todos, o melhor bar e a melhor borracharia de cada um. E outros lugares que não diria à filha.

— Vai freando. — Ele fica olhando com atenção até o mato se abrir. — Vira aqui.

O caminho é tão estreito que ninguém seria capaz de encontrá-lo se não o conhecesse. Seguimos aos sacolejos; esta terra jamais será amansada por rodas. Apago os faróis altos, continuo com os baixos. As árvores pontudas ao longe formam uma mancha negra no horizonte. Alguns pedaços do para-brisas se desprendem em meio às sacudidas. Passamos por alguns ranchos sem portas ou janelas. Um silo quebrado parece ter sido atingido por um raio. Pouco além, vejo um carro carbonizado. O pasto ao redor nunca voltou a crescer. Contenho a pergunta antes que as palavras saiam da minha boca.

— Vai pra trás do silo.

Estaciono e deixo o veículo com os faróis acesos. Meu pai tem dificuldade de descer, faz tudo com o braço bom. Passa minha bolsa para mim, agarra a dele e pega as chaves. Fico esperando ao lado. Ele está com as costas empapadas de sangue. Os faróis do carro fazem com que o resto da noite seja mais profunda, e não consigo nem ver o topo do silo. Se há estrelas, também não consigo vê-las.

Ele abre o porta-malas. Desenrosca com a boca a tampa de um galão e dá um banho de gasolina no morto e no carro. Quero e não quero ver quem é. Deixo os olhos seguirem os mosquitos diante dos feixes de luz. Devem estar devorando minhas pernas, mas não sinto nada. Amanhã elas vão estar toda empipocadas. Parece que faltam cinco dias para amanhã.

— Puta que pariu — diz ele.

— O que foi?

Me mostra o isqueiro. Ele solta faíscas, e só. Meu pai enfia a cabeça dentro do porta-malas.

— Ele deve ter um.

Tento lembrar quais conhecidos dele fumam. O sujeito de barba espetada e bafo podre. Qual o nome daquele mesmo? Ludueña. Também tem o Baigorria. Não. Mas o Baigorria acho que está preso. Que burra. Me esqueci do óbvio: Giovanni. A coisa mais próxima que papai tem de um irmão.

— Ah, mas vai se ferrar. O maldito resolveu parar de fumar. Não ajudou muito, né? —fala para o morto. Tira a cabeça do porta-malas. — Tem fósforo?

— Acabou.

— Pega o da maleta de primeiros socorros.

— Já falei, acabou.

— E o que aconteceu com os que eu comprei pra

repor?

Coço a testa.

— Eu esqueci. Não sabia que era domingo de botar fogo em carro.

Vou para a escuridão para que ele não me veja tremer. Mordo os lábios, como se quisesse rebobinar as palavras. Não chego a ver o olhar dele. Deve estar com um pior que o que usa como ponto final. Nunca tive a oportunidade de dar um nome a essa expressão.

Ele entra no VW 1500, dá a partida, se senta com as pernas para fora, murmura uma canção de Cartola — uma versão livre e desafinada. Não lembro o nome da música. Quando vou perguntar o que caralhos ele está fazendo, escuto um barulho. Ele está arrancando um pedaço da camisa, com os dentes para não forçar o braço. Escuto um *tuc*. Ele sai com o acendedor do carro. Encosta o objeto no tecido, que pega fogo antes que ele o deixe cair no porta-malas. As chamas crescem de repente e somos pintados de uma cor alaranjada. Como se houvesse amanhecido só para nós dois.

A gente se afasta do veículo. Ele não tira os olhos do porta-malas.

— Giovanni sempre quis ser cremado.

O melhor amigo dele está ali, sendo devorado pelo fogo, e ele não derrama sequer uma lágrima. O automóvel explode quando as chamas chegam ao tanque.

— Vamos.

Ele se queixa quando cruza a alça da bolsa no peito. Eu o sigo, sempre um passo para trás. Depois de um tempo, o fogo já não nos ilumina mais. Demoramos um pouco para voltar até a estrada, entre as reclamações dele e os ruídos das pedras que vou chutando pelo acostamento. Uma pega no tornozelo dele, que para. Antes que eu possa alcançá-lo, ele diz:

— Desculpa.

Sai bem baixinho.

— Falou alguma coisa? — pergunto.

Ele bufa.

— Que tem um hotel a alguns quilômetros daqui. Se a gente se apressar, chega antes do sol nascer.

Ele volta a caminhar, de ombros caídos. Uma gota de sangue se desprende da ponta dos dedos. Como se fosse suor. Ando até ficar ao lado dele, puxo a manga do moletom sobre a palma e limpo a mão dele. Sem problemas, nunca gostei deste moletom mesmo.

— Desculpa — diz papai.

Depois nos apressamos, antes que amanheça para todos os demais.

3

— Não conta como animal.

— Como não? — diz ele.

— Não, ué. Os cachorros são quase pessoas. Os gatos também. Tem que ser um que não dá pra ter em casa.

Papai pensa, ou finge que está pensando. O acostamento é tão estreito que é quase como estar caminhando pela estrada.

— A vaca.

— Jura? É o animal mais chato do mundo.

— Mas é o mais saboroso. — Ele para, troca a bolsa de ombro. — E qual é o seu animal favorito?

— Sério que você tá me perguntando isso?

— Quando você era pequenininha, era o unicórnio. Mas acho que você já não acredita mais nessas coisas.

Não me lembro de ter sido tão bobinha — tão criança — a ponto de acreditar em unicórnios.

— A jaguatirica — respondo.

— Mas você nunca nem viu uma...

— E o que tem a ver? Elas são lindas. Já viu a pelagem delas? Nenhuma tem as manchas iguais às de outra. São como impressões digitais. A única coisa ruim é que estão em extinção.

— Se não fossem tão lindas, não estariam em extinção.

Pego uma pedrinha do chão e jogo nas costas dele.

— Mais respeito que eu tô ferido.

A primeira coisa que a gente vê é uma luz no telhado do hotelzinho, iluminando uma placa de metal com um nome que não deixa margem para dúvidas: *Cupido*.

O logo é rodeado de corações enferrujados e descascados.

— Tá de brincadeira comigo.

— É isso ou nada.

Os quartos do motel ficam em cima, e embaixo tem um espaço para os carros. Cada garagem é protegida por cortinas de plástico. A entrada é pintada de um vermelho furioso. Minha cor favorita. Acho que chama "escarlate". O chão de cimento está todo manchadinho, e tem uma escada encostada do lado da porta, perto de uns galões. Me dá vontade de ver se no rótulo tem o nome exato da cor para saber que tinta procurar depois. Se é "escarlate" ou "carmim" ou sei lá eu o quê. Alguns diriam "vermelho-sangue". Mas isso é para quem não conhece sangue, que não sabe que ele muda de cor quando sai, quando empoça, quando seca.

Acima da porta, a luz de uma luminária com um monte de mosquitos mortos me deixa ver que papai está transpirando muito. Não sei se é por causa da caminhada ou porque está com uma infecção.

Fico em dúvida se coloco o capuz ou não. Não tenho ideia de qual opção me faz parecer mais velha — se é deixar verem as pontas rosa do meu cabelo ou fingir que não quero que me reconheçam. Como se eu estivesse aprontando alguma.

A recepção é bem pequena, com luzes azuis e vermelhas. Atrás de um vidro, tem um homem de uns trinta anos. Está olhando para uma televisão virada de costas para nós. Está passando algo sobre extraterrestres que vivem numa montanha no Chile.

— Me espera ali — diz papai, apontando para uma poltrona.

Quando me sento, me dou conta de como estou cansada. Quando a adrenalina se vai, a gente apaga. Por um momento, não temos mais que correr nem estamos fazendo nada ilegal — exceto pelo fato de que menores de idade são proibidos de entrar em motéis.

Tiro a bolsa do ombro e a coloco em cima da barriga. Meus dedos percorrem os bottons. O do Soundgarden. O do bonequinho do Pearl Jam. Um do Incubus do qual não gosto nada, mas ganhei de presente de um garoto dois vilarejos atrás quando eu era Anabela, e foram as cinco semanas em que fiquei mais sossegada. Deixo ele ali como uma possibilidade de que as coisas talvez melhorem. E porque eu gostava do garoto. Rogelio. O nome era a única coisa feia nele. Era três anos mais velho que eu e tinha os dentes da frente um pouquinho separados. Me olhava de um jeito que fazia eu me sentir especial e me dava medo ao mesmo tempo.

Papai fala com o atendente, mas o volume da televisão está tão alto que a única coisa que escuto é que tinha uma pista de aterrissagem de óvnis em Cajón del Maipo. O recepcionista estica o pescoço e me vê na poltrona. Já me disseram várias vezes que eu pareço ter mais de quinze anos. Principalmente os caras mais velhos. *Achei que você tinha dezoito.* Sujeitos que já eram adultos quando eu nasci. Era fácil sentir nojo. Mas também já tinha ouvido aquilo de gente da minha idade. *Não sei. Algo no seu rosto. Os olhos,* diziam quando eu perguntava. Nunca soube como me sentir a respeito.

Vai saber o que o funcionário do motel está pensando. Se ele cogita chamar a polícia porque um quarentão veio comer uma menor. Dizem muitas coisas de papai —

tantas que algumas devem ser verdade —, mas não gostaria que dissessem isso dele. O cara se ergue e me avalia mais uma vez. Baixo o decote do moletom para que ele note meus seios, a parte em que meu corpo deixou de ser infantil primeiro. Me observa mais um pouco e volta a se sentar. Relaxo as costas e os ombros e solto a respiração.

Então este é o famoso Cupido. Os garotos usam o lugar para tirar sarro, para se vangloriar de uma experiência que não têm. Dizem que querem trazer as meninas para cá, mas aposto que, se alguém dissesse *Sim, vamos,* ficariam com cara de tacho. Hanna e Melina mencionam o lugar de vez em quando. A alemã falsa já levou para a escola um cinzeiro com o logo do motel, fez com que ele caísse da mochila e o deixou entre as carteiras da sala. Então se "apressou" em guardar o objeto, depois de garantir que todo mundo tinha visto. Durante semanas, foi o assunto da escola. *Hanna tem uma irmã cinco anos mais velha, ela que pegou e deu pra ela,* falei para Yanina. *Não sei. Dizem que ela sai com um cara mais velho. Um médico que dá atestados pra ela poder matar aula quando quiser.*

Yanina era a única que falava comigo sempre. O resto desconfiava de mim por eu ser a aluna nova, a do sotaque de Buenos Aires, a das mechas rosa. *Com certeza ela usa droga,* escutei algumas professoras conversando. As pessoas falam muito. Especialmente sobre coisas de que não têm nem ideia.

Nunca convidaram Yanina para ir até o Cupido. Nem eu. Só me convidavam para as festas. E olhe lá — só depois que Esteban, o carinha por quem Melina morria de amores, ficou obcecado por mim. Ele era gato, isso era, bem alto e de franja. Me lembro da cara da Melina quando ele deixou de dar bola para ela e começou a conversar comigo, e nem deixar o primeiro botão da camisa aberto serviu para ela recuperar a atenção dele. Fomos juntos à festa. Rolaram uns beijos. Desajeitados. As mãos dele procuraram, mas eu as impedi antes que encontrassem algo. Ele achava que, como eu era novinha, seria fácil. Insistiu. Dei uma joelhada nas bolas dele. Continuava jogado no chão quando fui embora. Depois, ele disse para todo mundo que tinha tirado minha virgindade. Naquele momento, meu consolo era saber que papai ia fazer mais alguma merda e eu poderia começar do zero em outro lugar.

Não estava enganada.

Ao meu lado, tem uma mesinha com revistas sobre a Copa do Mundo, que continuam ali depois de seis meses. Lembro que a gente viu o jogo da Argentina contra a Suécia num hotel que só tinha uma televisão no saguão. Papai xingou Verón o jogo inteiro. Se algum dos moleques da escola tivesse ido até o Cupido, teria levado uma revista para se gabar. Um pouco mais além, há um aquário iluminado por dentro que ocupa uma parede inteira. Não sei se o vidro está sujo ou se é a água que está turva. Ou as duas coisas. Dá para enxergar só o vulto da escada do outro lado. Não vejo nenhum peixe, e sim meu reflexo; noto o decote do moletom puxado para baixo, penso *Que raios eu tô fazendo?* e subo a gola. Depois foco no meu rosto e penso que não — a primeira coisa no meu corpo que deixou de ser infantil foram os lábios. Na hora de sorrir.

Em um canto, bolhas sobem até a superfície. Nas pedrinhas do fundo tem uma bituca de cigarro, tampinhas de cerveja, moedas. Uma aliança também. Imagino a pessoa descendo do quarto e jogando o anel ali. E dizendo *Chega*. Acho que deve ter sido uma mulher.

Papai troca o peso de perna e estica um braço, apontando algo lá fora. Depois dá de ombros e espalma as mãos no ar. Será que é tão difícil assim conseguir um quarto? Tira a bolsa do ombro e a coloca no chão. Quando a alça desce pelas costas, a coronha do .38 fica à vista. Olho todos os cantos do teto. Não vejo câmeras de segurança. Deve ter alguma. Sim. Uma logo acima do balcão. Espero que o papai não se vire. Ele pega a carteira, a de couro marrom, onde guarda os documentos falsos. Passa uma nota pela fenda do balcão. O funcionário olha para a televisão e diz alguma coisa.

— Sei lá eu — responde papai, e coça a nuca. — Se eu estivesse vindo do espaço e aterrizasse no Chile, diria à minha raça inteira que não precisava nem vir.

Dá para ouvir os sons vindo de lá de cima. Risadas. Passos. Um homem falando alto e uma mulher fazendo um *shiu* bem longo. Não sei se vou até lá e escondo a arma. Não quero que me vejam de perto. Mas, se eu o chamar, capaz de ele dar a volta, e suas costas vão ficar imortalizadas nas imagens do circuito de segurança. Sei que a câmera está gravando. O casal desce os primeiros degraus. Meu pai gira só o pescoço, depois volta a olhar para a frente. Sempre teve a ideia de que as armas são uma espécie de segunda pele, que pode sentir o metal como se fosse só mais uma parte do esqueleto dele. E dá a impressão de que é assim mesmo porque, nem bem os passos se aproximam, papai acomoda a camisa e esconde o .38, como se soubesse desde sempre que ele estava exposto.

A garota deve ter uns vinte anos e está vestindo uma camiseta preta desgastada e jeans, a típica roupa neutra que as pessoas colocam quando trabalham com um avental por cima. Ela deve atender na padaria Iris. Ele usa terno e é pelo menos uma década mais velho que ela. Dois mundos que só podem se cruzar num motel.

— Explicaram que não tem muito extraterreste na Terra porque as viagens espaciais são muito caras — diz o funcionário. — Os que ficaram aqui devem estar na pior. Deve ser uma merda não poder voltar para a sua turma.

Meu pai pega a chave, vira e faz um gesto com a cabeça para mim. *Louco do caralho*, diz baixinho. A gente sobe. O corredor é largo e a iluminação, escassa. O quarto é o terceiro à direita.

— Entra — diz ele, abrindo a porta.

Há uma cama de casal com uma colcha de borda de seda igual às que vó Nuria tinha. Horrível. A cabeceira da cama é de madeira. Tem um adesivo grudado nela com os canais pornô. Papai deixa a bolsa e o .38 numa mesa embaixo da televisão. Vai até o banheiro. Fecha a porta. Abre a torneira. Solta uns gemidos de dor. Ao lado da janela tem uma poltrona. Me deparo com meu reflexo em um espelho que ocupa toda a parede. Tiro a bolsa do ombro e me sento na cama. O adesivo com os canais adultos está com as bordas esfareladas e descolando. Pelo jeito, alguém se entediou e tentou arrancar. O cinzeiro é diferente daquele que Hanna levou para a escola. O de agora é de vidro e está grudado à mesinha de cabeceira. Alemã boboca. Claro que quem pegou o cinzeiro foi a irmã. Mas o que raios posso falar para ela? *Mulher, fui lá no Cupido*. Ninguém ia acreditar. Além disso, não vou voltar a ver minhas colegas.

Tem uns interruptores na parede. Aperto todos. Um acende uma luz vermelha; outro, uma luz verde. Deixo só a vermelha. Gostaria que alguém tirasse uma foto minha assim, da cama. Parece que estou num videoclipe.

Papai sai do banho só com a toalha na cintura e corro para trocar as luzes, mas só consigo acender todas juntas. O olhar dele é de *você já tá grande pra isso*. Usa essa expressão comigo desde que tenho dez anos.

Aperto os interruptores até deixar a luz normal.

— Como você tá se sentindo?

A ferida não parece inflamada e está amarelada por causa do antisséptico.

— Tá doendo. Isso é sempre bom.

Ele tira uma gaze da bolsa, e há uma ordem embutida no gesto. Estou muito cansada para me levantar, mas vou mesmo assim. Ouvimos ruídos vindo do quarto ao lado. Uma cadeira cai, e dá para sentir a água correndo pela tubulação atrás da parede. Corto um pedaço de esparadrapo e aperto bem forte a bandagem. Papai vai buscar outra camisa e coloca a velha em uma sacolinha junto das gazes usadas. Vai acabar tudo no primeiro latão de lixo com o qual a gente cruzar.

Me jogo na cama com os braços abertos.

— Quer comer alguma coisa?

Não olho para ele. É mais cansaço do que irritação, mas prefiro que ele ache que é irritação. Quando sabe que deu mancada, ele se comporta melhor comigo. Agora que estamos a salvo — ou algo parecido —, já posso me dar ao luxo de ficar zangada. Pelo reflexo na televisão, vejo que ele está segurando um cardápio. Está olhando para mim, esperando, mas não ligo. Gosto que as coisas aconteçam no meu ritmo. Ele pega o telefone. Está sem linha. Pragueja. Abotoa a camisa e sai.

Meus olhos analisam o teto e me pergunto o que as mulheres pensam quando estão deitadas aqui, durante ou depois do ato, quando tudo termina — ou, ao menos, quando *eles* terminam. Elas devem ficar encarando o teto, essa camadinha de tinta, pensando *O que raios tô fazendo aqui*. Depois saem e atiram com raiva a aliança no aquário, e toda a força se desfaz quando o anel bate na água. A aliança cai devagar, se agitando, amortecida. Afundar é mais lento que cair.

Como alguém decide deixar tudo para trás?

Às vezes, eu gostaria de encontrar mamãe só para perguntar isso.

Às vezes, gostaria que ela me explicasse.

Ou de ter a chance de xingá-la.

Papai volta com uma garrafa de água para ele e uma Coca para mim. Me passa a garrafa com uma taça de champanhe de plástico. Ele não me deixa tomar Coca de noite. Se senta na borda da cama. De uma sacola, tira um sanduíche de salame com queijo e, quando o vejo, a fome bate, mesmo eu não gostando muito de salame. Devia ter dito a ele que queria alguma coisa. Ele limpa as migalhas da camisa. Me passa o saquinho de papel.

— Caso te dê fome.

Dentro, há dois sanduíches de presunto e queijo. Quanto tempo será que posso continuar fingindo que estou irritada? Um gemido curto e alto vem do quarto ao lado. Já estão quase no fim. O homem é mais barulhento. Eu e papai evitamos olhar um para o outro. Ele pega o controle remoto e o aponta para a televisão, mas o dedo paira sobre o botão de ligar. Ele não consegue dormir sem a televisão ligada. Deixa ela sempre de fundo. Num noticiário ou num canal onde a programação já terminou. Ele precisa de um ruído branco. Li que é assim que isso chama. Uma maneira de se isolar. Decide deixar o controle remoto ao lado. Com certeza tem medo de estar em algum canal pornô. Acho engraçado. Eu posso ver uma ferida de bala, mas não duas pessoas transando.

— Você fica na cama e eu durmo no sofá.

Agora é a mulher que está gemendo. E implorando. Papai caminha de um lado para o outro, como se estivesse enjaulado. Gosto de ver ele assim, incomodado. E também de escutar o casal. Pego um sanduíche, reviro a bolsa até encontrar o *walkman*. Aperto o play e nos dou uma trégua. Pearl Jam. O final de *Vitalogy*. Eddie canta *Cannot find the comfort in this world*. Não sei muito de inglês, mas disso eu entendo.

— Vai descansar. — Leio os lábios de papai.

Ele leva uma poltrona até um canto para não ficar de frente para a porta e se acomoda com o .38. Coloco as mãos na parede e sinto as batidas da cabeceira da cama do outro lado.

Penso que não vou esquecer nada disso. Que poderia arrancar o cinzeiro e levá-lo comigo, falar do aquário e da aliança jogada fora, mas não tenho ninguém para quem contar a história. Apago a luz.

ÁMBAR

4

Não tem muito o que fazer enquanto se espera.

O livro sobre a barriga, com meu dedo servindo de marcador, já está há meia hora no mesmo lugar. Tentei ler, mas minha vista patinava nas linhas e eu virava as páginas sem ter a menor ideia do que estava acontecendo.

Na história.

E lá fora.

Meu estômago pede um café da manhã. Olho o cardápio. Papai sempre deixa dinheiro na mesinha de cabeceira. Desta vez, não deixou. Isso me diz que ele está com a cabeça nas nuvens.

Eu poderia comprar alguma coisa com as economias que estou juntando para fazer uma tatuagem, mas capaz de ele chegar e me perguntar de onde saiu a grana. Não quero que ele saiba que tenho esse dinheiro. Três anos juntando moedinhas e depois trocando tudo por notas. De dois, fui para cinco. Vinte. Cem. Duzentos pesos que escondi num cartucho de escopeta. Tirei a pólvora, coloquei a grana lá dentro e fechei de novo. Papai pode me tirar o walkman, o videogame ou algum anel para levantar dinheiro, mas nunca tocaria nas armas ou na munição.

Às vezes penso que gostaria de tatuar um livro rodeado de flores, como vi numa moça uma vez, num posto de gasolina para caminhoneiros. Ou um pedaço de uma música, mas dá medo de depois odiar a banda, ou que cometam erros de ortografia.

Tenho tempo. Ainda não tenho permissão do meu pai.

Tateio a cama. Sempre achei que o colchão seria mais confortável, de água ou coisa do tipo. Experimento, pulando em cima dele. É duro, duríssimo. Me sinto enganada. Deixo o livro de lado. Nunca me envolvi na história. Entendo por que alguém o deixou abandonado na casa em que a gente estava morando. Muitas vezes não há outra opção senão se entreter com o que os demais deixaram para trás. É a parte divertida. Tentar imaginar as pessoas através de seus resquícios. Livros sobre plantas medicinais, carrinhos de fricção sem uma das rodas, fitas de vídeo antigas com filmes infantis ou com etiquetas "Casamento civil", "Níver de 15 anos da Maria", livros com frases sublinhadas. Livros de culinária com anotações à caneta. Essas coisas são as que mais me interessam. As que parecem habitadas.

Mamãe adorava ver programas de culinária, mas só ligava o fogão para acender um cigarro. A geladeira cheia de ímãs de restaurantes que tampavam os desenhos que eu tinha feito de nós, além do papel com uma dieta que ela nunca começou a fazer.

Uma vez, anotamos a receita de um bolo de chocolate. Não lembro o nome, mas tinha quatro tipos de chocolate. *Vou comprar as coisas e fazer. Isso se você se comportar direitinho.* Prendeu o papel na geladeira. Ele ficou amarelado com o tempo, assim como as paredes, manchado pela fumaça do cigarro.

Você não se comportou direitinho, disse.

E ela lá sabia se eu me comportava ou não? Para isso, precisaria estar em casa.

Mamãe sempre me tratou como se eu fosse mais nova

35

do que eu era; papai, como se eu fosse mais velha do que sou.

Me dou conta de que estou respirando pela boca. Esperar é algo que, por mais que a gente faça, nunca fica mais fácil.

Não escutei meu pai saindo. E deve ter feito barulho. A sacola com as coisas para jogar fora desapareceu, e a bolsa dele está mais vazia. Com certeza levou outra pistola.

Tenho a lembrança de ver ele sentado na mesinha, escrevendo, mas não sei se sonhei ou se foi em outra ocasião. Às vezes tenho dúvidas do que é lembrança ou invenção. E nem estando ao lado dele sei com certeza o que ele está fazendo.

Papai tem uma cicatriz no peito onde deveria estar o coração. É longa e parece uma minhoca. Conheço três pessoas que disputam a autoria dela, só em uma cidade. Velázquez disse que fez aquilo porque meu pai devia um dinheiro a ele. Karina disse que simplesmente estava bêbada e não ia com a cara do papai. Simionato jura de pés juntos que foi ele que causou a marca com uma garrafa de Quilmes do lado de fora de um bar porque meu pai tinha roubado a namorada dele. Nenhuma das três histórias tem testemunhas. Não são poucas as cicatrizes cuja autoria mais de uma pessoa reivindica.

Às vezes, eu gostaria que papai me incluísse nas coisas.

Outras, não.

Meu cabelo está com cheiro de suor; a pele, pegajosa e úmida. O chuveiro está uma imundície. O sabonete já está sem embalagem. Não tem cara de ter sido usado, mas prefiro não arriscar. Esfrego as mãos sob a água da torneira até tirar o sangue de debaixo das unhas. O ralo está tampado, e consigo ver o sangue seco saindo das minhas mãos e das minhas unhas antes de se desfazer ao entrar em contato com a água acumulada. Quando esvazio a cuba, riscos vermelhos marcam a porcelana. Coloco as mãos em concha e limpo com um pouco de água.

Deixar tudo como estava é outra regra de papai.

Me contento com trocar de roupa. Quando coloco a mão na bolsa, a primeira coisa em que encosto é a escopeta. Meu pai me deu de presente quando completei treze anos. *Cuida dela*, me disse, como se estivesse me dando um bichinho de estimação. Serrou o cano para ela pesar menos e para que eu pudesse carregar mais fácil. Me explicou como me posicionar, como fazer com que a arma fosse só mais uma parte do meu corpo. É a única coisa que está sempre comigo. Pego ela da bolsa. Já não parece tão grande. Miro no espelho, e é como se estivesse mirando em mim mesma. Me imagino disparando, o reflexo se desfazendo em cacos. Me pergunto o que restaria em pé depois que eu apertasse o gatilho. Alguns pedaços do espelho resistindo, colados à parede, e ali, onde antes eu me via inteira, encontraria só o reflexo de um olho, de uma mecha de cabelo rosa, da ponta de um lábio — reflexos pendurados por um fio antes de terminarem de cair no chão com todo o resto.

Guardo a escopeta. Pego uma camiseta, dou uma cheiradinha. Está amarrotada e com cheiro de guardada. Como todas as outras. Antes eu me preocupava em deixar minhas roupas favoritas dobradas e passadas na bolsa para não correr o risco de esquecer algo se a gente tivesse que sair correndo, mas assim eu acabava nunca usando as peças. Faz um tempo que deixo que o destino cuide disso. Faz um tempo que também nem tenho roupa favorita. É mais simples assim.

Coloco a camiseta e um jeans. Me sinto tão ou mais suja que antes. Exceto o moletom com capuz, boto o resto da roupa usada em uma sacolinha com o livro. Também vai para o lixo.

Estão passando aspirador de pó no corredor. Quando desligam, dá para ouvir a voz de duas mulheres. Estão falando das porcarias que fizeram no quarto 7. *Vai ter que colocar fogo em tudo. Aposto que foi o González. Tinha era que proibir a entrada daquele nojento.*

Cogito ligar a televisão, mas talvez não escute meu pai chegar por causa do barulho e aí ele vai ficar bravo. Não acreditaria que não estava assistindo a filmes pornô. Não tem armários nem gavetas aqui. Eu costumava me distrair com isso nos hotéis. Abrir, analisar tudo. Com frequência, encontrava cartas que pessoas tinham recebido, ou que não tinham se dado ao trabalho de mandar, e agora estavam no meio de uma Bíblia, ou atrás das gavetas da cômoda, cartas incompletas ou borradas por lágrimas, frases riscadas, cartas que começavam com uma letra ordenada e caprichosa que lá para a quarta página se transformava em garranchos apressados. *Espero que me entenda* é a frase preferida para coisas que na maioria das vezes não fazem sentido, e que a outra pessoa não vai entender. Uma carta era a coisa mais parecida com covardia que eu conhecia. E a mais honesta também.

Me lembro de ver papai — e nesse caso tenho certeza de que foi assim, já que alguma das vezes que o vi precisa ter sido real — escrevendo às escuras, só com a luz da televisão, para não me incomodar e para que eu não acordasse e o visse. Usava sempre uma caneta Parker. Escrevia cada palavra sem pressa, e tinha uma letra muito caprichosa que parecia de mulher. Eu achava que ele estava escrevendo para mamãe, ou queria acreditar nisso — ele nunca a menciona, nem para falar mal dela. Eu ficava acordada, espiando. Na maioria das vezes, acabava caindo no sono antes que ele terminasse, ou então o via rasgar a carta primeiro em duas, depois em quatro, oito, e assim sucessivamente até picar o papel. Uma vez fui ao banheiro e ele me viu. Assustou, correu para esconder a carta embaixo da televisão e voltou para cama. No outro dia, quando saiu, fui pegar o papel. Ele tinha esquecido a carta ali. Era endereçada a Á M B A R. Tinha esticado a perninha do R de um jeito lindo. E depois feito vários pontinhos dispersos e irregulares numa das margens. Como se a ponta da Parker tivesse só esbarrado na folha enquanto ele procurava a melhor forma de me contar o que não conseguia dizer em voz alta. Para me abandonar. Como fez com mamãe.

Fico horrorizada com a ideia de ele não voltar. De que algo aconteça com ele. Sinto vontade de chorar. Mas ele não gosta de me ver chorando. O tempo passa devagar, dá voltas e parece ficar no mesmo lugar, como um pássaro com a asa quebrada.

Giovanni tinha uma esposa. Beatriz. Vi a mulher duas ou três vezes. Eu ficava com ela enquanto eles saíam para fazer as coisas deles. Não dá para dizer que me deixavam lá para que ela cuidasse de mim. A gente esperava juntas. Ela era alta e usava brincos grandes de argola. Sempre com blusas que a deixavam com um jeitão de cigana. Cozinhava muito. Fazia nhoque de batata caseiro, molho, servia tudo e depois mal tocava na comida. Tinha um olhar cansado, como se estivesse alheia a tudo que a rodeava.

Papai entra. Não sei se bateu na porta ou não. Sinto algo que deveria ser alívio, mas não parece muito com isso.

Está vestindo um casaco vermelho que é grande demais para ele, apesar do um metro e noventa de altura. Coloca uma sacola de papel pardo na escrivaninha e tira de dentro um café com uma tampa e uma pazinha de plástico. Entrega tudo para mim.

— Você não trouxe açúcar?

Ele vasculha a sacola. Esvazia os bolsos da jaqueta na escrivaninha. Caem dois bilhetes, vários papéis, umas balas de revólver. As chaves de um carro. O chaveiro é de acrílico e tem uma foto 3x4 de um menino de macacão. Está gasto. O garoto já deve estar no ensino médio. Ele não me é estranho. Papai revira a bagunça toda.

— Toma. — Me passa dois saquinhos de açúcar. — Também trouxe uns croissants.

O café ainda está quente. Em menos de dois minutos, os pãezinhos não passam de migalhas. Continuam aspirando o chão lá fora. Papai tenta abrir a janela, mas está travada. Odeia a luz artificial. Li que isso acontece com quem já passou um tempo na prisão. Ele pega outro copo de café e se senta na borda da cama, ao meu lado. Confere se o controle está no lugar onde deixou.

— E agora, o que a gente faz? — pergunto.

Ele remexe o monte de coisas que tirou do bolso até encontrar um potinho de guardar filme fotográfico. Tira a tampa e joga dois comprimidos vermelhos e brancos na palma da mão. Toma ambos com café.

— Vai com calma com isso aí.

— Mas foi o médico que receitou.

— Médico?

— Em algum momento, foi um.

Tomamos o café. Ligam e desligam o aspirador. Olho no espelho diante da gente e penso que essa cena deve ser a coisa mais esquisita que ele já refletiu — e olha que já deve ter refletido muita coisa estranha. Papai coça a sobrancelha. Está com os nós dos dedos machucados. *De ontem*, penso, mas a pele erguida ainda está mole e o sangue não formou casca. Nossos olhares se encontram no espelho.

— De onde você tirou esse carro? Quem é esse menino? — pergunto. Há apenas o vapor saindo do copo dele.
— Eu preciso saber o que tá acontecendo.

— Não ia servir de nada.

Agora sou eu que me atrevo, através do espelho, a usar meu olhar de *já não sou mais criança*.

— O que aconteceu?

Papai parece cansado. Se dormiu, o corpo dele não ficou sabendo. Arranca uma pele dos nós dos dedos, joga dentro do copinho. Estica a mão, pega um papel dobrado ao meio e o entrega para mim. Eu abro. Uma lista de nomes. E várias serpentes desenhadas no topo, como se ele estivesse tentando aperfeiçoar a ilustração.

Sinaglia
~~*Mitelman (X)*~~
~~*Zucchini*~~
Mendieta
Macizo Padilla
Camerlingo

Reconheço alguns. São amigos dele. Conhecidos.

— Tá fazendo a lista de convidados pro seu aniversário?

Ele ri.

— Essa é a lista de pessoas que eu irritei nos últimos dois anos.

— Tem certeza de que não esqueceu de ninguém?

— Vira.

Do outro lado tem mais sete, oito nomes. Todos estão escritos com uma elegância que parece que papai ia dedicar uma carta de amor àquela gente, e não uma bala. Deste lado, a memória dele parece falhar, é menos concreta. Tem sobrenomes e apelidos, mas também coisas como:

O matador de aluguel de Porto Alegre.

O añamembú que trabalhava com o Alvarenga.

Me pergunto o que ele fez a eles. Não tem mulher alguma.

— Agora que parei pra pensar, você tem razão, sardentinha. Esqueci de uma pessoa.

Tirar o papel da minha mão, pega a Parker, escreve algo. Assopra para secar a tinta e me devolve. No fim da lista:

Á M B A R.

Nego com a cabeça.

— E essa serpente? — pergunto. Ele faz que não com o dedo. — O mínimo que eu mereço é saber o que tá acontecendo.

Papai dá de ombros.

— O que eu te falei sobre tatuagens?

— Que eu posso fazer uma.

— Não banca a espertinha.

— Que é assim que as pessoas se ferram.

Ele assente.

— Ontem a gente parou no posto Shell da rotatória. O Giovanni tinha que dar uma mijada, e aproveitei pra fazer uma ligação. Nisso, escutei os tiros. — Com um dedo, esfrega uma ruga no meio da testa. — O cara tava usando uma máscara de esqui. Mas no braço da arma tinha uma serpente tatuada, algo assim. — Aponta para o papel. — Não sei se é alguém em que deu na telha fazer uma tatuagem ou se é alguém que contrataram.

— Assim, do nada?

— Acho que ele tava seguindo a gente.

— Não tem ideia do porquê?

— Tem quase tanta gente quanto motivo.

— E o que você tá pensando em fazer?

— Encontrar o cara.

— Eu vou com você.

— Você fica aqui.

Ele se levanta e arruma as coisas sobre a escrivaninha. Separa a munição de um lado. Enfia o resto em uma saco- linha de mercado junto da jaqueta. Precisa empurrar para caber. Abre o .38. Tira três cápsulas vazias e o cheiro de pólvora se espalha como se fosse um Bom Ar fragrância Campo de Batalha.

— E se me encontrarem?

— Não vão te encontrar.

Ele recarrega o .38 e o enfia na cintura.

— Encontraram você — digo. Embora meu pai este- ja de costas, vejo pelo espelho ele fazer uma careta. — Eu vi isso. E você sabe que eu tenho razão.

Meu pai bufa e vira. Coça os nós dos dedos machuca- dos. Arranca outra pele. Dá de ombros.

— Não esquece nada.

Veste a camisa camuflada leve, marca registrada dele. Num dos bolsos o resto das balas — *Pra elas estarem sem- pre à mão, sardentinha* — e, no outro, o tubo de compri- midos.

— Quem falta? — pergunta ele, apontando a lista.

— Antes, a gente tem que ir ver outra pessoa.

— Quem?

— Ela precisa saber o que aconteceu.

Papai fecha os olhos, solta o ar pela boca e concorda com a cabeça.

Ele demora dez minutos lá dentro. Mas parece mais. A casa é estreita e baixa, como as demais do quarteirão, todas com um pátio nos fundos. É a única com as persia- nas abaixadas. A luz de fora ainda está acesa, como se no interior do lugar continuasse sendo noite.

Eu não quis entrar. Papai não insistiu. Se esticou para trás, pegou umas notas de um envelope e desceu. O Renault 19 em que estou esperando está com um cheiro forte de xixi de gato. Abro um pouco o vidro. Um vizinho passa com as compras. Latas batem uma na outra dentro da sacola. Grandes. De pêssego em calda. Ele termina um cigarro e coloca um chiclete na boca.

Não consigo parar de mexer os pés. Nem as mãos. No fundo da casa, dá para ver um varal com roupas penduradas sendo chacoalhadas pelo vento. Uma camisa polo listrada. Outra vermelha. Nunca vi Giovanni com qualquer coisa que não fosse uma polo. Também tem um vestido florido do lado. Uma cueca e uma calcinha velha. Mais atrás, perto do muro, há uma mesa de plástico e cadeiras de ferro. O vento vai limpando o céu das nuvens. Logo vai começar a fazer um calor pegajoso.

Ela abre a porta, e papai sai comendo um biscoito com gotas de chocolate.

— Tá feliz? — pergunta ele ao embarcar.

Pelo menos ela não precisa mais ficar esperando, penso, mas não falo nada. Tento imaginar como a dor e o alívio podem conviver num mesmo corpo. E a invejo um pouco. Sinto algo na barriga, um incômodo que não sei nomear muito bem, mas que me faz respirar entrecortado pois, por mais que o papai esteja comigo, por mais que possa tocar nele, continuo com a mesma sensação que tenho cada vez que ele parte. Talvez eu espere que ele não volte. Ou que me abandone, para que assim, de uma vez por todas, eu possa deixar de esperar.

Ouço um ruído vindo do fundo da casa, uma porta telada. Beatriz aparece no pátio. Não vê a gente. Acho que não nos veria nem que estivéssemos ao lado dela. Está de pantufas. Ajeita a frente da roupa e cruza os braços sobre o peito.

— Você contou a verdade pra ela?

— Entreguei o dinheiro. Vai ser mais útil que a verdade.

Beatriz se aproxima do varal com as roupas. Tira um prendedor, depois outro, e recolhe a camisa polo listrada. Dobra a peça e a coloca sobre a mesa de plástico. Depois o vestido e a cueca. Para atrás da polo vermelha. A sombra do rosto dela se projeta do outro lado do tecido. Fica maior quando ela chega mais perto. Tira a peça do varal com um puxão e a aproxima do rosto, como se quisesse se asfixiar ou inspirar o cheiro do marido. O nariz de cigana surge em relevo, o queixo fino também, mas só há e só haverá o cheiro de limpeza, e nunca mais o de Giovanni.

Papai dá a partida no carro.

— Você não tá se sentindo melhor? — pergunto.

— Não. Só mais pobre.

Eu também não, eu diria para ele, mas ele não chega a perguntar.

5

— Pra mim, fala sobre drogados.

— Você tá louco, pai.

— É sério, pô. O bichinho vai lá e cheira, snif, snif, snif. Depois, quando chega no limite, fica agressivo e vai atrás dos inimigos pra acabar com todo mundo.

— Você bateu a cabeça quando era criança?

— Adulto também.

O Renault 19 avança pelo vilarejo. Ficam para trás a praça com suas estátuas de leão nos cantos, o campo de terra onde a gente via os meninos jogarem futebol, que se matavam para nos impressionar, o boliche onde nunca pisei. Fica para trás tudo isso que duvido voltar a ver algum dia.

— Parece que a gente tá falando de coisas diferentes.

— Uma vez a gente apelidou um amigo meu assim. Ele também cheirava que nem um aspirador. Ele chegava e, de lá de fora, já dava pra ouvir o mesmo barulhinho, snif, snif, snif, enquanto arrumava as carreiras de pó. Com o quê? Com um cartão da Sacoa, aquele fliperama. Coincidência? Não mesmo.

— O seu amigo ser um viciado não significa que *Pac-Man* faz apologia às drogas.

— Apologia… Onde você leu essa palavra?

— Num livro. Eu procuro no dicionário as palavras

que eu não conheço.

— Que leitora, ela... Vai estudar Direito? Não ia ser nada mal ter uma advogada na família.

De vez em quando ele mexe o braço, abre a camisa para olhar a ferida.

— Tem mais alguma teoria maluca? Sei lá, sobre *Tetris*?

— Uma metáfora da vida. O que você faz direito desaparece, só ficam as coisas ruins.

— *Donkey Kong*?

— Essa é óbvia. É um operário que enfrenta o gorila que não deixa ele subir. É o jogo mais peronista da história.

À esquerda, as casas vão ficando cada vez maiores e mais caras. À direita, um descampado enorme.

— Ir no fliperama com você deve ser chato demais.

— Escuta o que eu tô falando, essas porcarias todas estão cheias de mensagens subliminares. Como as músicas que você escuta.

A ideia dele de me deixar esperando no carro muda antes mesmo de ele terminar de estacionar, assim que a gente vê o grupo sentado na guia logo em frente. Três garotos do lado de um Escort recém-lavado. Passam uma garrafa de Quilmes um para o outro. Papai não tira a mão da chave depois de desligar o carro, cogita dar a partida de novo e continuar, mas o problema é que eles também veem a gente. O da porta levanta os óculos escuros e os apoia na testa. Pela cara dele, parece que começou a tocar sua música favorita na rádio.

Papai bufa. Tira a chave do painel.

— Vem, mas não dá corda pra eles.

— Nem você.

Dois deles eu conheço de vista. Um chamam de Mike. Sempre anda com um moletom de rúgbi de Los Cardos, o time em que ele jogava até ser expulso por morder um rival. O dos óculos chama Rafael Mendieta, e na hora reconheço o sobrenome na lista do papai. Me pergunto qual a relação dos dois. O apelido dele é Garrafa. Tem vitiligo e pesa uns cem quilos, oitenta da cintura para cima. As pernas parecem que nunca viram uma academia. Ele sai com Lucila Mendoza — ou ao menos passa com o Escort para buscar a garota na saída da escola. Toca a buzina para ela ver que ele chegou, mas principalmente para os outros verem que ela está indo embora com ele. Ela caminha devagar, o macacão com os shorts bem curtos para exibir uma bunda que todos os garotos desejam — e que, embora ninguém diga, nós garotas invejamos. Lucila às vezes falta semanas inteiras à escola. Alguns dizem que ela está farreando com ele. Outros, que está só esperando os hematomas desaparecerem.

O terceiro cara tem o cabelo comprido preso em um rabo de cavalo e uma regata da Hang Loose. Uma acne raivosa pintalga o rosto dele e o faz parecer o mais novo dos três.

— Fica perto de mim — diz papai, e me coloca para o lado contrário do dos garotos.

A casa é de três andares, com paredes brancas. Na frente, tem um quintalzinho com plantas cujo nome eu não conheço. O muro é todo margeado por arbustos. Não se parece em nada com a casa dos amigos de papai.

Garrafa se apoia no capô do Escort e cruza os braços. Tem várias tatuagens, mas nenhuma de serpente. Papai levanta o queixo em um cumprimento e fita a construção. Garrafa estala os dedos.

— Onde você pensa que vai? Fica na sua aí que ninguém te convidou.

Papai estaca no lugar. Vira, ficando de frente para ele.

— É Rafael, né?

— Pra você, é Garrafa.

— Certo. Me disseram que você trabalhava com o Charly. Mas pelo jeito você abriu um lava-rápido. Deu uma de empreendedor.

— Digamos que agora eu tô no ramo de segurança. — Dá duas batidas no capô do Escort. — E esse carango é meu.

Do outro lado da rua, dois caras estão aparando a grama com cortadores elétricos. Quando desligam os aparelhos, escuto a música que vem de dentro da casa. Chega meio abafada por portas, vidros e cortinas. Mesmo assim, identifico o músico. Cartola. Sou capaz de reconhecer a voz dele assim como a do meu pai. Quando papai ficava em silêncio, ao fundo sempre estava tocando Cartola. Pelas janelas, vejo alguém entrar. Uma porta se fecha, e a voz do cantor brasileiro se perde de novo.

— Você progrediu — diz papai. — Da última vez que eu te vi, tava andando em uma bicicleta de rodinhas. E isso que já tava quase barbado. Eu falei pro Charly tirar as rodinhas, mas naquele dia me disse que não queria que você tomasse um tombo. Superprotetor seu tio, né?

Garrafa nem olha para mim. Está concentrado em papai. Se vira rápido, e os óculos caem. Consegue segurar o acessório e o pendura na regata que, justa, deixa antever a ponta de outra tatuagem. Papai analisa os braços dele. Puro tribal. Também tem uma fita cassete amarela e vermelha que me agrada. A fita da gravação forma uma palavra que não consigo entender. Eu faria uma tatuagem dessas. Não sei com que palavra.

— Eu não me lembro muito de você, Mondragón. Dá pra ver que passou um tempão escondido. O que eu lembro é que, de um dia para o outro, o tio parou de me levar na pracinha. A gente teve que ir visitar ele num hospital. Achavam que ele não ia voltar a andar. A mamãe

49

ÁMBAR

e a titia diziam isso baixinho, com medo. E também diziam baixinho seu nome, como se fosse o de uma doença. Segundo as más línguas, uma ala do hospital tinha sido batizada com o seu sobrenome. Era lá que iam parar as pessoas que você mandava pro pronto-socorro. Você fazia a equipe médica trabalhar bastante.

— Fofoca do vilarejo.

— Não, fofoca nada. Eu estava lá. Passei três meses vendo vários caras chegando todo estropiados enquanto o meu tio aprendia a andar de novo.

Mike me olha de cima a baixo, fica encarando meu rosto. Pisca um dos olhos. Mal. É dos que precisam mexer a cara inteira para dar uma piscadela, como se fosse um tique nervoso. Ele deve ter um baita talento com as mulheres.

— Que merda ele fez pra você bater nele daquele jeito? — continua o rapaz.

— Ele não contou pra você? Deve ter um motivo.

Garrafa pede a cerveja, toma um trago e a devolve para o cara com acne.

— Lembro de quando ele recebeu alta e voltou a morar com a gente. A minha mãe amassava a comida pra dar pra Lolo e pro meu tio. Ele demorou tipo um ano pra voltar a comer algo que tivesse que usar faca pra cortar.

— Do jeito que sua coroa cozinhava mal, não foi um sacrifício tão grande. Seu tio tá por aí?

— Pra você, com certeza não — responde ele. Papai coça a sobrancelha com o nó do polegar. — Com trinta anos, meu tio já usava dentadura e bengala. Sabe como é ver a pessoa que te criou assim?

— O Charly sempre teve estilo e personalidade. Imagino que ele tenha encarado bem o acontecido.

— Ah, chupa meu pau, Mondragón.

Ele cospe aos pés de papai, que olha para o catarro na

lateral de uma das botas.

— Escuta, garoto. Duas coisas. Nunca me meti com a sexualidade das pessoas. Se você gosta de ter um cara te chupando, beleza. E não me vem com sacanagem que eu tô acompanhado.

Garrafa olha para os amigos por cima dos ombros.

— Com certeza a moça aí sabe mais de sacanagem que todos nós juntos.

Papai leva a mão às costas, e por um momento eu sinto — mais — medo. Mas ele só roça os dedos no revólver. Ele deve estar se coçando para sacar o .38.

— Não sei se ela sabe ou não de sacanagem, mas é inteligente. Sempre me diz umas coisas que me deixam pensativo. Outro dia me falou que, daqui um tempo, de tanto arrancar os dentes do siso, as pessoas vão começar a vir de fábrica sem eles. Se os Mendieta continuarem de brincadeira, vão começar a vir direto sem dentes.

Mike pede a garrafa ao cara da acne, que a entrega. Gira ela na mão para segurar o vasilhame pelo gargalo como se fosse um porrete e, no processo, derrama cerveja no moletom. Solta um palavrão. O da acne morre de rir. As bochechas afogueadas, os olhos mais ainda. Está fumado.

— Meu tio contou que você tinha voltado. Jogou a informação assim, como quem não quer nada, mas quem é esperto sabe quando o que dizem significa algo mais. Prometi que, se algum dia eu pudesse fazer alguma coisa pra ele se sentir melhor, eu faria. Tive que esperar pra caralho. Mas chegou a hora.

— Você pode chamar seu tio, garoto?

— É a ambulância que eu vou chamar. Pra você terminar enfiado dentro dela e passar pelo que a gente passou.

Papai dá de ombros. Não gosto da ideia de ele reabrir

a ferida porque vai sobrar para mim fechar ela de novo. Me escondo na sombra dele. É o mais parecido com estar protegida.

— Pronto, você já deu seu showzinho, já ganhou sua grana e demonstrou que mereceu. Tem seus amigos de testemunha, e pode temperar a história com os detalhes que bem entender. Pra mim, dá na mesma. E digo mais: se quiser, eu conto pro Charly, pra ele aumentar seu salário, mas só vim conversar.

Garrafa vira o pescoço de um lado para o outro, mas ele não estala. Se mexe como alguém que aprendeu na televisão tudo o que sabe de violência. Dá uns passos. Para a meio metro de papai. É mais alto do que ele imaginava. Papai estica um braço e me dá duas batidinhas na barriga. Nunca usamos esse sinal, mas não é difícil deduzir que quer que eu me afaste.

— Por que caralhos você quer falar com o meu tio? Se veio pedir perdão, chegou tarde. Tem coisas que não merecem perdão nem quando a pessoa fica de joelhos. Agora... se a mocinha ficar de joelhos, aí já é uma forma interessante de pedir perdão. Capaz de eu deixar você ir embora inteiro. Não sei meu tio, mas eu ia considerar te perdoar. Mas tem que ser o melhor boquete da minha vida. E olha que a concorrência é alta.

Mike ri. Estica a garrafa, apontando para meu pai. Ou para mim. Sinto o cheiro da cerveja. E também do meu próprio suor. Percebo que estou com a boca seca.

Garrafa ainda está rindo quando a rasteira de papai o joga no chão. Ele cai primeiro com o ombro, e depois a cabeça quica no pavimento. Um som oco, como se o asfalto tivesse tossido. O sapato de papai o atinge na barriga. Garrafa dobra o corpo, coloca o rosto em primeiro plano. É quando vem o segundo chute. Não conto. Ele dá vários. De medo, Mike solta a cerveja, e a garrafa quebra aos pés dele. Quando meu pai para de chutar Garrafa, o rapaz rola e vai se cortando nos cacos de vidro. Grita. Do jeito que consegue. É como se estivesse se engasgando com o próprio sangue. O capô do Escort está todo salpicado de vermelho. Papai acerta outro chute nele, este mais suave, para girar o sujeito de barriga para cima.

— Deixa de ser idiota, assim você vai se afogar. Fica de lado e cospe.

O sangue brota rápido, e pedaços de dentes saem voando da boca do garoto. Mike não fala nada. Tem a mancha de cerveja no moletom e outra nova nas calças, que deve ser mijo. O da acne passa por cima de Garrafa com os braços levantados em sinal de paz e se põe a recolher os dentes que encontra.

— O que você tá fazendo? É a fada do dente agora?

— Assim podem colocar de novo no lugar.

Meu pai chacoalha a cabeça. Abre a porta de trás do Escort para que o coloquem dentro do veículo. O arrastam pelo sangue. Garrafa está soltando uns barulhinhos, o rosto cheio de vidro.

— Vão pro hospital. Direto. Se forem até a polícia, vão acabar no mesmo quarto que ele.

O da acne assente. Mike se acomoda ao volante. Não olha para meu pai. Nem pelos retrovisores. Papai pega o balde que tinham usado para limpar o carro, ainda cheio, e joga a água na rua. Ela corre rente ao meio-fio, formando um rio vermelho que arrasta cacos de dentes e de vidro — parecem barquinhos de papel que vão se perder no olho do furacão. Abre o portão que dá para a casa e faz um sinal para que eu entre.

— Limpa bem os pés — diz ele.

No tapete felpudo, esfrega a sola dos sapatos como se o sangue fosse barro.

6

Merda, diz Charly quando vê a gente. A bengala dele cai, diz *Merda* de novo quando desliga a voz de Cartola e nos escuta, apoiado na bancada de mármore, e diz *Merda* uma última vez olhando os sapatos de papai, melecados de vermelho.

— Aquele idiota...

Charly deve ter uns cinquenta anos. A barba grisalha. A primeira coisa que faço é olhar para os dentes dele: perfeitos. Usa um Rolex dourado parecido com um que meu pai teve. Tenho certeza de que o do homem não é de Ciudad del Este como o dele.

— Pense no copo meio cheio — diz papai. — Não é todo mundo que é tão leal.

— De que serve a lealdade de um idiota? — retruca Charly. — Ele vai sobreviver?

Papai confirma com a cabeça e ergue um dos ombros, como se o outro só tivesse sofrido um arranhão. Se agacha, pega a bengala com as duas mãos e a examina. Tem um pássaro dourado na ponta. Parece um cardeal.

— Que graça.

Deixa o objeto encostado ao lado do dono, se acomoda em uma das banquetas e apoia o .38 no balcão de madeira.

— Não, para — diz Charly. — O que você tá fazendo?

— É que me incomoda quando eu sento. — Meu pai aponta para o fogão. — Tem alguma coisa queimando.

Charly dá a volta e confere uma frigideira enorme. Tira a tampa, e uma lufada de vapor e fumaça toma o ar. Ele mexe o conteúdo. Precisa fazer força com uma colher para desgrudar cebola e carne do fundo. Sem a tampa, as bolhas de um molho marrom estouram na superfície, salpicando a pia e o chão. Pelo cheiro, deve ter mostarda e creme de leite. Ele apaga a boca do fogão. Enquanto limpa as mãos com um pano de prato, me olha direito pela primeira vez, fita meu pai, depois a mim, depois papai de novo, como se tivesse algo errado ali.

— Olha, Victor...

— É minha filha, seu doente.

Charly solta a respiração. É estranho escutar alguém chamando meu pai pelo primeiro nome.

— Carlos, muito prazer. — Ele estica a mão e eu a aperto. Está pegajosa.

— Ámbar.

A cozinha é grande, mas os móveis foram colocados bem juntos um do outro para que ele possa se apoiar neles e se mover sem ter que usar a bengala. Uma porta de vidro dá para um pátio bem pequenininho. A geladeira não tem ímãs de restaurantes ou lugares turísticos, nem fotos. Não passa de uma simples geladeira. E está cheia. Queijos. Frios. Chocolates caros na porta. Ele me oferece algo para beber ou comer, mas eu só agradeço.

— Estamos esperando alguém? — pergunta papai, apontando as panelas com a cabeça.

— A Marita, mas ela chega em... — Olha para o Rolex. — ... meia hora.

Nota uma mancha de molho no pulôver e esfrega com um pano.

— Me passa isso — diz papai.

Ele limpa o sangue dos sapatos. Apesar de ter passado os pés com força no capacho, deixou pegadas de sangue no piso da sala e da cozinha. Tira uma lasca de dente de entre os cadarços como se estivesse tirando sujeira de debaixo das unhas. Tenta acertar um lixo ao lado da pia, mas erra e a sujeira cai ao lado do latão. Charly pega o pedaço de dente e joga fora sem nem olhar, como se aquilo lhe desse má impressão. Ou lhe trouxesse más memórias.

— Às vezes, uma surra é a melhor coisa que pode acontecer com a pessoa. Olha pra mim — diz. — Eu odiava minhas primeiras próteses. Eram dentes tão vagabundos que até de longe dava pra perceber que eram postiços. Isso me obrigava a viver de boca fechada. É incrível a quantidade de confusão que a gente evita quando fica calado. — Um filhotinho de pitbull marrom arranha a porta de vidro. — Calma, Gengibre. Belo guardião esse monstrinho se mostrou. Nem latiu.

— Pelo jeito, ele não gostava do Garrafa.

— Nem eu gosto dele, mas a Paola me pediu pra arranjar um trabalho pro moleque. Coloquei ele pra acompanhar um caminhão de garrafas com mercadoria e foi como se estivesse escrito "a gente tá levando droga" na testa dele. O que vou dizer pra minha irmã?

— Que ele sofreu um acidente de trabalho. Você também não tava lá muito atento. Deixar a música alta desse jeito é perigoso. E não pros ouvidos.

— Se posso me dar ao luxo de ouvir música assim, é porque tô com a consciência tranquila. Morri de trabalhar pra comprar uns alto-falantes dos bons sem ferrar ninguém.

— Ninguém?

— Quase ninguém.

Papai estica a mão e pega a caixinha do CD do Cartola. O encarte está para fora. Eu nunca tinha visto uma foto do músico brasileiro. É preta e branca. O homem usa óculos de sol, está sorrindo e tem o nariz meio torto. Ele, sim, tem todo o jeito de quem poderia ter sido amigo do meu pai.

— Você acabou gostando — diz ele.

— Não tive escolha. Você colocava o brazuca pra tocar o dia todo. Às vezes eu tinha a impressão de que a gente morava no Rio.

— Que exagero.

Não era exagero. Papai tem épocas em que só escuta Cartola. O brasileiro tinha uma voz rouca, como se a garganta fosse áspera como lixa. Eu tentava acompanhar a letra da canção, e as palavras que eu conhecia em português se destacavam das demais como se brilhassem. Eu perguntava para meu pai o que significavam as que eu não entendia.

Moinho, respondia ele.

E sobre o que é?

Sobre cada um viver a própria vida.

Quando voltava das viagens, ele não trazia só palavras. Também trazia música. CDs gravados, com as etiquetas informando o nome do disco ou os estilos. Alguns com a letra dele, com os R de perninha comprida. As que eram com outra letra faziam eu me perguntar quem poderia estar dedicando a papai canções como "As rosas não falam", ou "Devolva-me" da Adriana Calcanhotto.

Penso que nunca me gravaram um CD. Gostaria que fizessem. Que alguém escolhesse canções pensando em mim.

— Por que você veio, Víctor? Dessa vez, eu não te fiz nada. — Ele esfrega as mãos. Papai deixa ele continuar. — Ao menos pra você, não devo nada.

— Não sei se você percebeu, mas não vim com o

Giovanni. — Ele se levanta, abre a geladeira e pega uma garrafa de água. — E também não vai voltar a me ver com ele.

— Ah, então você é o cara da notícia no jornal. — Metade pergunta, metade afirmação.

Charly vasculha um cesto e joga um *El Noticiario* na bancada. *Tiroteio em posto de gasolina.* Uma foto em preto e branco, com cacos de vidro no chão e marcas de tiros na vitrine. Papai nem olha. Toma água direto do gargalo e larga a garrafa sobre a mesa. Charly fica boquiaberto quando cai a ficha.

— Tá me zoando que você acha que eu tive a ver com isso. Viu o nível dos meus capangas? Não iam servir nem pra fazer o papel de caubói numa peça de escola.

— Digamos que o pessoal no posto também não tinha boa pontaria, porque cá estou eu.

— Ah, falou, desde quando você é humilde assim? — Quer andar, mas só mexe a perna boa. — O que faz você pensar que fui eu?

Papai aponta para a bengala.

— Isso foi há dez anos — continua Charly.

— E?

Charly coça a cabeça e chacoalha a frente do pulôver, como se de repente a temperatura tivesse aumentado cinco graus.

— O que quer que eu fale? — diz Charly. — Se eu estivesse no lugar dele, ia querer meter uns tiros em você. Foi mal, menina, mas é um fato.

O cachorrinho continua pulando contra a porta de vidro. Fica parado, rosna baixinho. Deve ter cinco, seis meses. A carinha é de bonzinho demais para ser um pitbull.

— A ração dele deve ter acabado.

Meu pai se levanta e encara a porta.

— O que você vai fazer? — diz Charly.

— Ele tá tão doidinho que é capaz de quebrar o vidro, e eu não ia gostar de ver ele se machucar. — Abre a porta e o cachorro entra junto a uma lufada de cheiro de grama cortada. Fareja papai. Lambe a sola dos sapatos dele. — Para com isso, bobinho, você vai passar mal.

— Fecha a porta da sala — Charly diz para mim.

Mas Gengibre entende *ir pra a sala* e corre direto para lá.

— Por que não vai ficar olhando, pra ele não destruir nada? — papai diz para mim.

Não é uma pergunta.

— Não sobe no sofá! — grita Charly.

Gengibre cheira os rastros de sangue que papai deixou e lambe o chão. Vejo que também deixei pegadas ao lado das dele, como um eco que fica cada vez mais fraquinho até desaparecer.

— Não, Gengibre. Não. Se comporta.

Ele nem me dá bola. Parece que ninguém mora no lugar. Está tudo muito arrumado. O sofá de três lugares de frente para uma mesa de centro com uma pilha ordenada de revistas, a estante de livros contra uma parede. A televisão enorme. Não tem cinzeiro algum. Nem fotos. Ou quadros.

O cachorrinho se detém e vem dar lambidas no meu rosto. Me faz rir, depois vejo o focinho sujo de sangue e sinto um calafrio. Toco meu rosto, mas não olho para a mão. Não quero confirmar se ela está ou não suja de vermelho. Encontro um banheiro com um espelho enorme e baixo o olhar para não ver meu reflexo. Me lavo com os olhos fechados até ter certeza de que qualquer sangue que pudesse estar manchando meu rosto já foi pelo ralo. Pego um rolo de papel higiênico, molho um pedaço e limpo as pagadas do piso antes que Marita chegue. *Deixar tudo como estava.* Preciso usar tanto papel que quase entupo o vaso. Da próxima vez, já sei. Tem que ir jogando o papel aos poucos.

Os dois continuam conversando lá na cozinha. Mencionam pessoas. Gente que está na lista. Charly diz que aquele é um porra de um filho da puta, bem alto. *O que você tinha na cabeça, Víctor?* Papai pede para ele falar mais baixo, e consigo vê-lo dizendo isso entredentes. Estou cansada até para escutar o papo. Como se saber fosse fazer alguma diferença agora. Papai diz como e o que vamos fazer.

Gengibre perambula pela sala. Balança o rabinho, e não tem nada que ele possa derrubar ou rasgar. Limpo o sangue do focinho molhando a ponta da camisa. Ela acaba com uma mancha borrada da cor do piso. A próxima camiseta que eu comprar vai ser uma de que eu goste de verdade. Vai ser só minha.

Me sento na poltrona e me largo no encosto. Gengibre pula no braço do móvel. Como se estivesse pedindo permissão. Fareja a mesinha de centro, uma almofada persa, a torre de CDs. Tudo chama a atenção dele. Não devem deixar o cachorrinho entrar aqui nunca.

— Nem eu.

Dou um tapinha ao meu lado e Gengibre sobe. Apoia a cabeça na minha perna e me olha de canto de olho. Vejo, em uma das almofadas, a marca da patinha suja de sangue. Contenho uma risadinha.

— Eu tentei.

Faço festinha nele por um tempo, e tudo fica bem.

7

A rede vazia ao lado das nossas só balança devagar, como se o vento que sopra as nuvens lá em cima chegasse aqui com a força de um suspiro. Alguém escreveu com corretivo no banco de madeira que ama *Polo* ou *Pola*.

Além do posto, o resto é puro horizonte.

Não sei para que papai está olhando. Se é para o homem falando no telefone público, para os pirralhos ao redor do Renault 19 ou se para a mulher que mal dá para ver do outro lado do vidro, limpando as mesas do lugar.

Imagino que tudo ao mesmo tempo, e por vários motivos.

O homem deve ter uns trinta anos. Chegou de bicicleta logo depois que a gente, e a cada dois minutos pega moedas do bolso e coloca no aparelho. Não parece estar passando informações a nosso respeito. Os garotos têm uns doze anos, no máximo. Estão fazendo uma guerrinha de pedaços de barro seco e usam nosso carro para se esconder. Diria que são inofensivos, embora no mundo de papai ninguém que já alcance os pedais de um carro seja inofensivo. A mulher beira os quarenta. Tem cabelos castanhos e usa uma bandana. É magra e alta. Enquanto a gente pedia os hambúrgueres, vi que ela usava batom vermelho. Dá a ela um ar de atriz francesa de filme de época.

Os olhos de papai estão em algum ponto disso tudo.

ÁMBAR

A cabeça já não sei.

Ele devorou o lanche em três mordidas. Eu só dei uma beliscada no meu. O pão foi torrado para disfarçar que é super velho. Esfarelo ele no chão, mas não tem pássaro algum por perto para vir comer as migalhas.

Meu pai pega a lista. Tem um nome anotado ao lado do primeiro. Mendieta, riscado. Também tem alguns números de telefone. Ele marca várias coisas na lista e franze os lábios, como se esperasse que o que quer que ainda não sabe ficasse óbvio de repente. Ele interrompe o balanço e a rede sacode, soltando um ruído.

— Você morria de medo de rede quando era pequenininha.

Papai gosta de falar do que não pode comprovar. Sempre se lembra de coisas de quando eu tinha quatro, cinco anos ou menos. Diz que eu chamava os hibiscos de "rosas boazinhas" porque elas não tinham espinhos, e eu gostava de fazer carinho nelas como se fossem um bichinho. Me conta da viagem que a gente fez para a praia, não me lembro qual a cidade, na qual conheci o mar, diz que eu queria levar para casa um gato da pousada onde a gente ficou, *Mas, papai, tem um monte aqui, e eu não tenho nenhum.* Sempre me perguntei o que fomos fazer na costa, porque o papai nunca sai de férias.

Não sei quanto da história ele deve ter inventado.

— Você adorava carrossel.

Ele já me contou tudo isso antes. Vai falar que me colocou no ombro uma vez para eu conseguir pegar o anel do brinquedo que o condutor fica chacoalhando do lado de fora, que a mamãe ficou brava com ele por voltar tarde comigo, mas não sei se foi assim mesmo, se ele me colocou no ombro, se a mamãe estava preocupada porque a gente demorou para voltar para casa. Talvez as coisas tenham sido diferentes em algum momento. Talvez papai pudesse encostar nas pessoas sem as deixar com uma cicatriz, talvez mamãe me esperasse com a comida preparada e saudades de mim.

É possível, mas difícil de acreditar.

— Muito ruim? — pergunta ele. — Sei que não é nenhum AmPm, mas é dos melhores que tem por aqui.

Ele fala como se tivesse escolhido o posto por causa da comida, e não porque é longe de tudo. Me cansa isso de ele me achar burra. Mordo a bochecha. Esfarelo mais um pouco do pão. O sangue deixou manchas escuras no jeans. A bota que usou para chutar Garrafa está mais suja que a outra. Me balanço na rede usando a ponta dos pés.

Vou.

E venho.

— Precisava mesmo disso? — digo.

— Do que você tá falando?

— Do que você fez com o Garrafa.

Papai volta a se sentar. As redes estão tão baixas que ele é obrigado a deixar as pernas esticadas.

— Ele pediu. Fez aquilo pra ele mesmo.

Meu pai percebe que sujou a manga da camisa com ketchup e xinga. Limpa a mancha na borda da rede.

— O que queria que eu fizesse? — continua papai. — Deixasse ele insultar a gente?

— São palavras, só isso.

— Não. Aquilo não ia parar ali. Tem uns merdas que vivem de armar confusão e não param até que tenha sangue envolvido. Ele mereceu.

Vasculha o bolso da camisa até encontrar os comprimidos. Toma um com água e me oferece a garrafa. Nego com a cabeça, e ele volta a colocar a tampa.

— É melhor dar do que receber — continua ele. — Precisei de muitas cicatrizes pra me dar conta disso. No começo, eu achava que, se não desse bola, o problema se encerrava na hora. Mas não. Esse tipo de gente não para. Revidar é bom. Bater primeiro é muito melhor.

Ele abre as mãos e olha os dedos, de um lado e de outro, como se eles fossem de outra pessoa.

— Além disso, eles estavam em três — acrescenta papai. — Se você bater primeiro, e bater direito, são só dois contra um em vez de três contra um. Se arrebentar a cara dele, os outros testemunham as consequências, o que os espera, e aí não sobra muita honra.

Um carro velho se aproxima das bombas de gasolina. Um homem desce e entrega as chaves ao atendente do posto. Uma mulher sai do veículo para esticar as pernas. Se apoia na janela de trás. Pelo para-brisa traseiro dá para ver uma menina de menos de dez anos, brincando com algo que não consigo ver direito. É loira, e a mãe deve ter demorado uma meia hora para fazer duas marias-chiquinhas no cabelo dela. Mamãe nunca me penteou. Nem ela se penteava. Quando fazia, arrancava mechas inteiras, como se estivesse se tosquiando. O tufo ficava entre os dentes do pente até eu resolver descartar tudo no lixo.

— Você poderia ter matado ele.

— Confia em mim. Não me orgulho, mas já dei muita porrada na vida pra saber quando parar — diz ele, e reviro os olhos. — Que cara é essa?

— Sabe quando parar? Quando a gente veio pra cá, você me prometeu que tinha terminado.

— E terminou.

— Não parece — digo, e depois olho para ele. — O que a gente tá fazendo? Não dá… sei lá, pra gente ir pra outro vilarejo e começar do zero? Com certeza tem algum lugar onde você não tenha… — Hesito, penso no que falar. Enfim escolho as palavras que ele mesmo já me disse. — …irritado alguém.

— Isso de começar do zero não existe.

O sol sai e se esconde. Nossas sombras, sentados nas redes, surgem e desaparecem sobre o gramado e as trilhas de terra que se abriram de tantos pés se arrastando ali. Vejo as sombras aparecendo aos poucos, tomando forma, as redes, meu cabelo, os pés; mas, assim que terminam de se formar, o céu fecha de novo e é como se a gente não estivesse ali.

— Mas e aí? Tudo isso é pra vingar o Giovanni?

O homem do carro volta do banheiro, paga e vai embora. A menina do para-brisas faz um tchauzinho para mim.

— Não é só por isso. Não tem muito o que a gente possa fazer pelos mortos. Eu tô fazendo isso pra gente poder voltar pra casa sem ter que andar por aí rezando pra não ter ninguém esperando. Tô fazendo isso por nós. Se as pessoas acharem que têm o direito de te machucar, vão ter domínio sobre você. E eu não vou permitir que ninguém machuque a gente.

— Eu não te pedi pra fazer isso.

— Às vezes, as coisas acontecem.

— Sim...

Sinto o sol na nuca de novo. O homem da bicicleta foi embora em algum momento. Os garotos também. A garçonete está sentada na mesa da janela, um guardanapo amarrotado entre os dedos. Estica o pescoço para trás. Espera. Ela não pode ir embora.

— Não vai comer?

Passo o hambúrguer para ele. Papai o tira do saquinho. E dá uma mordida.

— Tá frio — diz, mas come mesmo assim.

Me empurro na rede, bem para trás, até ficar na pontinha dos pés.

— Pai.

— O quê? — diz ele, olhando por cima do ombro.

— O cara mereceu. Mas eu não mereço isso.

— Eu sei, sardentinha.

Nego com a cabeça.

— *Agora* você sabe.

Dou um último passo para trás, agarro a borda da rede e me solto. Vou, volto, dobro os joelhos, estico as pernas, cada vez um pouco mais longe, mais alto, meu cabelo entra na boca, os ganchos rangem como se fossem se soltar.

É impossível que algum dia eu tenha tido medo disso.

8

O homem não está na lista, mas conheço o lugar onde estacionamos. Se ele tem nome, nunca escutei. Papai sempre o chama de Morsa. No mundo dele, as pessoas próximas têm apelido. Com sorte, sobrenome.

Houve um tempo em que, independentemente de onde a gente estivesse, dávamos uma escapada até aqui. Papai deixava um envelope para Carolina e passávamos a noite, ele no sofá da sala e eu no quarto com as filhas do casal. Elas tinham medo de escuro, então a gente dormia com o abajur aceso. Eram insuportáveis. Não serviam nem para brincar. Na manhã seguinte a gente ia embora bem cedo, por sorte. Isso quando o Morsa estava preso.

Armaram pra ele, dizia Carolina. Parecia uma mulher doce, inocente. E incrédula. *Você conhece ele, Mondragón, ele é muito covarde pra ter feito algo assim.* Papai misturava o café. Não dizia nada. *Eu me preocupo mesmo com as meninas. Crescer sem pai por perto. E o que vão dizer?*

— Você escolheu ele — dizia papai, e aquilo servia de ponto final.

Antes de nos instalarmos por aqui, passamos umas semanas como hóspedes. Morsa já tinha sido solto. Na casa, tinha um quintal com uma piscina de fibra de vidro. As meninas entravam com uma boia inflável no braço e colete salva-vidas, como se fossem nadar no mar. Uma vez, furei uma das boias. Elas brigaram pela que ainda estava inteira. Mijavam um monte na água.

Não sei se a ideia do meu pai é me deixar aqui com eles enquanto vai fazer as coisas dele, como já aconteceu outras vezes. Mas me preocupa ele ter que me deixar aqui sendo que não teve problemas em arrebentar a fuça de um cara na minha frente.

Ele toca a campainha. Lá dentro, baixam o volume da televisão e não consigo mais escutar o noticiário. Papai olha a imagem de gesso da Virgem em um nicho na parede, atrás de um vidro. A cera derretida de várias velas vermelhas ao redor dela formou uma poça. Parece que a Nossa Senhora está afundando em um pântano do próprio sangue.

Morsa abre e se surpreende ao nos ver.

— Quem é vivo sempre aparece.

— Mais ou menos vivo.

Papai não abraça as pessoas, não dá beijinhos, não aperta a mão ou coisa parecida. Assente com a cabeça e pronto. Não importa com quem está falando. Sempre há um momento de constrangimento. Morsa abre a porta e nos convida a entrar.

Há uma lâmpada amarelada acesa acima da mesa da sala. O lugar parece iluminado por uma gota de mel. Vejo uma chaleira com uns pãezinhos doces em cima da tampa. Onde antes tinha um rádio Grundig de madeira agora há uma televisão de um monte de polegadas. Se cair em cima de alguém, capaz de matar.

— Querem mate?

— Não tem café?

— Instantâneo. Sim, eu sei. Posso te oferecer um chá. Tenho de…

— Não precisa.

— E você, Ámbar? Acho que ainda tem um pouco de

Coca. — Me dá uma piscadela. Quando abre a garrafa, ela não solta o barulho de gás. — Uns amigos trouxeram há uns dias, a gente não toma refri — diz ele. Papai ri. — As meninas ficam muito alteradas.

Me serve em um copo de plástico.

— E a patroa?

— Tá trabalhando. Essa semana pegou o turno da tarde.

— Você ainda tá na loja de ferragens? — pergunta papai. Morsa assente. — Vai ter que arrumar um trabalho pra mim lá, porque dá pra ver que mal vocês não tão. — Aponta a televisão com a cabeça.

— Sabe como é. Quando alguém para de aumentar a família, é hora de aumentar a televisão. Foi nossa última "viagem" de férias — diz, fazendo aspas com os dedos. — A última vez que a gente foi pra Mar del Plata, as meninas descascaram inteirinhas. Faz mal pra elas tomar sol. Têm a pele muito sensível.

— Parece que isso de ficar sempre na sombra é hereditário.

A Coca deve ter uns quinze dias, fácil. Tem uma porta de sanfona separando a sala do resto da casa. Não dá para escutar as meninas. Devem estar no balé ou na natação. Pelo menos não me colocaram para dar uma de babá. Ainda.

Papai pega um desenho da porta da geladeira. A mulher está vestida de branco, com flores amarelas na cabeça. O homem está de preto, ambos têm pezões enormes e sorrisos de espantalho.

— O que é isso?

— A gente se casou — diz Morsa, sem olhar para o meu pai, e esfrega a aliança.

Papai levanta as sobrancelhas.

— Não recebi o convite.

— Foi uma cerimônia bem pequenininha. Só pra família. A gente não tinha dinheiro. Além disso... Você sabe que meus sogros têm uma ideia diferente sobre o que meus amigos fazem.

— E não têm problema com o que você faz?

— Fazia. Eu fazia.

— E eu também fazia. Agora sou um homem de família. — Uma pausa. — Que louco, tão cristãos eles, mas aceitaram que vocês tivessem filhas antes do casamento. — Depois papai ri, e Morsa ri também. Os ombros se relaxam. — Aceito aquele mate.

Morsa enche a chaleira e a coloca no fogo. Me passa o controle remoto.

— Os canais de desenho começam no 22.

Que desenhos, o quê... Vou ver se tem MTV. Não. MuchMusic. U2. Odeio o Bono. O outro canal é de música latina. Os videoclipes parecem novelas, mas com atuação pior.

Torço para que Caro chegue logo. Não gosto de ficar sozinha com esse cara. Ele é carinhoso demais. Sempre me dizia: *Tomara que minhas filhas fiquem lindas que nem você.*

Prefiro ir com o papai. Seja lá o que ele tiver que fazer.

— O que te traz aqui?

A mesa está à minha direita. Papai se senta. Desta vez, não tira a arma da cintura. Morsa está apoiado ao lado do fogão.

— Você sabe que eu fiquei fora por muito tempo. Não conheço quase nenhuma cara que vejo por aí.

— Como pode imaginar, nem eu. Na loja de ferragens, só vai gente que precisa da coisinha pra encaixar na rebimboca da parafuseta da privada.

A chaleira começa a soltar vapor e a tampa começa a trepidar.

— Estou procurando um tal de Sinaglia.

Morsa vai até o lixo e joga a erva fora.

— Sinaglia? Não conheço.

— Me disseram que ele trabalha num rancho em El Gladys.

— Eu não ando mais por lá, irmão.

O vapor está a ponto de arremessar a tampa da chaleira para longe.

— A água — digo.

— Obrigado, lindona.

Ele tira a chaleira do fogo e a coloca na mesa sobre um protetor de cortiça.

— Tem certeza de que não conhece ele? Você deve ter cruzado com ele mais de uma vez. — E dá uma batidinha no nariz.

— Se foi nessa época, pode até ser. Esse filme tem muitos figurantes, e não dei nome pra eles. Eram só isso. Figurantes. O narigudo. O que vendia o pó batizado com talco. O bocó de cabelo alisado.

Morsa toma o primeiro mate e, dada a cara que faz, queimou a erva. Prepara a cuia novamente e a entrega para papai.

— Eu sou do tipo que lê os créditos dos filmes — diz papai. — Não tanto pra saber como caralhos chamam os protagonistas. Mas sim os que aparecem só ao fundo. Os que não têm nome. Acho engraçado ver como creditam eles. O Boxeador. O Cliente com Nojo. A Loira Explosiva. Quase todos devem ter tido o sonho de atuar, e é possível que tenham chegado a no máximo "o Cara do Bar" ou "a Morena Bunduda". Agora mesmo tem um cara com um papel importante na minha vida, mas um nome de coadjuvante. O Homem com uma Tatuagem de Serpente. — Aponta para o ombro várias vezes. — Tô atrás dele porque quero saber como ele chama, pra que só tenha um

71

papel curto no filme. Não sei se deu pra entender.

Morsa percebe que eu estou prestando atenção na conversa e volto a olhar para a televisão. Linkin Park. Acho. Uma dessas bandas em que um faz rap e o outro grita. Os Back Street Boys para quem quer ser roqueiro.

— Uma serpente, você disse? Dessas feitas na cadeia?

— Não, não. Bem-feita. Daria pra colocar a cobra no museu.

— Pior ainda. Eu sei que, na prisão, todo mundo faz uma adaga e uma serpente. Morte aos canas.

— Esse queria trazer a morte pra mim. Mas quem pagou foi o Giovanni.

Morsa pisca várias vezes. Papai assente.

— Ontem — completa.

Morsa se levanta, vai até a pia. Se apoia nela. Pega um copo d'água, mas não toma. Enche tanto que, quando o move, derruba água no jeans e nos sapatos.

— Não acredito.

— Se quiser, mostro o buraco do balaço. Essa serpente cuspia um belo de um veneno.

Ele larga o copo, pega um pano de prato e seca as calças.

— Tenta lembrar.

Papai toma o mate e devolve a cuia. Morsa enche para si, mas a deixa no balcão. Parece que estava pensando.

— Uma serpente, você disse. — E, com o olhar perdido, desenha uma com o dedo do antebraço até a mão. Depois se coça, como se estivesse pinicando. Vira o mate e serve outro para papai.

— Você faz os piores mates do mundo. Duas rodadas e já tá horrível.

— Adoraria que você fizesse outro pra gente, mas a Caro já deve estar chegando e a gente combinou de sair pra comer com um casal de amigos.

Papai ri. Inspira fundo pelo nariz e solta pela boca.

— Sabe que quando Charly me contou que viu você em El Gladys, a informação me chamou a atenção. Eu não queria acreditar. Achei que você ia dar valor pra uma mulher que segurou as pontas quando você foi em cana.

— Do que você tá falando?

— Vai me dizer que vai até lá porque fazem drinques bons, como diz pra ela? Me contaram que esse tal de Sinaglia andava bastante por lá. E eu pensei, *Bom, é coincidência*. Mas o problema é que você se entregou. Eu disse que o cara tinha uma tatuagem no ombro pra ver se você caía, mas sozinho você já apontou pro antebraço, que é onde ele tinha o desenho. Desembucha, Morsa.

— Quando papai termina, o pomo de adão de Morsa se move como se estivesse quebrado. — Abre o bico.

É quando escuto as duas, descendo rápido pela escada. Abrem a porta de sanfona e surgem uma depois da outra.

— Pai, a Carla não tá me deixando usar o computador.

— Ela ficou usando o dia inteiro.

Não deram a mínima para a nossa presença. Nem se tocaram.

— O papai tá ocupado, meninas. Agora chega disso.

Me levanto da poltrona e vou até as duas.

— Oi, meninas — digo. Olham para mim como se eu tivesse acabado de aterrissar ali. — Lembram de mim? Ámbar? A gente brincava na piscina.

Dão de ombros. As duas com o cabelo cortado em cuia. Carla está com um vestido azul com rosas na barra. Manuela usa uma camiseta da Sailor Moon verde.

— Vão brincar com a Ámbar — diz Morsa.

Saio puxando as duas pela mão. Fecho a porta de sanfona e passamos a uma espécie de versão reduzida da sala.

73

Vejo a televisão e duas poltronas. Um banheiro num dos cantos. Fotos das meninas na praia. Vermelhas, como se a pele toda estivesse com vergonha.

— Gostei do seu cabelo rosa.

— Quer ver a nossa coleção de Barbie?

— A mamãe fez umas roupinhas pra elas.

— Eu também fazia roupa pras minhas.

Manuela me mostra uma que tira de um cesto. Reconheço o tecido de um vestido da Caro que eu achava lindo. Entendo que a mãe pegue a roupa que não usa mais — que não permitem mais que ela use — para vestir as bonecas. Me faz sentir — muita — raiva e — muita — ternura.

As vozes na cozinha estão baixinhas. Papai não ergue o tom. No máximo ergue a mão. Penso na chaleira fervendo. Na televisão. No jogo de facas que Morsa usou uma vez para preparar um dos piores churrascos que já comi na vida.

— Você tá com cheiro de quem não tomou banho — diz Manuela.

Chego perto dela e fungo algumas vezes.

— Você também — respondo.

Carla ri.

— Que tal a gente brincar de esconde-esconde?

— É muto chato...

— Pode ser, mas quem vencer ganha um Kinder Ovo.

— A mamãe sempre traz Kinder Ovo pra gente. — E ergue um dos ombros.

— Certo, o que vocês querem de prêmio?

— Um sorvete — diz Carla, com um sorriso que deixa antever uma banguela.

— Fechado. Vou bater cara, mas vocês têm que se esconder bem. Vou contar até cem.

— É um montão.

— Sim, mas quem ganhar leva um quilo de sorvete.
— Antes que digam que a mãe sempre compra sorvete para elas, jogo a cartada do orgulho: — Pra tomar sozinha.

— Do sabor que a gente quiser? — pergunta Carla. Faço que sim com a cabeça. — Baunilha!

Que tristeza, pelo amor.

— Não — diz a irmã. — Porque eu que vou ganhar, e vou escolher céu azul. — Mostra a língua.

Qual é o problema dessas meninas? Diversão deve ser proibida nesta casa. Com certeza disputam o computador para jogar Campo Minado.

— Eu vou contar aqui. — Apoio o rosto na porta do banheiro. — E não trapaceiem. Não pode mudar de lugar. Se escondam e fiquem quietinhas.

Um ruído metálico e um grito vêm da cozinha, como se a chaleira tivesse caído. Quase consigo imaginar o vapor subindo do chão — ou da pele de Morsa.

— Que desastrado, o pai de vocês.

As duas riem. Bato palminhas.

— Vamos, hora de se esconder, malandrinhas.

Malandrinha. Era como a mamãe me chamava nos dias em que, em vez de televisão, ela me contava história antes de dormir. Quando o hálito dela cheirava a pasta de dente e não a vinho, nas noites em que era ela que me cobria e não o inverso.

Dou a volta e começo a contar, mas a memória se estende e me arrasta com ela por um tempo. Carolina deve cobrir as filhas e apagar a luz do quarto delas todas as noites, devem brigar entre si para serem a protagonista das histórias, e a mãe deve ter que inventar contos onde, em vez de uma princesa, tem duas, e dois príncipes, e penso que eu teria gostado de ser colocada para dormir assim.

De canto de olho, vejo as duas subirem as escadas, em

75

pontas de pé que delatam as aulas de balé. Abro a porta do banheiro, fingindo que estou procurando as duas. Encontro um perfume. Passo um pouquinho. Morsa não vai abrir o bico sobre isso. Com o nariz quebrado, é capaz que nem perceba. Ou que me diga que o cheiro fica melhor em mim do que na esposa.

Subo a escada e escuto as irmãs rindo. Preciso que saibam que vou encontrar as duas. Tem fotos do casal a cada dois degraus. Quanto mais subo, mais o sorriso da esposa diminui. Como se o último tivesse ficado na escada e não entrado no quarto.

Em algum momento, e por um tempo, mamãe e papai deviam abrir um sorriso ao ouvir o nome do outro. Talvez eu tenha sido concebida no dia do último sorriso deles juntos. É provável que eu esteja exagerando só para não perder o costume.

— Onde será que elas se meteram?

Desço os degraus na ponta dos pés. Minha ponta é melhor que a delas, mas não tem a ver com dança — e sim com aprender a sair ou entrar de fininho nos lugares.

Espero encontrar Morsa queimado, com a pele rosa-vivo — as pessoas dizem "vermelho-vivo", mas queimaduras deixam a pele rosada. Encontro ele com um saco de coxas de frango congeladas encostado no rosto. Quando o afasta, vejo que está com os lábios partidos, e os investiga com a língua como se estivesse conferindo se todos os dentes estão ali. A boca está cheia de sangue, então é difícil saber. Cospe na pia.

— Acho que você me fez perder um dente, filho da puta.

— É o preço de ter perdido a memória.

— Como caralhos você quer que eu lembre de uma coisa que não sei?

Papai se agacha, pega a chaleira do chão e a coloca sobre a mesa. Os pãezinhos caíram da tampa. Ele está com o cotovelo sujo de sangue, as mãos intactas.

— Já disse que eu não sei de nada — continua Morsa. — Parece até que o drogado aqui é você, considerando essa sua paranoia. Passei a mão no braço porque é nesse lugar que todo mundo se tatua na cadeia.

Não sei se o sujeito sabe de alguma coisa, mas me surpreendo desejando que meu pai arrebente a cara dele. Papai se aproxima de Morsa, que recua um passo.

— Você continua sendo o mesmo idiota de sempre. A mesma porra de altar cheio de velas. Fazia a mesma coisa sempre que agradecia por um serviço terminado. A Virgenzinha agora quase parece a Carrie. Abre o bico ou vai terminar igual a ela. Sinaglia ou o cara da serpente. Qualquer um dos dois serve.

Escuto uns ruídos. Acho que são as garotas, mas a porta da rua abre.

— Tive que deixar o carro pra fora porque um babaca estacionou na garagem. — Carolina entra de costas, puxando duas malas com etiquetas penduradas no zíper. — Mas pelo menos consegui. — Só então se vira e dá de cara com a cena. Uma das malas cai no chão quando ela solta a alça.

— Oi, Caro, como você tá? — pergunta papai. — Fecha a porta que não quero que ninguém se intrometa.

Ela olha para o marido. Depois para mim, parada ao lado da porta de sanfona.

— As meninas estão bem?

— Sim — digo. — Lá em cima, brincando de esconde-esconde.

A mulher fecha os olhos, respira fundo, volta a abri-los.

— O que você fez? — Ela ralha com o esposo.

— Não fiz nada. Do que você tá falando, idiota?

Caro levanta as malas e as coloca de lado.

— São lindas — diz papai. — O problema é que você vai ficar louca pra encontrar elas na esteira. É bom amarrar uma fita vermelha nelas pra facilitar.

Ele fala com a confiança de ter tudo sob controle; como se não só os olhasse, mas também os tivesse na mira.

— Pra onde vocês vão? — pergunta ele para Morsa, mas este não responde.

— Pra Cancún — diz Caro. — Nossa lua de mel.

— O Morsinha aqui me contou que finalmente você fez dele um homem honesto. Ou tentou.

— O que tá acontecendo?

— Tô tentando fazer seu marido voltar a ter memória. E me dar um nome. Só quero isso. Talvez você possa me ajudar, pra não ter que dar uma de enfermeira nos próximos, não sei, três ou seis meses, depende do quão difícil for fazer ele falar.

Caro se senta. Não está usando brincos, colares ou outros anéis, como se tudo tivesse sido fundido na aliança. Vê os pãezinhos doces no chão e os coloca sobre a mesa.

— Já disse que as meninas não gostam desse tipo de docinho — diz ela.

— Era o único que tinha.

— É o que você mais gosta, o que é diferente.

— Tudo isso pode esperar — diz papai. — Cunhada, você conhece um tal de Sinaglia?

— Não.

— E um cara com uma tatuagem de serpente?

Ela nega de novo com a cabeça.

— Tá foda. — Papai massageia o pescoço. — Eu não tô com a menor vontade de fazer isso, mas ontem atiraram em mim, mataram o Giovanni, e preciso encontrar algum desses sujeitos antes que aconteça alguma coisa.

Vocês conheciam o Giovanni, alguém tem que pagar pelo que fizeram com ele. Pelo que fizeram com a gente. Caro, você sabe o que uma pessoa é capaz de fazer pra manter os filhos em segurança, não sabe?

Morsa ri, uma risada abafada pelo saco de coxas de frango que vai amolecendo enquanto descongela.

— Você ri, é? — continua papai. — Acabou em cana por algo com que não tinha nada a ver. Alguns acham que ficou na sua por lealdade, mas não é o caso. Foi por cagaço, isso sim. Medo de virem quebrar sua cara, e agora deve estar pensando: *O Mondragón é meu amigo. Não vai me arrebentar pior do que os outros caso eu dedure eles.* Mas você tá errado. Porque, se não abrir o bico por vontade própria, eu vou fazer abrir, e não vai ser legal. Pra nenhum de nós. — Papai olha de um para o outro. — Última chance de continuar com a cara intacta. Nada? Bom, vocês escolheram.

Caro tira de debaixo da camiseta uma correntinha com um pingente na forma de duas menininhas. Com o dedo indicador, puxa o acessório de um lado para o outro sobre as saboneteiras.

— Se souber de alguma coisa, fala, Caro — digo a ela. Os três se surpreendem ao me ouvir.

— Até uma moleca de quinze anos é mais inteligente que você, Morsa. Escuta a minha filha.

Carolina morde os lábios. Papai se apoia na bancada, arregaça uma das mangas da camisa e um dos hibiscos aparece.

— Por onde começo? — continua ele, esfregando a boca. — Caro, por mais que você tente mentir pra si mesma, sabe que ele não vai até El Gladys pra tomar um drinques, nem pra fechar negócios ou buscar mercadoria — afirma ele. Ela baixa a cabeça. — Uma vez me disseram "Nunca subestime o poder da negação". Aquilo me deixou pensativo. Você pode estar em negação e achar que não, que é a única, ou ter aceitado que, no fim das contas, ele sempre volta pra cá.

Caro continua com o olhar baixo, brincando com o pingente. A cozinha está um bafo. É difícil de respirar. Me dá vontade de abrir uma janela. Ligar o ventilador. Desgrudar a camisa do corpo. Tomar um banho de duas horas. Fazer alguém falar logo.

— O louco é que você sempre foi falastrão. Desde quando a gente juntava moedas entres os caras pra comprar cerveja com o Arreche. Você pagava de forte pra bebida, mas era tomar meio copo que já era. Quando começou a sair com a Caro, não calava a boca. Não esqueço do que me contou depois que dormiram juntos pela primeira vez. — Papai ri. É um riso que me diz que com certeza não quero ouvir o que vem em seguida. — Caro, você pode confirmar isso. Ele disse que, assim que tirou sua roupa, viu que você tinha uma marca de nascimento bem na borda da periquita, mas que, quando terminaram de transar ele teve certeza de que, em vez de mancha, aquilo devia ser uma queimadura de tão quente que tinha ficado sua buceta. *Dava até pra sentir o cheiro de pentelho queimado.* Não foi isso que você disse, Morsa? Ainda lembro de você desenhando a marca. — Papai traça uma forma no ar com o dedo indicador — Tipo um raiozinho. Depois os manés do grupo, cada vez que te viam, diziam: *Não tá sentindo cheiro de queimado, Caro?* Você não entendia por que estavam falando isso, nem por que estavam rindo.

— Você se queimou, mamãe?

Vejo as duas na porta, mas não sei qual falou. Caro pega as duas e as leva para cima.

— Filho da puta — diz Morsa, e vai para cima do meu pai. Ele estende o pé para que o homem tropece, e este termina caindo no chão. Pelo barulho, aterrissa de mau-jeito.

Caro volta e fecha a porta. Está com os olhos cheios de lágrimas, prestes a escorrer pelo rosto. *Não dê a ele o gosto de te ver chorar,* penso. Não a esse maldito.

— O homem da tatuagem — diz ela. — Ele veio aqui.

— Cala a boca — diz Morsa, tentando se levantar. — Cala a boca, maldita.

Papai faz um gesto com o queixo, indicando que ela prossiga.

— Não sei o nome, ele veio algumas vezes. Mas falaram desse outro que você mencionou, o tal italiano, e de uma avó.

Meu pai fecha os olhos ao escutar o "avó".

— Não fala mais nada — diz Morsa.

— Eu não sei de mais nada, babaca.

Caro olha para a televisão, depois para as malas, para os pãezinhos, para mim, para fora.

— Quero o nome, Morsa. E onde caralhos eu encontro ele.

— Eu não sei, é sério, não faço ideia. — Ele se apoia na parede e massageia o ombro. — Eu só cruzava com ele no El Gladys. O italiano se meteu com uma das meninas. Contou pra ela que tava fazendo uma grana, que metia a mão nos carregamentos que transportava pra Avó, e que queria abrir um negócio próprio.

— Nossa, quanta confiança a mocinha tinha em você, hein? Tudo isso porque ela foi com a sua cara, aposto.

Caro para e joga os pãezinhos doces no lixo. Faz o mesmo com o saco de coxas de frango. Morsa só mexe o braço.

— Acho que você tirou meu ombro do lugar.

— Continua.

ÁMBAR

— Chamam o cara da tatuagem de Mbói Cuatía ou alguma porcaria em guarani parecida. A gente não conversa muito. O sujeito vinha, me pedia pra arrumar um bico pra ele e eu contava de um serviço ou outro. Numa dessas, indiquei ele pro Sinaglia. Não sei o que aconteceu no meio. Não mandei nenhum dos dois atrás de você ou do Giovanni. Eu juro, Víctor.

— Eu sei, você não tem culhão pra isso. — Papai sacode uma das pernas como se ela estivesse formigando. — Filho da puta, não era mais fácil ter falado tudo de uma vez? — Ele coça a barba com tanta força que a pele fica vermelha. — Se eu ficar sabendo que encostou nela... — Faz um gesto na direção de Caro, que está com a cabeça baixa, o rosto escondido atrás do cabelo. — É bom que já tem umas malas à disposição, porque me parece que hoje nem no sofá você vai dormir.

— Não fala pra eles que fui eu que contei — diz Morsa. — Por favor.

— Não te preocupa. Todo mundo já sabe como você é.

Ele faz um gesto para mim, me chamando para ir embora. Passo ao lado de Caro e não sei se coloco uma mão no ombro dela ou peço perdão, mas só passo reto e me junto ao papai à porta, que observa as malas.

— E não façam tanto drama. Cancún é superestimado. Pura pedra e alga. Não vão perder muita coisa.

9

Minha mãe nunca me chamava de Ámbar. Só quando eu a irritava muito. E, mesmo assim, mal chamava, era mais como o nome se escapasse.

Na boca da mamãe, ele era um insulto.

Mesmo quando estava ao telefone e fazia de tudo para não o dizer.

Agora não posso, tô com a garota.

A pentelha.

Você sabe quem.

O problema de eu me chamar Ámbar é que é um nome sem apelido. Sai tudo junto. Sempre que alguém o diz, parece que está me dando bronca, ou é uma pessoa que não me conhece o suficiente para me chamar de outra maneira. Uma vez uma professora tentou me chamar de "Ambi" ao ler a lista de chamada, mas ficou parecendo um apelidinho de bebê e ela nunca mais repetiu. Ainda bem.

Também não entendia por que a mamãe, com tantas outras formas mais doces de me chamar, usava "malandrinha". Ninguém chamava as outras meninas assim. E aquilo, de uma forma complexa, fazia com que eu me sentisse especial.

Eu ter usado "malandrinhas" com as filhas da Caro não veio sem custo. Algo se destrancou em mim. Como se a lembrança estivesse à espreita.

Vamos dançar, malandrinha.

Eu tinha seis anos. Fazia calor, mas não sei se era verão. Mamãe aumentou o volume do rádio, era uma música dos anos oitenta. Encostou a mesa na geladeira e guardou os banquinhos embaixo dela. Tinha um montão de bitucas no cinzeiro, nosso enfeite de centro de mesa, mas não lembro de ter fedor de fumaça. O forno estava aceso e o cheiro era delicioso. Carne com batatas.

Mamãe pegou minhas mãos e se agachou para a gente ficar da mesma altura, até tirou os saltos. Ergueu o volume e a música se distorceu, era ruído e chiado, e a voz da pessoa que cantava se diluía no meio de tudo.

Eu queria saber o que tinha feito para ela ficar feliz. Para repetir depois.

Não consigo me lembrar do rosto dela, e sei que qualquer traço que atribua à minha mãe é inventado, mas não aquele momento. Recordo do vestido, porém, curto e vermelho como maçã do amor, o que eu colocava quando queria parecer com ela, o que ela odiava que eu mexesse, porque *Esse, menina, é pra ocasiões especiais.*

Consigo lembrar o suor na testa, no colo dela. Dançamos. Éramos péssimas, mas nenhuma das duas tinha vergonha. Mamãe riu tanto que descobri que ela tinha uma obturação num dente, e naquele momento aquilo me pareceu a coisa mais linda do mundo, porque só existia quanto ela ria, daquele jeito, com a boca bem aberta e jogando a cabeça para trás.

A rádio entrou num intervalo e ficamos sentadas no chão, a sujeira grudando na palma das mãos suadas. Mamãe ajeitou um pouco meu cabelo. Fez isso mesmo? Ou será que eu só quis que ela tivesse feito? Sei que me disse para ir lavar as mãos, que a comida já ia ficar pronta.

Nunca mais voltei a ver a obturação no dente da mamãe.

Às vezes, acho que eu inventei.

Tudo.

Porque minha mãe não dança, nem ri, e eu também não danço.

Tomara que ela tenha voltado a dançar, tomara que tenha deixado alguém apaixonado (isso sempre foi fácil para ela), talvez ela também tenha se apaixonado (isso era tão difícil que não sei se ela é capaz) e a outra pessoa tenha descoberto quem minha mãe é de verdade, que tenha visto a cicatriz da minha cesárea, aquela que creme algum conseguiu apagar, que o homem saiba que mamãe abandonou algo que saiu dali, e que vá embora, vá embora para sempre, assim ela vai lembrar — ou descobrir — como dói ser abandonada por alguém. Talvez, nesse momento, ela se lembre de mim e diga *Âmbar* como se fosse um palavrão, como um xingamento proferido por alguém que percebeu que acabou de cometer um erro.

— Puta que pariu.

Volto para a vida real, para o espelho que está terminando de desembaçar, como se estivesse me revelando aos poucos. Não queria que ninguém tirasse uma foto de mim assim. Sentada na privada, descabelada, com os olhos vermelhos, enrolada numa toalha de hotel com os cantos desfiados.

No espelho, as raízes negras se destacam contra as mechas rosa. Coloco o cabelo atrás das orelhas. Não encontro sarda alguma. Me aproximo. Procuro. Não. Nenhuma. Nem a sombra de uma sarda.

Visto a roupa e saio.

Papai está deitado na cama, olhando para a televisão. A mancha de sangue seco na meia cinza ficou cor de vi-

ÁMBAR

nho e chega ao calcanhar. O colchão é pequenininho e faz meu pai parecer maior do que é. Pelo menos isso é um hotel. De dois pesos a noite, mas é um hotel.

— Achei que você tinha se afogado.

Há um abajur aceso na mesinha de cabeceira entre as camas. Separo a roupa suja numa sacolinha de plástico e a enfio num compartimento menor da bolsa.

— A água tava uma delícia.

Sinto cheiro de cigarro apesar da placa de que é proibido fumar. Pela janela, dá para ver um pedaço da estrada que leva até o poste. Não dá para ver o que tem do outro lado da pista. Um veículo entra no estacionamento com os faróis altos e, assim que os apaga, consigo ver que é um Renault 12, do qual desembarca um casal. Ela com uma sacola branca e grande com uma caixa de alfajores por cima. Têm toda a pinta de gente que compra camisetas dos lugares que visitam ou as levam de presente. *Alguém lembrou de você e trouxe esta camiseta de onde Judas perdeu as botas.*

Papai troca de canal. As vozes mal se formam. Ele odeia ficar zapeando. Quando faço isso, ele fica doido e diz: *Só deixa em algum lugar.* Ou tira o controle da minha mão de uma vez. Nem deve estar vendo o que está passando. Se tivesse visto alguma coisa interessante, não teria notado. Papai conhece os filmes só de olhar de relance. Sempre prefere ver algum repetido em vez de um novo, porque assim é garantido que vai se divertir. Além disso, compartilha a indicação comigo. Se bem que, para ser sincera, os filmes do papai são um pé no saco.

Ele coloca num noticiário local. Um velho costume, para ver se sai algo sobre ele na televisão ou se algum policial com vontade de agradar os superiores se enrola e fala demais, talvez deixando escapar uma direção para as buscas de papai. Nada por enquanto, só uma batida na estrada. Um carro capotado no acostamento.

A lista está dobrada, com a caneta, na mesinha. Meu nome continua sendo o último. Ao lado do telefone, há um folheto turístico. Feiras de artesanato. Produtos locais. Rios. Festivais. Festas populares. Não fomos a nada disso. Ou, de alguma maneira, fomos.

Em todos os lugares pelos quais passamos, os produtos regionais são sempre os mesmos, alfajores, embutidos ou queijos. As festas populares são do padroeiro da região, com milagres — não comprovados — parecidos, festivais nas ruas ou na praça em frente à igreja e à prefeitura.

Todos os lugares no meio do nada são iguais.

— Você já foi pra Cancún?

— Eu tenho cara de quem já foi pra Cancún?

Ele se espreguiça e a voz sai distorcida pelo bocejo. Não deve ter pregado o olho à noite. Não é a primeira vez que isso acontece. O cansaço geralmente deixa umas olheiras, mas agora enrouquece sua voz, lhe pesa nos ombros.

— Se quiser comer, vai logo que a cozinha já vai fechar.

Me passa um cardápio.

— O que você vai pedir? — pergunto.

— Pede pra você. Não vou comer.

Não sei se é porque a grana está curta ou se tem algo tirando a fome dele. Ligo na cozinha e peço um misto quente. É o mais barato e o mais fácil de fazer se passar por jantar, disfarçando que também estou com fome.

— A menção à tal Avó te deixou preocupado?

— Nada.

Ele torce a boca, um sorrisinho no canto dos lábios, e uma ruga ecoa em seus olhos, nas sobrancelhas, na testa. Também devem achar que ele é mais velho do que é.

ÁMBAR

— Por que chamam ela assim?

— Bobagem do povo. — Ele percebe que isso não vai ser suficiente, que alguma pergunta minha vai ter que responder. — Faz um tempo que ela se encarrega de certos negócios que muitos quiseram tirar dela ou propor uma competição, mas ela acabou colocando eles em seu lugar. E alguns, olhando de fora, começaram a dizer que ela cuidava do vilarejo como se fosse um filho dela havia tanto tempo que, agora, era como se fosse um neto.

— E ela cuidou de você como se fosse um filho dela?

— Nem meus coroas me trataram como filho.

O resto das perguntas que tenho se evapora com a resposta.

Papai nunca fala dos pais dele. Nem os menciona em histórias de quando era criança. Nelas, a avó nunca leva alguma comida especial para ele, e a voz do avô nunca traz sabedoria. Não consigo imaginar meu pai com a minha idade. Não consigo imaginar meu pai de qualquer outra forma que não seja o cara que anda com o gatilho da arma no dedo como se fosse uma aliança.

Ele também não deve ter tido uma vida fácil.

Pega uma muda de roupas e a toalha e se enfia no banheiro.

Me jogo na cama e mudo de canal. Não me interessa a onda de calor em Buenos Aires. Nem o que Duhalde está falando. Dou uma volta inteira nos canais. Tem duas pessoas conversando no quarto ao lado. Ela: *Se eu puder ser sincera…* Ele: *O que foi?* Ela: *Nada.* Ele: *Agora me diz.* Desligo a televisão. Escuto o ruído da ducha. Ela: *Era bobagem. Esquece.*

Batem na porta. Pergunto quem é. *Da cozinha. É seu pedido. Um misto quente.* Só então abro. Uma moça com as sobrancelhas finíssimas me olha como se eu estivesse doida e deixa o sanduíche enrolado em papel-filme com um potinho de maionese do lado. Pego os dois e como tudo.

Papai sai com uma regata, uma bandagem nova no braço. O cabelo bem penteado para trás. Uma vez, deixou ele crescer tanto que o prendia em um rabo de cavalo. É o ideal para trocar rápido de identidade. Isso e tingir os fios. Quando pintou o cabelo de loiro, era impossível não rir. Ele ficava bravo. Desde então, só corta ou raspa.

Ele se senta na beira da cama e coloca as meias. Uma tem um furo no calcanhar. Fico surpresa. Geralmente, nossa roupa não dura tanto a ponto de furar. É uma bobagem, mas as meias me dão a esperança de que algum dia a lava-roupas desbote minhas camisetas. Nunca cheguei a ter uma camiseta favorita que virou pijama.

Meu pai enche com água da torneira a garrafa que comprou no posto de gasolina. Odeia água da torneira. A carteira deve estar vazia, vazia.

Me deito, o colchão é duro como pedra. Deve ser o último quarto disponível, porque é bem vagabundo. Papai também se deita. No cotovelo, tem um corte da briga em que arrebentou a cara do Morsa.

— Não podia ter feito ele falar na base da porrada?

— Se eu bato nas pessoas é ruim, se não bato, também.

Papai vira o pescoço. Olha para mim.

— Melhor isso do que destruir uma família — digo.

— Fiz pra salvar a nossa. E, que fique claro, aquilo não era uma família. Era um sequestro com reféns, e libertei todo mundo. Deviam me agradecer.

Ele sempre dá um jeito de ter razão.

— Não estou a fim de ouvir suas perguntas o tempo todo, sardentinha — continua ele. A palavra carinhosa que não pede trégua.

— Não me chama mais assim.

89

— Por quê?

Paro e aproximo o rosto bem perto do dele.

— Olha.

— O que foi?

— Tá vendo alguma sarda?

Ele procura, mas não encontra sarda alguma. Gosta tanto de ter razão que era capaz de desenhar umas com uma caneta.

— Devem aparecer em breve. Dá pra ver melhor no verão, precisa regar com sol.

— Sim, e pra isso preciso poder sair no sol. A gente passou o último verão enfurnados. E parece que esse vai ser igual.

Me jogo de novo na cama, uma perna pendurada para fora.

— A gente combinou que não ia mais falar da época de Corrientes.

— Sim — respondo. — E antes a gente tinha dito que também não ia falar mais da época de Yacanto, e tenho certeza de que daqui uns meses vamos dizer que a gente não ia mais falar do cara com a tatuagem de serpente.

— Eu tô tentando, sardentinha.

— Já falei pra não me chamar de "sardentinha". — Ergo a voz um pouco mais do que gostaria, e deixo que o silêncio se estenda por uns segundos antes de voltar a falar. — Sinto que você tá falando com alguém que já não existe mais.

Papai deixa um braço cair da beira da cama. Quando move os músculos, os hibiscos parecem estar se sacudindo com o vento. Não sei se o vermelho com o tempo ficou mais rosado ou se sempre foi assim. Na única foto que vi dos meus pais juntos, eles estão num sofá, um do lado do outro. Nenhum deles olha para a câmera, o rosto da minha mãe é puro cabelo, e meu pai está com uma das mãos sobre a barrigona enorme dela e o outro braço, já tatuado, esticado no encosto. Me pergunto se fez a tatuagem como uma promessa. Como se estivesse dizendo: *Aqui estou, não vou embora.* Para ela. Ou talvez para mim.

Papai range os dentes. Primeiro um lado da mandíbula, depois o outro. Me dá uma má impressão quando ele faz isso.

— Nunca tinha pensado nisso — diz, sem se virar para mim. — Mas que tal se a partir de agora eu te chamar de "Ambareté"?

— O que é isso?

— *Mbareté* é "forte" em guarani. Combina com você.

Eu adoro a ideia, mas disfarço, como se não ligasse. Ele guarda a lista no bolso do jeans. Confere o .38 e o acomoda ao lado do abajur, como se estivesse confirmando que ligou o despertador para trabalhar no dia seguinte.

Meu pai se deita, com os ombros quase fora do colchão. Coça a ferida do cotovelo como se fosse uma picada de pernilongo, e há algo de triste na naturalidade com que faz isso. Me dou conta de que papai não está assustado. Está sozinho.

Me sinto uma pirralha caprichosa. Em dois dias, mataram o melhor amigo dele, ele botou fogo no carro e descobriu que o outro era um filho da puta — um traidor, o que me parece pior. E eu preocupada se tenho ou não sardas.

— Você tá bem? — pergunto.

Ele olha para a bandagem.

— Mal dói.

— Não tô falando disso. Em dois dias, você perdeu seus melhores amigos.

Meu pai alisa as rugas da colcha, mas elas voltam a aparecer assim que ele passa a mão.

ÁMBAR

— Essa ideia de melhor amigo é pra idiotas.

— Ah, pai. Não fode. Não tem problema ficar triste.

— Eu tô bem.

Papai nunca me vai dar razão ou um abraço. Posso não ter certeza de quando está me dizendo ou não a verdade, mas tem coisas que não preciso que ele me diga para que eu saiba ou sinta.

Me levanto e paro ao lado da cama.

— O que foi? — pergunta ele.

Dou um abraço no meu pai.

— Cuidado, menina. O machucado.

— Não tava quase sem dor?

Abraço com mais força. A cama é baixa, então fico de joelhos no tapete, a cabeça no peito dele.

— Eu gosto de "Ambareté" — digo.

— Você merece o nome — responde ele, com uma risada reprimida. — Embora seja melhor não apertar tão forte seu coroa, que tá fraco.

— Como quiser, pai.

Ele tira meu cabelo do rosto com um sopro e acomoda os fios atrás da minha orelha. Não sabe muito bem o que fazer com os braços, então só deixa eles ali e dá uns tapinhas nas minhas costas, como se eu fosse um animalzinho.

E fica tudo bem.

Tudo bem.

10

Tem um moleque mais novo que eu sentado na porteira, com cara de estar de castigo ou com sono. Dá uma pitada longa no cigarro, olha para a gente, tem todo o tempo do mundo. Papai começa com um "chegamos", mas o garoto não escuta ou não dá a mínima. Deixa a bituca na boca e desce com um salto. Abre o portão, soltando fumaça e a respiração no mesmo expirar. Pelo retrovisor, vejo ele fechar a passagem, chutar uma pedra para o outro lado da estrada e voltar a trepar na porteira.

A casa é baixa e ampla, pintada de rosa, com portas de vidro e grades pretas na fachada. Tem uma varanda coberta com cadeiras e redes penduradas entre os pilares. Ao fundo, é possível ver eucaliptos enormes e um galpão. Parece um postal da revista *Billiken*, mas mais legal.

Nos fundos da casa, dá para antever uma piscina. Alguém se joga na água. Não sei se é uma menina ou uma mulher. Estamos muito longe. Avançamos, e a cena some atrás da construção. Continuo ouvindo o chapinhar da água.

À medida que a gente se aproxima, detalhes do alpendre ficam mais nítidos. Brinquedos largados, várias Barbies sentadas em vasos de plantas. Um quadro-negro, um saco de boxe, bolas de futebol e muitas flores em canteiros — lírios, rosas e um montão de outras que não conheço.

No meio disso tudo, há um sujeito acomodado em uma espreguiçadeira, com óculos de sol e um revólver de cano longo apoiado na perna.

Papai estaciona ao lado de uma caminhonete F100. No retrovisor, onde deveria estar o adesivo redondo com a velocidade máxima do condomínio, há um que diz: *vida loka*.

O cara com a arma está brincando com uma boneca vestida só com a parte de cima do biquíni. Mexe uma perninha e depois a outra, coloca a Barbie no ombro como se fosse um papagaio. Ela cai e ele tenta segurar, mas ela escapa. O homem não tem os dedos da mão direita.

— Que filha da puta ela de colocar você pra revistar — diz papai. — Sacanagem.

Meu pai abre os braços. O outro o revista com a mão livre, os sovacos, a cintura. Com os pés, para não precisar se agachar, tateia os tornozelos dele.

— Qual é, Reynosa. Não sou tão idiota a ponto de vir armado.

— Não sei quão idiota você é. Melhor garantir.

Ele se aproxima de mim. Por sorte, meu jeans é colado ao corpo, e a camiseta também, então ele mal precisa me revistar. Apalpa mais meus peitos do que a cintura. Depois se vira pro meu pai.

— Bom ver que alguns de nós continuam vivos — diz Reynosa, e lhe dá um tapinha no ombro. Ou um meio tapinha, melhor dizendo.

— Quem vai matar o jardineiro?

— Vai cagar.

— Não esquece de regar os lírios.

Papai se vira para uma das portas de vidro e vou atrás dele. Por dentro, mais que algo que se veria na *Billiken*, a casona parece uma que sairia na *Caras*. Superfícies de madeira, cortinas brancas. Tudo muito iluminado. Uma mesa enorme o bastante para que três famílias comam nela, poltronas com brinquedos jogados. A parede do fundo é de vidro, e dá para a piscina. Uma menininha agarrada à escada bate perna na água. Há outras três crianças loirinhas, com todo o jeito de serem irmãos. Um sujeito sem camisa, com uma pistola enganchada na sunga, aspira o fundo da piscina.

O cheiro de café substitui o dos eucaliptos. Um balcão separa a sala da cozinha. Vejo uma mesa de centro com um quebra-cabeça começado. Só fizeram a borda. E montes de porta-retratos por todos os lados. Pendurados na parede, em mesinhas, ao lado da televisão. Papai pega um, mas não consigo ver quem está na foto.

— Você demorou.

A voz chega de um corredor. Depois ela, se penteando, com o cabelo grisalho ainda molhado, a franja rente às sobrancelhas. Parece que cortou o cabelo desse jeito há pouco tempo. Não usa anéis ou aliança, mas tem um monte de pulseiras e um colar pendurado para fora da gola da blusa. Deve ter uns cinquenta anos.

— Dragón, quanto tempo.

— Não o suficiente. — Papai deixa o porta-retrato sobre a mesinha. — Você não envelheceu nada.

— Você envelheceu. Mas também não era lá grandes coisas antes. Não sabia que vinha acompanhado. A famosa menina da tatuagem das rosas, se não tô enganada.

— Hibiscos — corrijo. — Ámbar, prazer.

— Eleonora. Mas pode me chamar de Eleo.

Me sinto como se Drácula tivesse me dito que posso chamá-lo pelo nome.

Ela me cumprimenta com um beijinho. Está cheirando a bronzeador e creme.

— O rosa combina com você — diz ela. — Sempre quis tingir meu cabelo, mas nunca decidi de que cor. No fim, o tempo escolheu por mim. — Agita os fios cinzentos, depois olha para papai. — Não te cumprimento porque sei que você não gosta. Entrem, sentem. Acabei de passar um café.

— Obrigado, mas a gente não veio tomar café da manhã.

— Eu aceito um — digo.

Café moído, não instantâneo ou queimado, não esses que tem para tomar na recepção dos lugares, é impossível negar. O que quer que vá acontecer pode esperar um café.

— Com leite?

— Pode ser puro.

Ela pega a jarra de uma cafeteira Volturno e serve uma xícara para mim e outra para papai.

— Não passa vontade, você tá com cara de quem precisa. Tem açúcar ali.

Coloco duas colheres. Deixo o vapor soprar meu rosto. Eleo se serve de um dedinho, coloca umas gotas de adoçante e dá uns goles. Por mim, eu tomava isso de café da manhã todos os dias. Todas as tardes. Papai olha para o dele, duas, três vezes, mas acaba cedendo. Não consegue evitar a cara de *que delícia*.

— É disso que mais sinto falta de trabalhar com vocês.

— Achei que era do dinheiro.

— Você podia ter arrumado um segurança melhor que o babaca do Reynosa. O Pandora não tá mais com você?

— O Pandora tá em outra coisa. E o Reynosa pode ser um tonto, mas faz um bom churrasco. Além disso, você sabe que minha melhor segurança é a reputação.

Mergulha o sorriso no café. Apoia a xícara no balcão. É de porcelana, dessas que na maioria das casas as pessoas usam só para ocasiões especiais.

— Quer comer alguma coisa? Acho que ainda tenho uns croissants.

— Não, tô bem, obrigada.

— Educada, ela. Vamos pro sofá, assim aproveito e fico de olho nas crianças.

Se acomoda em um que dá de frente para a porta de vidro. Nós nos sentamos em um outro de dois lugares.

— Não sabia que você tinha aberto uma colônia de férias — diz papai.

— São os filhos da Gabriela. Sempre achei que ela combinava com você.

— Não era meu tipo. Como ela tá?

— De férias. Foi passar cinco verões na unidade penal número 6. Coisas que acontecem. O pai das crianças acabou na prisão perpétua. — Aponta para o chão. — Nunca gostei dele, na verdade. Encheu a cabeça dela até ela se envolver nas coisas dele. Assim foi.

Ela cruza as pernas. As sandálias ficam penduradas no dedão. As peças do quebra-cabeça são pequenininhas, deve ter tipo umas mil. Não tenho a menor noção da imagem que podem formar. A caixa não está à vista.

— Não sabia que vocês eram tão amigos do Sinaglia. — Eleo faz uma pausa calculada. — Ele entrou depois que você saiu. E nunca te vi como alguém quem faz amigos jogando futebol, nem que conhece gente em recitais. Seu coroa é o único que vai pra um bar e tem mais chances de sair com um inimigo do que com um amigo. Um temperamento de merda.

— Não me diga — comento.

Papai olha para mim e eu rio. Não sei se de nervoso ou o quê.

— Não sei como você foi com a cara do Sinaglia. Ô sujeitinho chato… Só pensa em dinheiro. Parece que se deram bem. Ontem o Reynosa me contou que você passou três vezes pela casa.

— Me escuta.

— Não, Dragón. Você que precisa me escutar. Porque já sei tudo o que você vai dizer. Não ache que sou tonta. Quando você tá indo com a farinha, eu tô voltando com o bolo.

Nunca vi cortarem o papai desse jeito. Eleo toma um pouco mais de café. Acima do sofá, há uma foto dela quando tinha mais ou menos minha idade. Abraçando um homem muito mais velho.

Tirando a da vó Nuria, nunca morei numa casa que tivesse fotos nas paredes ou nas mesinhas. Mamãe guardava todas em álbuns, com um livro onde anotava coisas sobre meus primeiros meses de vida. Quem tinha ido ao meu aniversário. O que cada pessoa tinha me dado de presente. Meu peso. Quando fiz um ano e meio, parou de preencher. Não tem muitas fotos minhas, exceto as dos documentos falsos. Dela, não há nenhuma.

Uma menininha surge no corredor. Está usando um maiô da Minnie com babadinhos. Leva a mão à boca quando vê a gente.

— Vem, lindinha. São amigos da vovó.

A garotinha se aproxima e fala algo no ouvido de Eleo.

— Já arrumou o quarto? — pergunta a senhora, e a menina assente. — Então tudo bem, mas diz pro tio passar protetor solar em você.

A criança sorri, abre a porta de vidro e sai. Papai aponta para o quintal.

— Por que você não vai pra piscina com a molecada, Ámbar?

— Ai, Dragón. Ali é lugar pra criança. Deixa ela com os adultos. — Se vira para mim. — Tenho certeza de que ele sempre diz que você já é crescida. Ou só quando o convém?

Papai coça a barba ao lado da boca. Sinto as axilas transpirando. O café e a xícara na mão me dão ainda mais calor.

— Vou te economizar combustível e tempo — diz ela. — A gente estava seguindo o Sinaglia havia um tempo. Algumas cargas do norte chegaram desfalcadas. E faço negócios há tempo com os Di Pietro e os Cruz. E sei que, se forem me foder, não vai ser por vinte quilos. Essa é a diferença entre um filho da puta e um desgraçado. O filho da puta, se for te foder, vai fazer isso de uma vez. O desgraçado é mais perigoso. Pra foder um, fode vários. E suja todo mundo. — Sacode o braço para as pulseiras se acomodarem no pulso. — Quando comecei com isso, achava que os mais perigosos eram os que não têm grana. Mas com o tempo descobri que os mais fodidos são os que não têm autoestima. Já tô farta de lidar com babacas, porque não são homens. Gostam de dinheiro, mas não de receber ordens de uma mulher. E aí ferram com ela. Sinaglia se enquadra nesse grupo. Tem sujeitos que não se dão conta que a melhor coisa que pode acontecer a eles é ter uma mulher por cima.

Pega a xícara do balcão, dá um gole.

— Mas, assim como vimos você perambulando por aí ontem, nos dias anteriores vimos o cara com a tatuagem de serpente. Sim. O homem que você anda procurando por aí. — Abre um sorriso contido. — A gente queria saber qual era a dele, com quem estava envolvido, pra quem vendia. Se tinha mais alguém, ou se era coisa do Sinaglia apenas. Ele não é lá muito esperto, não parecia ser ideia só dele.

Conforme o cabelo dela seca, os fios grisalhos ficam mais nítidos. Termino o café e não sei o que faço com a xícara. A mesa do quebra-cabeça tem jeito dessas em que precisa usar um porta-copos.

— De qualquer forma, o pouco de esperteza que ele tinha já era — continua ela. — Encontramos o cara num dos nossos galpões, baleado. O que não encontramos foram os duzentos quilos que deviam estar lá. Suponho que o sujeito da serpente não ficou satisfeito com o que a quantidade de mercadoria que Sinaglia deu a ele. E quis mais. A gente sabe que o da serpente e o Sinaglia também tinham arranjado a partilha com mais alguém. A pergunta é: com quem? — Termina o café e deixa a xícara ao lado de uma foto com vários meninos brincando em um campo de maconha. — Tá gostando do conto? Desde que deixaram as crianças comigo, todas as noites elas pedem que eu conte uma história, e tô tentando ficar melhor nisso. Eu te pediria conselhos, mas se tem algo que sempre valorizei em você é que sabe manter o bico calado.

Papai estica os braços no encosto do sofá. Várias manchas de transpiração escurecem a camisa, que parece camuflada.

— Juro que quando soube que você tinha voltado, achei que ia reivindicar seu posto. Meu queixo caiu quando me contaram que você tava trabalhando como caminhoneiro.

— É um trabalho de merda como qualquer outro.

— Devem te pagar bem mal pra você andar com esse Renault 19.

Papai brinca com os projéteis no bolso da camisa. Pega as balas na mão como se fossem moedas.

— O louco é que aqui é uma área tranquila — continua ela. — Dá pra criar bem a família por aqui. Não acontece quase nada. As pessoas só passam pelo vilarejo. Mas é só você chegar que acontecem três roubos a caminhões e sai no jornal: *Cuidado, piratas do asfalto*. — Ela estende as mãos no ar como se estivesse exibindo a manchete.

Meu pai projeta o corpo para a frente e apoia as mãos nos joelhos.

— Não sei de que caralhos você tá falando. Dirijo um Scania e levo vacas pro matadouro cinco dias por semana.

— Pensando bem, agora acho que é um serviço ideal pra você. Escuta, eu não sou da polícia, Dragón. Não preciso de provas. Especialmente porque você não tá me roubando. Mas tô tentando fazer com que sejamos honestos um com o outro.

Eleo se recosta no sofá e passa a mão pelo apoio de braço. Fita o pulso procurando um relógio que deve ter esquecido no banheiro.

— Esse cara, o da tatuagem de serpente, Robert Alvarado Sorias, conhecido como Mbói, era matador de aluguel. Não muito bom, ao que parece, já que você tá aqui. Sei que ele também se diversificou. Quando não se é bom no ofício, não há outra escolha. Ele trabalha em uma quadrilha com o irmão e mais alguns caras. Eram de um vilarejo de merda ao lado de Iguazú, um lugar tão pequeno que não tinha espaço pra duas quadrilhas. E foram expulsos aos tiros. Mudaram pra outro vilarejo próximo, mas andam desgarrados. Vendo o que podem fazer pra se safar.

Papai espalma as mãos no ar.

— Não preciso da biografia do cara. Encontrou ele?

— O Pandora encontrou.

— E?

Meu pai passa a mão na testa. Está respirando pela boca.

— Na verdade, o Mbói que o encontrou primeiro. Desde ontem à tarde não tenho novidades. E você sabe que o Pandora era bom no que fazia.

— Onde ele tá?

— Você vai gostar dessa — diz ela. — Onde fizeram sua maior cicatriz. Há quanto tempo você não anda por aqui?

Ele coça a nuca, o cabelo arrepiado por causa do suor.

— Vinte mil pesos — diz.

— Dragón, eu não sou idiota.

— Não vou recuperar sua mercadoria de graça.

— Eu não tô nem aí pra mercadoria. O importante é a mensagem. É o que você sempre diz: as pessoas não podem achar que vão mexer com você e não vai ter consequência alguma.

— Passar uma mensagem também custa dinheiro.

Ela soca duas vezes o apoio de braço, fechando a cara.

— Bom, chega, Mondragón. Você já me encheu o saco. — Se estica para a frente. — Seu problema sempre foi que se rodeou de desesperados que acreditam em qualquer coisa que você diz, e te conheço como se você fosse meu amigo. Não atiraram no mítico Mondragón pra ajustar contas, por mais que você esteja dizendo isso pra qualquer idiota com que cruza. Você não quer vingar o Giovanni coisa nenhuma. O que importa é recuperar o que roubaram de você. Te balearam por causa do dinheiro do intercâmbio. Não sei se foi uma armadilha feita pelo Sinaglia e pelo Mbói ou coisa parecida. Não me importa. Então peço que você não me faça de idiota.

Papai relaxa os ombros e se joga para trás. Não olha para mim. Estou a ponto de perguntar se é verdade, mas só uma boboca ou alguém que não o conhece perguntaria isso. Cerro os dentes. Reprimo a vontade de jogar a xícara na cabeça dele. Por uns segundos, o único barulho é o da água da piscina, as crianças entrando e saindo, o ruído das balas entre os dedos de papai como se fossem contas de um terço.

— Agora estamos na mesma página?

— E o que você quer?

— Meu coroa costumava dizer que a gente sempre deve estender a mão. Ao amigo, pra cumprimentar. Ao que paga uma de espertinho, pra dar uma bofetada.

— Ainda bem que seu coroa não era poeta.

Ela ergue um braço e faz gestos na direção da piscina. O cara de sunga abre a porta de vidro e joga algo para ela. Quando o objeto cai no meio do quebra-cabeça, vejo que são as chaves de um carro e um envelope com dinheiro. O de papai.

— O que é isso? — pergunta papai. — Como assim?

— Se tivesse sido sincero, isso teria saído de graça, mas como tudo pra você é um negócio... — Ela analisa o conteúdo do envelope. — Bom, ainda te saiu barato... Parece que dirigir caminhão não dá muito dinheiro, assim como roubá-los.

Papai olha pela janela de vidro. O homem de sunga faz questão de vermos a arma que tem em mãos.

— Esse seu Renault é um lixo — diz a Avó. — Leva o Neon que tem aqui no fundo. Vai ver o Miliki. Ele continua no mesmo lugar de sempre. Ele vai cuidar do que tem no porta-malas. Toma isso. — Volta a falar assim que papai guarda as chaves. — Depois pode fazer o que quiser, procurar o Mbói, arrebentar a cara dele, ir conhecer as cataratas com a sua menina, fazer o que te der na telha e chamar como quiser: vingança, revanche, honra. Isso é problema seu.

A porta de vidro se abre e um dos loirinhos entra correndo, seguido pelo outro.

— Ei! — grita Eleo. — O que falei sobre entrar com os pés molhados?

Os meninos se detêm, pingando nos azulejos.

— Desculpa, vovó. A gente esqueceu a toalha.

— E não podiam ter pedido pra eu trazer?

Eleo se levanta e desaparece às minhas costas. Papai nem olha para mim. Está com o pescoço apoiado no encosto, os olhos fechados. Quero que ele diga ou faça algo, mas não sei o quê. Que me peça perdão. De novo. Acho que o silêncio é a coisa mais honesta que ele tem para me dar. E o silêncio é uma merda.

Eleo para atrás de mim e apoia as mãos aos lados da minha cabeça. As pulseiras se amontoam no pulso. Ela as usa com a elegância de uma cobra.

— No começo, eu me sentia bem quando me chamavam de "Avó", e toda essa bobagem sobre eu ter netos. Mas, na verdade, eles são os únicos que gosto que me chamem de "avó".

Papai endireita o pescoço e olha para ela. Os ossos da mandíbula parecem vibrar como artérias.

— Todos comparam as cicatrizes, quem o machucou ou não, e você sempre gostou de tudo isso. Ninguém briga comigo por dizer que fiz isso ou aquilo. Essa é a diferença entre terem raiva ou respeito por você. Não seja idiota, Dragón. Há duas formas de tratar alguém como filho.

— Cala a boca, vovó, que pelo jeito vai me cobrar pelo conselho também. — Faz uma pausa. — Quando vir a Gabriela, manda um oi. Já que os seus filhos se deram tão bem na vida.

Ele vai embora sem esperar resposta. Nas costas, tem uma mancha de suor grande e outras menorzinhas.

— Prazer conhecer você, Ámbar. Tomara que da próxima vez que a gente se encontre seja em outras circunstâncias.

Coloco a xícara sobre as peças do quebra-cabeça.

— Cabelo rosa ia ter ficado uma merda em você.

Encontro papai na parte de fora da casa, na área oposta à da piscina, abrindo a porta do motorista de um Neon preto. Reynosa está ao lado, com o revólver no coto da mão.

— Não se preocupem. Já coloquei todas as suas coisas no banco de trás. — Depois se vira para mim. — Linda escopeta, mas não é grande demais pra você, não, mocinha?

Papai abre a porta para mim e me apoio na janela.

— Não é grande, Reynosa. É que sua mão é pequenininha.

Quando entro, papai está sorrindo de canto de boca. Quando olho para ele, porém, ele volta a ficar sério.

— Vamos.

11

No lugar em que paramos pela segunda vez, a rua é de terra batida. É um posto bem pequenininho. O cara que abastece é o mesmo que atende na lojinha de conveniência.

Baixo o vidro, mas não escuto o que papai está dizendo. Ele encaixa o telefone entre a orelha e o ombro e anota alguma coisa num papel. *Outra lista*, penso. Dá um passo para trás, mas o fio do orelhão é curto e o puxa para frente de novo. Um caminhão sai e encobre a visão e as palavras dele.

É a primeira vez em um bom tempo que escuto a voz do meu pai. Ele só falou comigo para perguntar se eu queria comer alguma coisa quando paramos cinco horas atrás, em outro posto, onde ele fez outra ligação de um telefone público. Não respondi. Desci para fazer xixi, me entretive lendo o que tinham escrito na porta do banheiro. *Não desceu pra mim. Ajuda. Não te entendo, mas te amo. Gostaria de te atropelar só pra sentir que você morreu por mim.* E muitos corações e muitas pirocas. Contei. Empatou oito a oito, incluindo os corações partidos. Fiquei um tempo ali, sentada sobre duas camadas de papel higiênico, com o cheiro de mijo, o chão grudento, a pia transbordando. Não queria voltar para o carro. Se tivesse uma canetinha comigo, teria escrito alguma coisa.

Quando retornei, tinha um saco de papel com um sanduíche em cima do painel. Não agradeci. Continua ali, aquecido pelo sol. Nem sei do que é. Fico tentada a abrir para ver, mas prefiro a fome a ceder terreno. Só consigo ganhar do meu pai numa guerra de silêncios, por mais que precise roer as unhas e arrancar as pelinhas dos dedos.

Tenho vontade de descer de novo, mas já passei por banheiros o bastante para saber que aqui não vai ter nem uma privada quebrada. Ligo o rádio, mas só sintonizo estações que tocam cumbias ou chamamés ou coisa do tipo. Pego a bolsa no banco de trás e a coloco entre os pés. Tenho certeza de que aquele doente do Reynosa fuçou nas minhas calcinhas. Capaz de ter ficado com uma para ele. Quero botar fogo em tudo. *O dinheiro*, penso. Confiro se o babaca me roubou. Procuro os cartuchos de escopeta até encontrar o mais leve. Tenho dificuldade de forçar a abertura; se eu tivesse as unhas mais longas — ou o canivete à mão — seria mais fácil, mas tomo o cuidado de abrir o projétil como uma flor desabrochando, e garanto que o dinheiro continua ali.

Papai entra e tomo um susto. O cartucho cai e me apresso para guardar o objeto no bolsinho do agasalho.

— Calma, sou eu.

Dá a partida no carro. Olha pelo retrovisor para ver se não tem ninguém vindo e voltamos à estrada.

— Perdeu alguma coisa?

Por onde vamos, não há mais pôr do sol nem iluminação. Apenas as luzes cuspidas pelo Neon. Ao lado da estrada poderia acontecer qualquer coisa que a gente não ia saber. Meu estômago ronca e levo a mão à barriga, como se pudesse esconder o ruído. Meu pai solta uma risada pelo nariz.

— Vai continuar com isso por muito tempo? Quer

que eu pare em outro lugar e compre alguma coisa? A maionese desse vai te cair mal.

Minha barriga protesta de novo e prefiro encobrir com a voz.

— Sua ideia é fingir que nada aconteceu? — digo. — Como fala "idiota" em guarani? Você podia começar a me chamar assim.

O ruído dos insetos batendo no para-brisa. Uma camada verde-amarronzada vai se acumulando no vidro. Vão atingindo a superfície um depois do outro.

— O que você queria que eu fizesse?

— O que prometeu. Ou, pelo menos, que me dissesse a verdade.

— Eu te disse parte da verdade. — Ele engata a quinta marcha. Estamos indo tão rápido que o asfalto parece uma imagem mal sintonizada. — Você sabe que tentei.

— Não sei mais o que é verdade vindo de você.

— Não faz drama, Ámbar. — Ele reduz a velocidade e faz uma curva. Chego a ver verde além da lateral da pista, muito verde. De dia, deve ser um lugar bonito. — Não posso ser só mais um. Não um pobre como os demais, pelo menos. Arrisquei a pele mil vezes, e pra quê? Pra terminar vivendo como um vagabundo? Não. Eu queria parar, de verdade, mas tinha cada vez menos vontade de voltar pra casa. Se é que dava pra chamar aquilo de casa. Preferia estar morto.

— Bom, você quase conseguiu. O que achou que ia acontecer comigo?

A estrada sobe e desce, é impossível ver muito mais à frente.

— Entendo o que você tá sentindo. Eu também senti. E tem todo o direito de estar puta. Tem várias coisas em mim que eu adoraria mudar, mas não posso.

— Nem por mim?

Ele tira os olhos da via. Sinto o sangue ferver no rosto, nas mãos, não sei descrever o que me consome por dentro. Talvez seja ódio.

— Não até recuperar o que é meu.

Abre a boca e depois range os dentes. Nunca entendi como ele ainda tem todos. Como não quebrou ou arrancou alguns. Gostaria que alguém desse umas porradas nele. Que quebrassem a cara dele, depois pegassem um dente e fizessem um pingente. Pendurasse num cordão. Que a pessoa levaria sempre com ela como outros levam terços, e, em cada bar que fosse, se sentasse no balcão e contasse a história de como arrancou um dente de Víctor Mondragón.

— Ou até perder o que ainda tem — digo depois, baixinho.

Coloco o cinto de segurança. Ele tira a mão do câmbio, brinca com os projéteis no bolso. Não sei se é um ritual ou sei lá eu, se pergunta às balas o que caralhos deve fazer da vida. Se é um tique nervoso. Às vezes, acho que não conheço nada dele.

Imito seus movimentos e brinco com o cartucho que tenho na mão. Tateio o rolinho de notas guardado lá dentro, penso nas possibilidades, duzentos pesos não é muito, mas dá para umas duas semanas de hotel. E depois o quê? Algum trabalho num bar, limpando vômito e merda. Ou como camareira, se eu tiver sorte. Mas é melhor que limpar sangue do meu pai das unhas, é melhor isso que saber que, se ele morrer nas minhas mãos, não vou poder fazer nada. É melhor ter merda nas unhas que meu próprio sangue, e sinto vontade de chorar, mas meu pai me ensinou a não fazer isso. E sou a melhor aluna dele.

A estrada segue oscilando para cima e para baixo. Não há casas, não há luzes, exceto um resplendor brilhante, um incêndio ao longe. Nos lados da estrada dá para ver pontos fugazes, olhos de animais que nos observam passar e que podem atravessar e serem atropelados, ou atropelar a gente, olhos pequenininhos que cintilam e parecem estrelas, como se houvesse um céu aqui embaixo, nosso, um céu feito de animais.

Papai não usa o cinto de segurança. Talvez não seja de todo ruim se algum bicho cruzar a estrada. Fico doente com o silêncio dele, com o fato de que ele tem todos os dentes, que finge que nada aconteceu.

— Tô cansada de ir de um lado pro outro — digo, e decido mexer na minha própria ferida com a intenção de abrir uma nele. — Se a gente tivesse parado quieto, talvez a mamãe pudesse ter me encontrado.

— Pra isso ela teria que ter procurado você.

— Com certeza procurou.

Talvez eu consiga ganhar dele não só no silêncio, mas nas palavras também. As afio, as lanço, as cravo. Viro de lado para olhar para ele.

— Você não tem ideia do que tá falando, pirralha.

— Eu nunca soube o que você fez pra deixar ela tão arrasada. Você arruinou ela. Arruinou a gente.

Papai me encara por um segundo com uma expressão que nunca vi na vida, não sei nem nomear, é um olhar que continua focado em mim mesmo depois que volto a encarar a estrada. Ele freia de repente e estende um braço para me segurar no lugar. Mesmo assim, o cinto de segurança trava, vou para frente e bato contra a porta quando o recuo nos leva ao acostamento. No ponto em que as luzes roçam no último pedaço da escuridão, um animal se perde, não consigo ver qual. Parece grande para ser um cachorro. Meu pai pergunta se eu estou bem. Puxa meu rosto e confere se não tem nenhum machucado. Se abaixa. Assovia, mas só vemos os olhos do animal, que dá a volta e depois desaparece.

Papai desce, deixa a porta aberta. Está agitado, com os músculos do pescoço tensionados. Se afasta alguns passos, soca o capô e volta.

— Eu encontrei com ela — diz. — Ela morava a uma hora da gente.

Abre a boca para dizer mais alguma coisa, mas muda de ideia.

— Fala. Se tem alguma coisa pra falar, fala.

— Conversei com ela. Falei pra gente se ver. Esperei num hotel.

— Claro, queria se livrar de mim, né?

Ele passa a língua por todos os dentes, de cima primeiro, depois pelos de baixo.

— Você tá falando um monte de coisa que não tem nada a ver — diz ele. Eu rio, racho o bico. — Já que você tá tão doida pela verdade... Ela nunca apareceu, mas deixou isso pra você na recepção.

Abre a carteira, vazia. Tem duas notas e uma carta, ou algo parecido com isso, a que sempre pensei que ele ia me dar, e enfim a tenho em mãos. Mas não foi ele que escreveu. A letra é da mamãe. Está escrita no verso de um folheto de pizzaria com uma caneta azul que acabou depois de umas linhas e foi substituída por uma verde.

"Falando de mulher pra mulher."

— Se quiser descer, essa é a sua chance — continua papai. Da carteira, tira os vinte pesos que ainda lhe sobram, abre a parte das moedas e enfia tudo nos bolsos do meu casaco com várias balas. Uma cai debaixo do assento. — Toma. E vai procurar sua coroa. Ou cala a boca e nunca mais fala dessa filha da puta.

Papai desce e fecha a porta com uma porrada. A luz de teto se apaga e não consigo mais ler a carta.

Não consigo pensar. Estou... Não sei como estou. Vejo que tem algo se aproximando da gente, iluminando

111

o carro, e estou tão aturdida — aturdida é o que estou — que acho que é o fogo se aproximando. Só quando para atrás da gente é que me dou conta de que é uma viatura, da qual descem dois policiais. Viro para olhar para eles, mas o farol alto me cega e a luz atravessa o Neon. Cubro os olhos com a mão. Um deles para perto do porta-malas, e o outro segue até a janela do meu pai.

— O que foi, policial?

— Não sei, eu que pergunto.

— Um bicho atravessou a pista e tive que frear pra gente não se matar.

Não consigo ver o rosto de nenhum dos dois. O da janela não é gordo, mas os botões da camisa estão quase arrebentando. O de trás é só uma silhueta, com a luz da viatura dando a ele um ar de imagem de folhetinho de santo.

— O radar me informou que você tava a cento e cinquenta por hora.

— Pois parece que essa lata-velha consegue fazer cento e cinquenta por hora?

— Escuta só, Lucio. Tem um negacionista da tecnologia aqui — diz ele ao companheiro, que dá a volta e para ao lado da minha janela. Jogo a bolsa no chão e a empurro para debaixo do assento com os pés.

— Documentos do carro.

— Escuta, policial... Cordero — diz papai, se esforçando para ler a plaquinha de identificação. — A gente teve uma emergência, minha esposa sofreu um acidente e emprestaram esse carro pra gente. — Estica a mão e abre o porta-luvas. Tenho medo de que tenha droga, uma arma. Mas tem só uns cadernos velhos, um estojo de camurça. Ele continua revirando o conteúdo. Algo cai entre meus pés, e quando o cana da janela ilumina a coisa com a lanterna, vejo que é uma Barbie. Desenharam mamilos nela com uma canetinha. A boca foi pintada com corretivo. Ela não tem os dedos de uma mão, e a outra segura o fuzil de algum boneco do Rambo. — Pedi pro meu irmão não esquecer o documento. Aquele desgraçado...

— Sai do carro e me passa a identidade.

— Oficial, com todo o respeito, a gente tá viajando faz oito horas, só...

O policial espalma a mão e faz um sinal para que ele saia. Vão até o acostamento, onde as sirenes azuis acendendo e apagando os livram da escuridão.

O outro se acomoda no assento de papai, com as pernas para fora do veículo. É velho. O suor lhe escorre das costeletas. Olha para a Barbie e se estica para pegar a boneca, apoia a cabeça em mim enquanto tenta encontrá-la. Empurro com o joelho, bem de levinho, e o sujeito se levanta.

— Malvadinha, você.

Tira pó da Barbie, primeiro soprando e depois com os dedos.

— Ela não é minha.

— Você já curte outro tipo de brincadeira, né? — Ele acomoda a fivela do cinto na barriga. — Pelo jeito, gosta de homem mais velho.

— Ele é meu pai.

— Não quis te pagar, você ameaçou se jogar do carro e ele teve que frear? — Ele inspira de tempos em tempos e confere as narinas no retrovisor. — Talvez nós sejamos seus heróis e tenhamos te salvado. Muitos presuntos são desovados por aqui. Você deveria estar agradecida.

A plaquinha com o sobrenome dele — Manzoni — está meio pendurada e é muito brilhante, ao contrário do azul desbotado do uniforme.

Baixo o olhar. Ainda estou com a carta entre as mãos, amassada de tanto apertar.

O policial lá fora assovia. Manzoni desce e vai até eles.

— Se não tiver os papéis do automóvel, pode dar um jeito com uns papeizinhos de outro tipo.

Papai mostra a carteira para eles, vazia. Os vinte pesos estão no meu bolso.

— Me chamaram e saí com a roupa do corpo. Minha esposa...

— Esses portenhos tão achando que a gente é idiota, Lucio.

Abro a carta. Com as luzes da viatura, consigo enxergar bem.

"Agora com treze anos, uma mulherzinha, vai conseguir me entender."

Tem várias palavras escritas errado. "Herro". "Precizo." "Excrava."

Em um dos lados, há uma anotação em um garrancho que diz: *Cinco de JQ e dois de carne*. Quero rasgar a carta, não ler mais nada. Queria nem saber que ela existe.

Papai ergue a voz. Um dos sujeitos apoia a mão no revólver.

"A gente precisa dar ouvido ao que sente."

Vadia.

Uma grande vadia.

Penso que o que quer que haja no porta-malas pode contentar os oficiais e tirar meu pai do meu pé por uns anos. Se me deixarem no próximo vilarejo, posso procurar alguma placa de *procura-se funcionária* em algum hotel, pensão, posto de gasolina, colocar umas luvas de borracha amarela e esfregar pisos, contar corações e pirocas nas portas dos banheiros enquanto raspo a merda de uma privada sem tampa, voltar para uma pensão e olhar para a televisão, assistir a programas culinários com pratos que nunca vou cozinhar, descobrir o sabor do vinho e da ressaca, fazer o mundo acreditar que tenho dezoito anos. Que já sou mulher há um tempo.

É só uma frase e pronto: *Policial, o porta-malas.*

Mas nem sempre é preciso confiar no que a gente acredita ou sente.

Toco o antebraço onde imagino a tinta, a tatuagem que ainda não terminei de dar forma na minha mente. O ombro onde pensei em fazer um hibisco.

Ainda não vai desabrochar nada na minha pele.

A pele pode esperar.

O sangue, não.

Se é para limpar merda, prefiro que seja a merda da minha família.

Abro o cartucho e tiro as notas: duas de cinquenta, uma de cem. Aliso as cédulas tão bem quanto possível e as coloco dentro da carta.

— Oficial — digo, descendo do carro. — Encontrei o documento.

Os três olham para mim. Papai mais confuso do que os outros dois. Manzoni pega o papel. Está com os dedos pegajosos. Como se tivesse tomado sorvete. Abre a carta.

— Parece que tá tudo em ordem.

— Podem ir, mas com cuidado. Que tem muito acidente por aqui.

Embarcamos. Os oficiais ficam olhando para nós do acostamento. Manzoni entrega as cédulas ao companheiro e fica com a carta, tentando ler.

— "Até sempre, Ámbar" — diz ele, lendo a última linha, e ri. Amassa a carta em uma bolinha, joga fora e entra na viatura.

Papai me pergunta se eu estou bem, se ele fez algo comigo. Não consigo definir a expressão dele. Os policiais dão meia-volta. Assim que somem de vista, papai joga a Barbie longe e volta à estrada. Quando tomamos velocidade, o ar que entra pela janela faz eu me dar conta de que estou toda suada. Levo um tempo para entender que o que achei que era frio era outra coisa.

Tremo, colocando as mãos sob as coxas para ele não perceber.

— E aí? — pergunta ele.

— Eu estava juntando pra uma tatuagem — respondo. Papai faz menção de dizer algo, mas interrompo. — Não. Chega de promessas.

Outros carros surgem no sentido oposto. Depois, ao longe, vários pontos, luzinhas nas fachadas de casas perdidas. O brilho vermelho de alguma antena paira acima de tudo. O vilarejo vai tomando forma pouco a pouco, algumas luzes já permitem ver os alambrados. No acostamento, brotam uma atrás da outra as placas de rios com nome em guarani. Me pergunto quantas palavras meu pai trouxe daqui.

— *Tavýcho* — diz ele, me dando mais uma de presente.

— O que é?

— "Idiota" em guarani.

As casas passam de terrenos enormes a construções com quintal. Vão ficando cada vez menores e apinhadas, viram um bairro. Meu pai reduz a velocidade e estica o pescoço para poder ver pela minha janela. Se não fossem as luzes dentro das casas, seria possível achar que estão abandonadas. Ele estaciona em uma garagem improvisada com uma chapa de metal como teto. O mato crescido roça o piso do Neon.

— *Aguije* — diz papai, depois de desligar o motor e os faróis, como se só fosse capaz de agradecer no escuro.

— De nada, *tavýcho*.

A casa fica em um aclive. Tem uma cobertura e uma

base de tijolos para ficar mais alta caso haja chuvas e inundações. Um alpendre coberto. Há uma banheira cheia de plantas do lado de fora. As cercas são de alambrado. Um cão late muito ao longe. Papai se agacha e enfia a mão em um pote até encontrar uma chave. Entra primeiro, como sempre, para garantir que não tem ninguém. Vai acendendo as luzes ao longo da casa. Faz um sinal para que eu entre. Um cheiro terrível de coisa fechada atinge minhas narinas enquanto avanço. O cheiro de madeira úmida, e podre, faz parecer que estou respirando por uma camiseta suada. Ao fundo, ao lado da janela, há uma árvore de Natal toda empoeirada. Papai volta com as coisas do carro e as coloca sobre uma cadeira. Guarda um revólver na geladeira. Outro, no armário da roupa de cama.

Papai já esteve nesta casa. Abre as portas e armários de que precisa. Sabe o que vai encontrar em cada um. Tenho a sensação de que eu também. Há muito tempo, quando a vida não registrava as memórias em cimento, e sim em areia. Tiro a prova: se à direita ficar o banheiro com azulejos verdes e um vitrô, estou certa. É batata. Pronto. Também reconheço o quarto que foi meu, a cama torta, as cortinas feitas com um lençol. Deixo a bolsa em uma cadeira com uma perna faltando. Encontro rápido o esconderijo atrás de um rodapé falso e deixo meu documento verdadeiro escondido ali antes que meu pai peça.

Ele fecha a porta de entrada. Não desfaz as malas. Isso é bom. Conecta uma extensão na cozinha e se enfia no banheiro. Escuto a máquina de raspar cabelo. As lâminas indo e vindo, seguindo o crânio de papai. Dez minutos depois ele aparece careca, com a barba raspada combinando.

— Você tá parecendo mais jovem — digo.

— O importante é não estar parecendo comigo mesmo. Nem você.

Pego a sacolinha e a toalha que ele me joga. Não preciso nem olhar o que tem dentro dela. Nem perguntar.

Não podemos ser lembrados.

Não podemos ser identificáveis.

O espelho do banheiro é pequenininho, desses de se barbear. Acomodo ele para me enxergar bem. Tiro a tinta preta da sacola, preparo a tintura. Me penteio e separo as mechas rosa. Coloco vaselina na testa para não ficar toda manchada. Confiro o documento dentro da sacola. Tinha doze anos quando tirei essa foto. A garota no espelho não tem nada a ver com ela.

Meu nome é Alejandra. Tenho quinze anos. Minha matéria preferida é língua espanhola. Minha melhor amiga se chama Mercedes. Uma vez fui ao motel, mas meu namorado caiu no sono. Ainda não tenho cicatrizes. Gosto de Pearl Jam. Audioslave. Odeio Metallica. Minha mãe ficou trabalhando, ela é empregada numa colônia de férias. Muitas das crianças chamam ela de mãe também.

Pego as mechas e o pincel.

Tchau, rosa.

Parte II

A lugar nenhum

12

O sujeito sem camisa encara o Neon estacionado no quintal da casa dele. Tira do porta-malas seis, sete tijolos de cocaína, acomoda tudo entre a barriga e o queixo e os leva até um galpãozinho, onde os empilha. Pesa um por um em uma balança de quitanda até a agulha se cravar na marca de um quilo.

Papai e eu ficamos olhando enquanto ele vai e volta, sentados em dois banquinhos embaixo de um guarda-sol.

— Você tá de brincadeira comigo — digo.

Ele nega com a cabeça.

— Por que não me avisou?

— Achei que você tinha visto. Se eu não freasse, ia destroçar o bicho.

— Eu ia ter te odiado.

— Você já estava me odiando.

— Mesmo assim.

— Que culpa tenho eu se ele atravessou a pista?

Meu pai muda um pouco de lugar para ficar protegido pelo guarda-sol. A mão que estava sob o sol já está vermelha. A pele dele não parece acostumada para alguém que viveu nesta região. Como se ele só andasse por aí à noite. Ou dentro dos lugares.

— Se você não estivesse puta, gritando comigo, ia ter visto ele.

— Melhor a gente não falar disso.

— Concordo.

Ele estende a mão e eu a aperto. Ambas suadíssimas. Seco a palma no shorts jeans. Ele odeia essa roupa. Disse que, quando dá para ver o forro do bolso, quer dizer que é muito curto. Ele que lide com isso. Eu gosto das minhas pernas longas.

— Não acredito em você. Era grande?

— Daria pra fazer churrasco por um mês.

Dou um soquinho no ombro dele e ele abafa uma risada. No corpo de papai, uma risada é um ruído, algo que um animal faria.

— Que ótimo — diz o sujeito sem camisa. — Vocês aí, mijando de rir, e eu aqui, só trabalhando. Quer que eu prepare uns tererés pra vocês também?

A camiseta dele está pendurada na bermuda. De tempos em tempos, a usa para secar o suor.

— É justo, Miliki. Afinal, isso tudo chegou aqui voando, né?

— Sempre sem-graça, Mondragón.

— Viu, não sou a única que acho.

— Com esse calor, não tem como não ficar *piravei*. Piradinho.

— Tira a camiseta, besta. Ou você tem vergonha?

— Não quero te desconcentrar, você já tá lento demais.

Papai se abana com um jornal. Passa um caderno para eu me refrescar também. Não faz diferença alguma.

— Você devia ter plantado alguma coisa pra ter sombra.

— Quando der sombra, eu já vou tá morto.

— Tem que pensar nos seus filhos.

— Por quem acha que tô fazendo isso? Eu já tinha me aposentado, mas a caçula ficou grávida. Agora eles estão morando na minha garagem. E ter um neto é legal, mas dormir a noite inteira também.

— Vai logo com isso…Você tá tão devagar que parece que tá tirando uma *siesta*.

Ele pega outros dois tijolos. Um cai no chão.

— Você não tem um carrinho de mão? — digo.

— Pergunta pro seu coroa o que aconteceu com o carrinho de mão que eu tinha.

Papai faz um gesto de zíper fechando a boca.

— Solta a língua e conta logo.

— Não lembro muito bem. O que lembro é a história da Estrella, a rainha de Amambay.

Miliki para de supetão e aponta para papai.

— Não ouse abrir a boca.

— Então continua, que tenho mais o que fazer.

— Ninguém respeita mais os mais velhos.

— Você não é velho, Miliki, é só um babacão.

— Três filhas mulheres. Três. — Me mostra três dedos. — Quero ver você quando sua bebê virar um mulherão.

Miliki baixa os olhos, percebe que os tijolos ficaram cobertos de suor. Com um dedo, rasga a embalagem e passa o pó na gengiva. Abre outro e prova mais um pouco. Junta os pacotes e tenta levar nove na mesma viagem.

— E a Avó, o que conta? — pergunta, sem parar de trabalhar.

— Dinheiro, o que ia contar, aquela ricaça?

Papai abre uma torneira e molha a careca. Ainda não me acostumei com ele assim. Tem uma cicatriz na nuca que se ramifica. Não faço ideia de como conseguiu a marca.

— Tem certeza de que não era uma jaguatirica ou um gato-maracajá?

— O gato-maracajá é aquele que tá sempre com cara

de bravo?

— Esse é você.

— Engraçadinha. Mas não, eles são menorzinhos. Esse era grande, já falei.

Tiro as sapatilhas, deixo elas de lado e coloco os pés em cima da cadeira. Ele não me deixa usar sandálias. *Com isso não dá pra correr.* A brisa me refresca.

— Jaguaretê significa alguma coisa em guarani? — pergunto.

Papai inclina a cabeça e fica olhando as gotas escorrendo pelo rosto até se juntar no queixo e cair sobre a terra vermelha.

— A fera das feras. Algo assim.

— Não é à toa que é meu animal favorito.

— Se você se comportar direitinho, deixo você adotar um.

Ter dormido pela primeira vez em quase dois dias deixou meu pai de bom-humor. Como se estivesse de novo no controle das coisas. Como se poder concentrar todo o ódio dele no mesmo lugar evitasse que ele se espalhasse por aí.

Apalpo o braço. No lugar em que o cara lá tem a serpente, eu poderia fazer um jaguaretê.

— Vou tatuar um. Assim que eu juntar de novo a grana.

Ele deve estar mordendo a língua, mas não vai falar nada. Tem coisas que vai ter que aceitar. Gosto disso. Penso que posso tirar mais coisa dele. A ideia da tinta na pele ajuda a não sentir — tanta — saudade do rosa do cabelo. Com esse calor, eu devia ter cortado logo de uma vez. Preciso de um elástico de cabelo. Agora.

— Você acha o bicho lindo porque nunca encontrou com um — diz Miliki.

Fala pelo canto da boca, o pescoço cada vez mais esticado para carregar mais tijolos. É tipo aqueles anéis das mulheres africanas, só que com tijolos de cocaína.

Papai se levanta e vai até o porta-malas. Um cheiro de cebola refogada vem da cozinha.

— Esse veio rasgado — diz Miliki, mostrando o pacote antes de pesar. — Tá faltando cinquenta gramas.

— Passa o aspirador no porta-malas. O que você quer que eu diga? Quem colocou tudo no carro foi o idiota do Reynosa.

— Você sabe como ele perdeu a mão? — pergunta o homem, e papai assente com a cabeça. — Não vai me contar?

— Por ser idiota. Com essa idade, estar inteiro é sinal de que não se arriscou o suficiente.

— O Pandora que o diga. E isso que ele não era novato. Encontramos ele ontem. Uma parte. E outra hoje. Não acharia nada estranho se amanhã a gente achasse outro pedaço.

— Mas ele era confiante demais. Você sabe alguma coisa sobre o Mbói?

Ele tira a camiseta da cintura e seca o rosto.

— É um matador meia-boca. Mata barato, mas mata mal. Esse tipo de gente se ferra rápido, mas antes fode muita gente. E, pelo que escutei, o resto da quadrilha não é muito diferente. O irmão é o único que não tropeça na orelha de tão idiota. O primo é grandalhão, mas inútil. E os outros... Sabe quando a gente tinha que escolher time na escola? Então, eles são do tipo que era escolhido por último. Sabe, não duram quase nada. Aqui, a única quadrilha que dura é a polícia.

— Se souber de algo, me avisa.

— Já tô de saída.

— Eu também.

O cara cai na risada.

— A comida fica pronta em cinco minutos — diz a mulher pela janela.

— Não querem ficar pra comer?

A ideia me deixa tentada, mas meu pai responde antes que eu possa reagir.

— A gente tá com pressa. O dia foi longo.

— A vida é longa

— Isso se a gente tiver sorte.

Subimos no carro. Os bancos estão fervendo. Abaixamos as janelas.

— Ela cozinha mal assim?

— Pra você ter uma ideia, na casa do Miliki eles rezam *depois* de comer.

13

Vamos cobrar as cicatrizes dele.

É o que ele diz. Sem um peso no bolso, não lhe resta nada além de ir cobrar dívidas e favores. É uma lista mais curta, bem mais curta que a anterior.

Vários não encontramos: estão mortos ou presos. Não são amigos. Chamam meu pai de Germán, ou com apelidos tão diferentes — Cabra, o Silencioso, Txakur — que parece que não se trata do mesmo homem. Apelidos íntimos, frutos de pequenas histórias que ele guarda como segredos.

Ouvi falar que você estava trabalhando num poço de petróleo.

Me disseram que tinham visto você trabalhando em Pedrojuán.

Me contaram de um matador que é conhecido como Cartola e achei que era você.

Pego pouco das conversas. Não querem falar na minha frente.

Depois de cinco visitas, encontramos alguém que nos dá o paradeiro de Mbói. Uma tal de Yaharí. É uma loira tingida, com o nariz quebrado. É especializada em tirar as cartas. Já não lê mais mãos: *Não tem mais isso, moreno;* agora lê carreiras de pó.

Ela faz papai escolher uma carta, que usa para fazer

três carreiras. Segundo ela, a primeira é a da vida, a segunda é a da morte e a terceira é a das coisas inesperadas. De tempos em tempos, preciso dar uma saída porque fico morrendo de vontade de rir.

— Esse Mbói, energia poderosa... — diz ela. — Tá enfeitiçado.

— Essa parte eu deixo pros supersticiosos. Quero saber onde encontro ele.

— Me deixa fazer meu trabalho, moreno.

Yaharí continua e diz que o sujeito tem um talismã com dentes de serpente enfiado embaixo da pele, e que esse veneno, quando não mata, torna a pessoa imortal.

A loira cheira a primeira carreira.

— Você também tem uma energia poderosa.

— Eu te amo, Yaharí — diz papai. — Mas pelo jeito você tomou muito do próprio remédio.

— A cocaína não mente, Germán.

Papai deixa a carta sobre a mesa. É uma rainha de espadas. Deixamos a mulher cheirando as carreiras do destino e saímos.

— Queria ver uma sessão de grupo com ela — digo.

Continuamos. O banco do Neon é como uma segunda pele. Eu daria qualquer coisa por um banho. Ou por um desodorante. Às vezes aproveito, vou ao banheiro e lavo as axilas. Quando vamos embora da casa de um tal de Motoneta, pego o elástico que roubei da filha dele e prendo o cabelo. É o mais parecido com ficar debaixo de um ventilador.

A parte boa é que meu pai me deixa colocar música. Aguenta três canções, duas mais que de costume, até chegar em Audioslave.

— Não sei como você consegue gostar disso. É pura barulheira.

— Você não sabe de nada, pai.

ÁMBAR

— Quem não sabe de nada é você. Ou agora você sabe inglês?

— Eu sinto a música, é diferente.

— Elas me deprimem.

— Ah, claro, Cartola é pura alegria.

— Mas o cara se ferrou de verdade na vida.

— Eles também — digo. — Não sei se já percebeu, mas não tenho a vida de uma garota que escuta Back Street Boys ou Britney Spears.

— Não faço a mínima ideia de quem são esses, mas tenho certeza de que você teria que me agradecer por isso.

Tiro a fita do rádio e a jogo em cima do painel, mas ela cai e nem me dou ao trabalho de pegar. Papai abre e fecha os dedos ao redor do volante.

— Você fica triste? — pergunto.

— Às vezes.

Olho para fora com a cabeça apoiada no vidro, como fazem só nos videoclipes.

— Você perdeu um amigo. Não consigo imaginar o que você sente, porque nem sei como é ter uma amiga.

— Como assim? E aquela menina... a ruivinha de dente torto?

— A Marcela?

— Vocês passavam um tempão juntas.

— Porque ela me ajudava com matemática.

— E a outra, a das espinhas?

— A Yanina. Não sei, poderia ser, mas acho que ser amiga é mais do que compartilhar a carteira da escola. Amiga é alguém com quem você pode sair pra comer ou contar um segredo pra ela.

Poder se encontrar para não fazer nada, dar um telefonema e desligar a qualquer hora, experimentar coisas novas. Compartilhar o ódio por outra garota, falar mal de quem chateou sua amiga, furtar alguma coisinha com medo que seus pais descubram, escolher quem convidar para o seu aniversário de quinze anos.

— E é triste, mas você é o mais parecido com isso que eu tenho.

— Quando você era pequenininha, fez eu prometer que sempre íamos ser melhores amigos. Isso é pra você não dizer que não cumpro minhas promessas.

— Quando eu era pequena, eu acreditava em unicórnios.

Em um videoclipe, a janela estaria molhada de chuva e refletiria as luzes de neon vermelhas, azuis, a cidade lá fora. Aqui, reflete minha própria imagem, a terra vermelha e o campo que surge aqui e ali.

Não sei o que é sentir vergonha do meu pai, ele ir me buscar no boliche, não dar bola quando eu pedir para ele me pegar na esquina, dançar mal a valsa, tentar se fazer de moderninho com meus amigos.

Com papai, eu não sabia o que era passar vergonha, e sim medo.

O último que vemos é um tal de Chaves. Brasileiro, sete anos vivendo deste lado da fronteira. *É um matador de aluguel,* diz papai quando chegamos. *Um pistoleiro, mas dos bons.* Não sei como um pistoleiro pode ser dos bons.

— Vá se foder, você tá aqui há sete anos e continua falando espanhol que nem sua bunda. Você é pior que a Anamá Ferreira.

— Com quem você quer que eu pratique espanhol? Minha sombra também só fala português.

— Nossa, a solidão te transformou em poeta? Imagina que incrível. Poeta de dia, matador à noite.

— Quem é a moça?

— Minha filha.

Chaves não parece um assassino. Tem um sorriso muito grande para ser um. A casa, um lugar de um único cômodo no final de um corredor, está cheia de pacotes de cigarro trazidos do Paraguai. Há um pôster do Grêmio, o time de Porto Alegre, na parede.

— Eu conheço esse tal Mbói — diz ele. — Compro tabaco pra mim e pra vender. A quadrilha dele tem uma base clandestina perto do rio. O cara trabalhava de segurança lá. Vi ele duas vezes, mas aí ele foi promovido. O primo continua no lugar, vi ele há uns dias. O apelido dele é Piñata.

O homem desenha um mapa no lado em branco do panfleto de uma padaria.

— A base não é muito grande — continua ele. — Também não são perigosos, mas são bem numerosos. É um trabalho pra duas pessoas.

— Por isso vim procurar você.

— Não fode. Eu tô aposentado, *hermano*, já falei.

— Eu também tava aposentado até hoje à noite.

— De que porra você tá falando? Você não ia se aposentar nem aqui, nem na China.

— Se a grana é boa…

— Mas a solidão não é boa. Solidão ou morte. Essas são as únicas duas saídas do nosso ramo.

— *Hermano*, eu não vim aqui pra atingir a iluminação.

Papai levanta a camiseta e mostra uma cicatriz irregular nas costas. Algo que pode ter sido feito com uma faca ou um arame.

— Me avisaram que iam te mandar pra outro bairro e não duvidei. E Punta Porá é dureza. Não é a base de um idiota qualquer — diz ele. — Me deram mais pontos que o Grêmio fez em dez anos. Mas eu te salvei de lá.

— Caralho. Você não esquece.

— A cabeça pode esquecer. A pele, nunca, *hermano*.

Chaves tateia os bolsos. O da camisa, o da calça jeans. Se levanta, abre um pacote de cigarro e volta com um maço.

— Minha pele também não esquece. — Ele acende um cigarrinho. Sopra a fumaça. — Tá vendo isso? — A cicatriz dele cruza toda a barriga, se sobressai na pele negra como uma minhoca rosa. Daria para ver do alto de uma montanha. — Há um ano, um homem e a faca dele perguntaram por você. Perguntaram com muita vontade. Por você e por Víctor Mondragón e por Antonio Outes. Você me salvou de Punta Porá, eu te devia, já paguei.

— Bate com o dedo no mapa que desenhou. — Não sei quem você é, ou qual é seu nome real, mas pra mim você é um homem morto. — Apaga o cigarro na cicatriz e nem pisca. Dá um peteleco na bituca, que passa entre mim e papai, e abaixa a camiseta. — Então cuida da sua órfã antes que vocês dois acabem indo pra terra dos pés juntos.

Ele se levanta e para ao lado da porta. Papai se espreguiça, pega o mapa, dobra ele ao meio e o guarda no cós da calça.

— Não acho que você tenha uma cicatriz grande o bastante pra cobrar que te ajudem com o Mbói e o pessoal dele.

— Não sei se cicatriz, mas ainda me resta um amigo.

— Conhecendo você, acho isso ainda mais difícil de acreditar.

14

Depois de mais uma ligação, voltamos à estrada, na direção da casa do Gula. É um exagero dizer que ele vive na periferia do vilarejo. Tirando algumas ruas asfaltadas, no ponto em que a estrada se transforma em avenida e cruza a via principal, todo o vilarejo parece ser feito de periferia. Há pouco para se ver à noite, luzes perdidas ao longe. Vamos de janela baixa, e é mais o olfato do que a visão que nos diz o que há lá fora. Vegetação a dar com pau.

— Tom Cruise?

— Aquele anão? Nós mulheres gostamos de homens altos.

— Sei bem. — Papai sorri, tira a mão do câmbio e aponta para si mesmo.

O silêncio é sagrado para ele, exceto quando o incomoda, quando o vazio se enche de uma série de coisas que ele não quer escutar. Nesse caso, é capaz de cobri-lo com qualquer coisa.

— Vamos pensar... — diz ele. — Aquele loirinho que veio filmar aqui. Puta merda, como ele chamava mesmo? O charmosinho lá.

— Eu não gosto dos charmosinhos.

— Ah, não vem com essa. Todas as pirralhas ficam

doidas por esse cara. Você sabe de quem eu tô falando. Ele fez aquele filme que no fim dão pra ele a cabeça da mina dentro de uma caixa e o sujeito nem pode chorar direito. Mas que porra, eu esqueço dos nomes... — Estala os dedos várias vezes. — *Se7en, Os sete crimes capitais.* Isso.

— Que beleza, acabou de estragar o fim do filme pra mim.

— Mas a gente já assistiu juntos. Não lembra?

— Não. Você viu. Eu fiquei lendo. Você disse que era muito violento pra mim.

— E eu tinha razão. Era pra maiores de dezesseis anos.

— Você fala como se não tivesse uma vida só pra maiores de dezesseis anos — digo, e ele ri. — E não. Não é o Brad Pitt.

— Isso, aquele filho da puta. Mas e aí? Não vai falar?

— Chris Cornell — respondo, e ele dá de ombros. — Um cantor.

— Certeza que é um esquisito de cabelo comprido.

Nego com a cabeça, resignada. Há minutos não cruzamos com sinal algum de vida.

— E você? Qual é o *seu* amor platônico?

— Libertad Leblanc — responde ele de imediato.

— Quem é essa?

— Uma loira maravilhosa. — Uma definição que seria totalmente diferente se ele fosse descrever a mulher para um amigo. — Era concorrente da Coca Sarli.

— Já até imagino. Concorrente no calendário de borracharia.

— E como você sabe sobre calendários de borracharia?

— Tá de zoeira? Você já me levou mais pra ferros-velhos do que pra escola.

Papai faz um gesto com a cabeça, me dando razão. Olha por cima do ombro, faz a curva, entra pela porteira aberta e para o Neon ao lado de uma árvore com um monte de garrafas penduradas nos galhos. Assim que descemos, me avisa:

— O Gula é um cara meio peculiar.

Como se os anteriores não fossem dignos de um circo ou de um manicômio.

O dono da casa nos espera sentado em uma mesa dobrável debaixo de uma cobertura de telha de aço. Atrás dele há uma lâmpada cercada de tantos mosquitos que parte da luz é bloqueada. Ele coloca a mão em cima dos olhos para enxergar melhor e, quando reconhece meu pai, a acena como se dissesse *Há quanto tempo.*

— *Maitei*, Gula.

— *Mba'éichapa, Germancito.*

Deve ser o único amigo de verdade que papai ainda tem. Ele o conhece tão bem que nem se dá ao trabalho de se levantar para receber a gente, nem lhe oferece cerveja quando nos sentamos em umas cadeiras de tecido. De uma geladeirinha, tira uma garrafa de água e dois copos, que entrega para o meu pai. Acima de uma mesa, há um transformador e um monte de fios de cobre enrolados.

O lugar fala; grita "ferro-velho". Colunas de pneus, várias portas de grade, peças de carro. Uma pia de metal, cestos, chapas, carcaças de rádios velhos e de máquinas de lavar roupa. Pelo menos já tomei vacina antitetânica.

O cheiro rançoso parece emanar do homem. Cada vez que o ventilador portátil o sopra, uma lufada de fedor de cachorro molhado atinge meu nariz.

— Você veio com a *cuñataí*.

— Alejandra — digo.

Graças a Deus, ele me estica a mão em vez de esperar um beijo. Eu a aperto em um cumprimento, e é como agarrar um monte de gordura.

— Certo — diz ele. — A Ale.

Assim que ele olha para o papai, limpo a palma na camiseta.

— Perdoa meus trajes — continua ele. — Mas não esperava uma presença feminina a essa altura da minha vida.

Tenho certeza de que nunca falaram de mim. Quando eu não estiver por perto, vai dizer a papai "Não sabia que você tinha uma *mitakuña*".

— Fiquem à vontade — diz ele, e nos estende uma tábua com queijo e salame.

Papai aceita e me passa. Hesito, mas a fome é mais forte. Vou com fé.

— Onde você se meteu, Germancito? Xilindró, coisa de mulher?

O sujeito está em uma cadeira de computador de rodinhas com o encosto caído.

— Mulher — diz, e faz um gesto com a cabeça na minha direção. Depois aponta para a escopeta apoiada contra a parede. — Pelo jeito, te peguei bem na hora em que você estava se preparando.

Gula manipula a escopeta até fazer saltar um cartucho amarelo, que passa para papai.

— Sal grosso e outras coisinhas. Os pivetes vêm roubar minhas galinhas.

— Dói? — pergunto.

— É como tomar um coice de cavalo. Precisa ver o caçulinha do Luzuriaga. O doutor Loria atende ele há tipo um ano e me disse que ainda não cicatrizou.

Papai deixa o cartucho sobre a mesa, olha os bichinhos de luz ricocheteando num lampião. Gula volta a se ocupar com o transformador. Tira o fio de cobre e o enrola.

— O que te traz de volta aqui?

O fedor está acabando comigo. Prefiro que ele desligue o ventilador. Se aprendi algo ao longo do dia é que meu pai nunca vai direto ao ponto. Deixa as pessoas falarem, baixa as defesas delas. Mas já estou a ponto de desmaiar. Tenho vontade de pedir para ir ao banheiro, mas o instinto me diz que é o último lugar que eu ia querer visitar aqui. Me levanto, faço de conta que alguma coisa me chamou a atenção entre a pilha de metais.

— Pode espiar o quanto quiser — diz ele. — Se gostar de alguma coisa, pode pegar pra você.

A casa é de tijolos numa parte, mas a outra construíram com madeira. Me pergunto quando foi a última vez que uma mulher esteve aqui. Há um galpão na lateral. Acendo a luz e algo sai correndo de dentro dele, barulhento demais para ser um rato. O lugar destoa do resto da propriedade, tudo bem asseado e organizado, um museu de coisas que buscam uma segunda vida. Suspensas em vários pregos, há pinturas, molduras de madeira que devem valer uns bons pesos. Uma marionete que, em vez de um boneco, é um par de tamancos de mulher entalhados em madeira. Cavalos e carrinhos feitos com ferragens, parafusos e porcas acomodados em um carretel de cabos enorme. Se foi ele quem fez isso, deve estar meio doido, mas é bem legal. Há tantas coisas que, por mais ordenadas que estejam, é impossível ver tudo direito. Penso que, quando eles forem resolver o que precisam resolver, vou poder me entreter com este lugar.

Ou talvez precisem de alguém que sabe dirigir.

As imagens de Corrientes voltam sozinhas.

Eu fiquei olhando pelo retrovisor, esperando ele sair, com as mãos no volante e o carro engatado. O terço no espelho sacudia com o ronco do motor e me deixava nervosa. Me lembro de pegar o objeto e o jogar pela janela. Papai saiu com a máscara de esqui no rosto, a bolsa cruzada no peito e o revólver na mão. Eu tinha que abrir a porta para ele quando o visse, mas me esqueci ou não consegui abrir. Em alguns segundos, a gente pensa tantas coisas que não consegue fazer nada. Ele mesmo abriu a porta. Depois me lembro só do barulho. Uma detonação. Numa época a gente morava em Tandil e, de tempos em tempos, ouvia as explosões na pedreira — o barulho foi igual, ou é assim que me lembro. Não sei se foi uma piscada muito longa ou algo assim, mas, quando abri os olhos, o para-brisa traseiro já era. Papai falou comigo, eu não escutei, ele apertava o próprio braço, os dedos vermelhos, e depois outra detonação e outra, e o para--brisa dianteiro desapareceu. Senti o impacto dos tiros no meu assento e o calor de lá de fora entrando em cheio. No espelho, o homem com a escopeta estava na porta do galpão e depois a imagem dele se estilhaçou quando os tiros quebraram o retrovisor e o reflexo. Arranquei, e ele desapareceu atrás da gente. No quarto do hotel, extraí as balas do ombro do meu pai, a carne dilacerada se misturando a outras cicatrizes velhas. Depois, enquanto lavava as mãos no banheiro, descobri uma poeirinha brilhante no cabelo, restos do para-brisa. Deixei o pó um pouco ali, virando o pescoço para ver melhor, como se alguém tivesse feito um penteado em mim, e pensei que papai sangrando era minha culpa, que da próxima vez eu ia ser melhor. Quando saí, ele estava esticado na cama, o braço enrolado numa atadura. Olhou para mim e disse: *Acabou, sardentinha.*

Não soube como me sentir.

Abandono a lembrança e, quando volto ao galpão, há um jaguaretê me encarando. Uma máscara de madeira. Ao lado de uma de jacaré e outra de tucano. Pego a de jaguaretê. É esculpida, parece algo feito por alguém de uma comunidade indígena. Tiro o pó do objeto e o olho de perto. Tem cheiro de queimado, como se as manchas tivessem sido feitas com fogo ou alguma coisa quente. Me pergunto se é algo criado para proteção ou é apenas decorativo.

Quando volto, os dois estão rindo.

— Que filhos da puta — diz Gula. — Eu tinha esquecido do Pijocho.

— Eu juro. Quebrou o remo na metade. Uma pra cada uma.

Gula seca uma lágrima e dá outra risadinha, como se tivesse repassado a história na cabeça.

— Encontrou alguma coisa, linda?

— Talvez.

— Misteriosa. Isso ela puxou de você. — Ele corta o queijo e o come direto do fio da faca. — Em que posso ajudar?

Papai joga para ele uma bolsinha de cocaína e ele a agarra em pleno ar.

— Trouxe a sobremesa — continua Gula. — Sempre atencioso.

Que filho da puta, penso, metade admirada e metade puta. É claro que o tijolo meio aberto era coisa dele. Ele sempre dizia que o verdadeiro crime perfeito não é aquele do qual se sai impune, mas sim aquele em que é possível jogar a culpa em outra pessoa.

— Preço?

— É um presente.

— Com você, nada é um presente.

Papai conta a ele sobre Mbói.

— Já ouvi mencionarem esse cara — comenta Gula.

— Dizem que ele armou um *guyryry* feroz lá em cima.

Meu pai continua. Conta do bunker de cigarros na periferia, do Piñata.

— Você vai com uma escopeta, me dá cobertura e é isso. Um passeio se comparado com as coisas que a gente já fez.

— Eu adoraria. E meu nariz mais ainda.

— Não vai me dizer que você também saiu da ilegalidade.

Ele se estica para trás e dá um tapinha no joelho direito, no qual a perna da calça jeans está dobrada. Abaixo dele, não há mais nada.

— Merda. O que aconteceu?

— Uma corrida de burros — diz ele, e papai franze o cenho. — Escolhi o cavalo errado.

Gula fala de dinheiro, de uma aposta grande, mas papai já não está mais escutando. Massageia a testa, as sobrancelhas, os olhos. Está desconectado. E Gula continua, diz que às vezes ainda sente a perna. Tenho vontade de desligar o homem como se fosse um rádio. Ele se cala, abre o saquinho com a delicadeza com que uma mãe ou um pai trocaria a fralda do filho. Pega uma quantidade da droga. Papai ergue a cabeça, o olhar perdido, um náufrago que descobriu que a terra à qual pode chegar é *a terra dos pés juntos.*

— Eu vou — digo.

Ele tira a mão do rosto. Parece que acordou e não consegue entender se está aqui ou em um sonho.

— Eu vou — repito. — Mas com uma condição.

15

Caímos na noite.

Caímos.

Porque há noites que são um poço.

E esta é uma delas.

Há uma luz ao longe, tão longe que daria para confundir com uma estrela. A lâmpada desvela o rancho de madeira, a porta no meio e uma antena de televisão a cabo. Se tem alguma janela, não dá para enxergar, ou estão fechadas com tábuas.

Sei que há árvores, sinto o cheiro delas, mas não consigo ver. Não consigo ver nem onde estou pisando. A única coisa real é a escopeta nas minhas mãos e papai ali, em algum lugar à frente, mais um som do que algo que se enxerga.

O ruído das asas de uma mariposa seria capaz de partir a noite em dois. Me pergunto se algum dia vou voltar a ter sombra. Mas, mais do que qualquer coisa, me pergunto quem caralhos me mandou dizer *Eu vou*.

Eu falei *Eu vou*, e depois tudo ficou difuso.

Coloquei uma camisa enorme e um casaco para disfarçar o fato de que sou mulher, *Pra não te verem como alguém frágil*. Não sei quem me entregou a camisa, nem quem disse isso. Pode ter sido qualquer um dos dois.

Papai me deu a escopeta, a minha, a de sempre, a que disparei contra caixas e carros antigos, mas nunca contra uma pessoa, e voltou a repetir, como se as palavras fossem uma marca de nascença, que *Quando veem uma escopeta, o cu tranca e o queixo cai*, e penso que a voz de papai é uma marca de nascença na minha cabeça que assume qualquer forma. A que for necessária. Como eu.

Papai explica o plano uma, duas, três vezes, como se fosse complicado, e ao fundo escuto Gula cheirando cocaína. *Entendeu?* Eu imagino que respondi que sim, que assenti. E de volta para o plano, de volta para o fungado.

Ele me passou os cartuchos amarelos com sal para eu não ter que carregar a morte na consciência. Não sei se falou isso, acho que não, mas é a lembrança que tenho, *Com esses você vai ferrar eles do mesmo jeito.* Quando se descuidou, porém, troquei pelos meus próprios cartuchos, os vermelhos, os de sempre, porque, na pior das hipóteses, prefiro ter a consciência pesada mas continuar viva.

Depois veio a condição que exigi: coloquei a máscara de jaguaretê, com a esperança de que algo guardado ali me protegeria, que faria eu me sentir segura.

E agora, que caímos na noite, sei que não é assim.

Caímos um pouco mais, até a luz nos resgatar da escuridão e fazer parir minha sombra, e há algo nisso que me acalma. Depois a lâmpada resgata papai, primeiro o brilho do cano duplo que leva na mão direita e depois o .38 na esquerda. Ele dá a volta, e solto uma risadinha quando o vejo com a máscara de jacaré.

— Deixa de ser babaca.

O casebre tem o tamanho de um contêiner. De dentro dele, saem vozes que não chego a entender. Coloco o capuz, e o elástico me aperta a nuca. A respiração presa entre a pele e a madeira soa como vento. Tem perfume de rio. Eu e papai sempre discutimos sobre isso. Para ele é fedor de rio, não perfume de rio.

Chegamos mais perto, as vozes ficam mais claras, distintas. Um jogo de futebol em uma televisão. *Esse é um perna de pau.* Papai encara a porta, as coisas devem ser diferentes aos olhos dele: deve ver a madeira como se fosse papelão, as pessoas como se fossem alvos.

O que será que vê quando me olha?

Uma cúmplice?

Uma filha?

Ele chuta a porta e a noite se rasga ao meio. Meu pai entra primeiro, varrendo o espaço com a escopeta. Eu vou um passo atrás, como uma sombra um pouco atrasada. Ele vai para a direita e eu para esquerda. Um sujeito de cabelo comprido estende a mão na direção do chão, mas aponto a arma e ele congela no lugar.

— Quem se mexer vira picadinho — diz papai.

Paro ao lado da televisão. Perto de mim há três pessoas, todas contra a parede da frente. Uma garota de top e camisa de futebol, sentada sobre um caixote de verdura. Os outros dois estão em um banco de madeira. Um sem camisa com um pote sobre os joelhos. O de cabelo comprido segue com a mão a centímetros do chão.

Papai me proibiu de falar. *Se perceberem que você é mulher, vão cair em cima de você na hora.* Então chio, chiados não têm gênero, estalo os dedos e faço sinais para que o sujeito me passe a arma.

— Vai, Rata Blanca — diz papai, fazendo referência ao penteado de roqueiro. — Passa a arma.

Ele puxa o revólver com o pé direito e, com um chute, a arma vai parar ao lado do meu Converse. É uma pistola com fita isolante na coronha. Chuto de novo o objeto para mandar ele mais para longe ainda. Penso que, se eu não estivesse ali, o sujeito teria atirado no meu pai.

Uma porta dá para os fundos. O chão é de terra batida. Ao lado da televisão tem uns vinte tijolos de maconha. Os caras do lado do papai são um homem grande, com o rosário esparramado sobre a barriga e um revólver na cintura, e um moleque da minha idade com a camiseta do Boca.

— Você também, velho.

O cara saca a arma em câmera lenta e a joga em um ponto atrás de papai.

— Mais alguém tem alguma coisa? Se eu encontrar algum ferro, faço quem estiver com ele engolir — pergunta meu pai. O pivete nega com a cabeça. — Vamos, vocês dois, pra lá. — E os encurrala para o meu lado.

Estou com o rosto coçando por causa do suor.

— Não sei quem passou a informação pra vocês — diz o velho —, mas a gente só tem isso. — E, com o queixo, aponta para os pacotes. — Por causa do jogo hoje, ninguém tá trabalhando.

— Quem de vocês é o Piñata?

Os dois magros se encaram. A menina aponta para fora com uma unha bem longa e violeta. Com certeza é postiça.

— Ele saiu pra cagar.

— Seu cu.

— É verdade, dona Cuca — diz o da camiseta da Rata Blanca. — Ou você tá vendo algum banheiro por aqui?

— Tá de brincadeira, né? Uma televisão dessas e não fizeram um banheiro?

Papai se aproxima da porta dos fundos, procura o sujeito, mas não dá para enxergar muito longe. Fico nervo-

143

sa com o fato de que ficam olhando direto para cá, não sei se para a televisão ou para mim. Está no intervalo, então imagino que estão me vigiando, esperando que eu me descuide. Tem umas bolsas embaixo do banco de madeira, mas não consigo ver o que tem dentro delas. Uma gota de transpiração escorre pelo meu rosto e cai dentro do olho. Levanto o cotovelo para enxugá-la, mas esqueço que estou com a máscara. Pisco várias vezes, tentando fazer a gota cair, porque me incomoda pendurada ali.

— Você não fala, jaguaretê?

— Fala com o gatilho — diz papai. — Querem escutar? E eu sou um jacaré, moleque.

— E eu gosto de Metallica, é um insulto dizer que eu ouço Rata Blanca. Você é o pai da Carmen, não é?

— Deve ser o namorado da Rocío — diz a garota. — Eu avisei o idiota do Piñata que isso ia dar confusão.

— Todo mundo de bico calado.

O que está sem camisa continua comendo algo do pote de plástico. Usa um cartão da Sacoa como colher, dividindo e pegando o arroz.

— E você, será que dá pra parar de rangar aí? — diz papai.

— Mano, é meu segundo dia de trabalho, tô super xué, aí me vêm vocês parecendo uma versão guarani da Vila Sésamo e você ainda quer que eu não ria. Não fode, *che capelú*.

Seguro o riso tanto quanto posso, mas meus ombros sacodem. Por sorte, papai não percebe, e acho que os outros também não.

— Tenho a impressão de que vocês estão mentindo.

— É a segunda vez que ele vai — diz o velho.

— Deixa que eu vou buscar ele — diz o cara de cabelo comprido. — Eu quero assistir aos pênaltis.

— Você fica aqui.

Papai muda de lugar e para ao lado da porta. Abre uma fresta para espiar.

O que eles estão olhando, porra?

Minha pele está fria, o coração disparado retumbando pelo corpo todo, como se meu peito tivesse ficado pequenininho. O sangue pulsa nos dedos, nas orelhas, nas laterais da cabeça. O de cabelo comprido troca olhares com a garota, ela fita o chão, as bolsas, faz um gesto com a cabeça. Quero falar, mandar que parem, dar uma bronca neles. O Rata Blanca leva a mão às costas e a enfia em um buraco que há entre a parede e o banco. Eu poderia apertar o gatilho, mas ferraria com tudo. Sibilo, ninguém me dá bola — nem papai, que segue analisando os arredores. Eles não estão nem aí para o fato de que estou com eles na mira. O Rata Blanca arrasta a bunda no assento da cadeira para se agachar melhor. Fecha os olhos com o esforço. Encosto o cano da escopeta no peito dele e, com o susto, ele dá uma cabeçada na parede. Só então papai olha para nós.

— Que caralhos você tá fazendo?

Dá um empurrão no homem, fazendo ele trombar com a menina. Meu pai enfia a mão na bolsa e saca outro revólver. Balança a cabeça.

— Esqueci desse, patrão — diz o Rata Blanca, as mãos no rosto.

— Pois não vai esquecer mais.

A primeira coronhada quebra o nariz dele. Depois o acerta nos dentes, no rosto, ele solta urros disformes. Aponto a arma para a porta, não sei se para nos proteger ou para não assistir à surra. Quando termina, meu pai abre o tambor, deixa as balas caírem no chão, se agacha e enfia a arma na boca do Rata Blanca como se fosse uma

ÁMBAR

chupeta. O sujeito tosse, se engasga, cospe o ferro, mas está tão machucado que a arma fica ali, a coronha ensanguentada saindo dos lábios como uma língua de madeira.

— Imbecil — diz papai.

A máscara de jacaré está salpicada de vermelho. Parece que ele acabou de devorar um animal enorme. Depois se calam. Todos. Resta apenas o barulho da televisão, a voz dos comentaristas. O cartão da Sacoa enfiado no arroz. A garota congelada no lugar, de olhos fechados. O velho abraça o rapaz, dá um tapinha nas costas dele. Logo depois, ouvimos ruídos lá fora, arrotos, passos.

— Caralho, o toroço saiu tão grande que quase que batizo ele — diz Piñata, assim que entra.

Então me vê e muda a expressão. Papai dá uma pancada com o .38 na nuca do cara e o joga no chão. Fica empanado de terra vermelha.

— Oi, Piñata. — Meu pai apoia o cano duplo nas costas dele. — Levanta que a gente vai dar uma volta.

— Nossa, mas que grosseria.

— Grosseria que, se você retribuir, te furo. Vai logo.

Papai para ao meu lado e faz um sinal para que eu saia. *E o Boca começa batendo os pênaltis.* Estou cansada de Boca. De River. De Rata Blanca, de que se façam de espertinhos, que achem que sou idiota. Aperto o gatilho e faço os pedaços da televisão se espalharem pelo lugar com o silêncio.

Agora, sim, todos olham para mim.

Solto um rugido, e nesse rugido não sou nem homem, nem mulher, nem filha.

Sou jaguaretê.

— O que foi aquilo? — pergunta papai, já no carro.

146

Colocou a cara de jacaré na testa, como se fosse um chapéu. Olha para mim, com assombro e medo. Se eu tivesse que dar nome a esse olhar, daria *agora, sim, você cresceu pra valer.*

Piñata soca a tampa do porta-malas por dentro.

Quando tenho certeza de que me livrei do sorriso nos lábios, tiro a máscara e a jogo em cima do painel.

— A fera das feras — digo.

16

As ondas de calor que sobem do asfalto deformam papai à medida que ele se afasta, cruzando o estacionamento. Colocou um gorro e óculos de sol, além da camisa militar que usa sem se importar se faz frio ou calor. Se eu não o conhecesse tão bem, seria impossível dizer que é a mesma pessoa de vinte e quatro horas atrás.

Ele descarta a roupa do sequestro em um contêiner repleto de sacos de lixo. Não consigo nem imaginar o cheiro que devem estar emanando depois de passar a manhã cozinhando ao sol.

O Neon não tem ar-condicionado. Apoio a cabeça no encosto e os pés contra o porta-luvas. Dou play, mas, em vez de Audioslave, o que toca é Cartola.

Dizem que estou desfigurado, com razão.

Há sangue no botão de volume. Raspo com a unha e faço a crosta se soltar. Imagino papai batendo no Piñata, arrebentando a cara dele e depois embarcando no carro, levando a mão ao rádio, ligando a música bem alto enquanto vai cantarolando a letra, depois voltando assim, com a tranquilidade de quem só foi resolver uma coisa ali rapidinho.

Meu coração é pobre e magoado
É infeliz como um menor abandonado

Achei que não ia conseguir dormir nada, primeiro por causa da adrenalina, depois por pensar *Que porra eu fiz,* pelo medo, por imaginar tudo o que podia ter acontecido ou pode acontecer, mas meu corpo apagou. Nem ouvi meu pai voltar. Me surpreendo ao ver meus pés batendo no ritmo da canção. Fazia mil anos que papai não escutava Cartola.

O estacionamento é enorme, compartilhado por vários estabelecimentos que atendem à rodovia. Borracharias. Restaurantes. Uma barraca de produtos artesanais. Um cartaz anuncia um festival. No meio de tudo, tem uma fonte com um anjo. Arrancaram a mão que ele elevava em direção ao céu. Papai para ao lado dele. Se agacha, faz uma concha com as mãos e molha a testa e a nuca. Se senta na borda, e a princípio não entendo o que está fazendo. Só compreendo quando vejo que a mão dele vai da fonte ao bolso da camisa; está pescando moedas. Pega uma na mão direita e a joga para cima, depois a prende com um tapa nas costas da outra e vê o que saiu. Ele sempre escolhe cara, e não para de jogar a moeda até ter sorte. Enfia o dinheiro no telefone público. Disca. Vira e olha para mim. Dá de ombros. Nego com a cabeça. Ele ri. Quando atendem, muda a postura.

Um caminhão passa ao lado do Neon e faz sombra em mim por uns segundos. Não acharia ruim se durasse para sempre, um trem de carga com mil vagões. O céu está bem limpo, como esses usados de plano de fundo de computador das LAN houses. Aqui a paisagem é dividida em faixas, terra vermelha, verde, depois o azul-celeste.

Espero.

Ele encerra uma ligação. Faz outra. O bolso dele está escuro, molhado por causa das moedas. Coça o ombro. Olha para mim. Quase sempre se vira de costas, para diante do telefone, arranca os adesivos, as propagandas, vai arrancando tudo, faz uma bolinha e joga no chão, como outros fariam com as cinzas de um cigarro. O nervoso dele assume a forma de papel amassado. Agora deve estar pensando no Giovanni. Nunca mais vai falar no telefone público da mesma forma.

Talvez seja a mim que ele não veja mais da mesma forma.

Coloca outra moeda no telefone, tira um papel do bolso e disca. O sol faz minhas pernas arderem, e eu as abaixo. Cartola acabou e nem percebi. Viro a fita. A etiqueta também está manchada de sangue.

Rasgue as minhas cartas
E não me procure mais

"Devolva-me", da Adriana Calcanhotto. Essa música sempre me deixa mal. Sei que é sobre um casal, mas cada vez que escuto penso nela, na mamãe. Aperto o botão de ejetar.

Papai faz um sinal para que eu desça do carro. O calor me acerta em cheio. Preciso estreitar os olhos por causa do reflexo. A camiseta preta não foi a melhor ideia, mas era a única que não parecia tão amassada. Eu nem gosto de Pantera, mas foi um presente do meu pai. Para ele, todas as bandas com caras de cabelo comprido são iguais. *E você ainda gosta de felinos.* Nunca contei para ele que não gostava da banda. Mas que seja, logo vai acabar no lixo. Não sei por que todas as camisetas de bandas de metal são pretas. Deve ser porque quem as usa nunca sai de casa.

Papai se apoia na parede ao lado de um local que vende itens de couro e bobagens do gênero.

— Fica aqui e finge que tá olhando a vitrine.

Encontro meu próprio reflexo e vejo que estou descabelada, o cabelo grudando na nuca.

— O Piñata me disse que o Mbói não para quieto. Parece que não sou o único atrás dele. Não sabe onde ele está.

— Tem certeza de que ele não mentiu pra você?

— Acredita em mim. Ele honrou o apelido dele. Surrei tipo aquelas *piñatas* de aniversário mesmo.

Meu pai não tem cortes — novos — nas mãos. Deve ter usado algum porrete. Ou a chave de roda que havia no porta-malas.

— Ele disse que o Mbói tá saindo com uma mina. Uma tal de Valeria. Ela trabalha naquele restaurante ali do lado. Ele nunca viu a garota, não sabe como ela é.

Espero. Um pouco. Outro pouco.

— Eu não posso entrar lá — diz ele.

— Por quê?

— Não sou bem-vindo. Quando ver o velho Sierra, vai me entender.

— E o que eu faço? Não sou espiã.

— Não sei, você é esperta. *Arandú.* — Dá umas batidinhas na cabeça. — Você vai pensar em alguma coisa. Toma, um monte de moeda. Entra, compra alguma coisa pra comer, faz de conta que não tem nada acontecendo.

Ele aponta para uma sacolinha de plástico molhada no chão.

— Não dá azar tirar moedas de uma fonte?

— Se alguém for idiota a ponto de acreditar nisso, já tem azar no cérebro.

— Tô falando da gente.

Na vitrine, há cuias de couro, bainhas para facas, selas.

— O que aconteceu com o Piñata? — continuo.

— Ele se foi.

— O que isso significa?

— Se for um cara inteligente, já deve estar no Paraguai. As pessoas não gostam de ser traídas.

— Você não deu muita opção pra ele.

— Cada um escolhe sua quadrilha, Ambareté.

— Do jeito que você fala, parece que tem como escolher a família.

Me agacho e pego a sacola. Tiro as moedas de dentro, seco na camiseta e enfio tudo nos bolsos do shorts curtinho. Deve ter tipo uns trinta pesos entre moedas de um, de cinquenta e de vinte e cinco.

— Sempre quis uma *piñata* no meu aniversário. E saquinhos-surpresa.

— A gente dá um jeito de ter no próximo. Agora deixa de ser curva de rio e vai.

— Você é insuportável quando fica piradinho. Ou melhor, *piravei*.

Ele ri.

— Gosto assim, se adaptando ao vocabulário local.

A churrascaria tem uma placa velha e enferrujada onde é possível ler apenas o nome: Guayacán. Algumas mesas do lado de fora, desocupadas. Um quadro que diz "Churrasco p/2", mas não informa o preço. Ao lado da porta tem uma garotinha sentada num desses cavalinhos que funcionam com moedas. Está chupando um picolé de limão. Metade dele cai e derrete assim que toca o chão.

O salão é enorme, com cadeiras e mesas de madeira. Um ventilador me sopra em cheio assim que entro e quero ficar ali para sempre. Tem bastante gente. Caminhoneiros sozinhos em mesa de quatro pessoas, famílias inteiras apinhadas.

Me sento num lugar no balcão, encostada no vidro que dá para a estrada. Uma garçonete me entrega um menu plastificado com etiquetas coladas em cima dos preços. Ela parece ter uns cinquenta anos, e não acho que é a moça do Mbói. Não tem plaquinha com o nome. Bato o olho no menu. Primeiro o disfarce. Depois o resto. Escolho um sanduíche de carne, mas continuo vendo os preços para ganhar tempo. Atrás do balcão, numa das extremidades, as garçonetes levam e trazem pratos. Todas usam um avental vermelho. Se eu pudesse me aproximar, escutaria a cozinha chamando as mulheres pelo nome ou então elas falando entre si, mas todas as banquetas estão ocupadas. Não escuto nada daqui. Há um zumbido contínuo de ventiladores, o estalido dos talheres, o ruído de pratos sendo empilhados, pessoas fazendo alguns brindes aleatórios.

Há quatro garçonetes. Duas são novinhas, uma um pouco mais velha que eu; demora um tempo enorme para anotar os pedidos, mexe a língua enquanto escreve. A outra deve ter uns vinte e cinco anos, é loira e tem lábios grossos. O cheiro de fumaça e carne está em todos os lugares, e imagino que deve impregnar na pele e no cabelo delas, que devem ir correndo para o chuveiro assim que saem daqui.

Tem um casal de idosos ao meu lado. Deixam uma nota de dois embaixo do copo. A mesma garçonete que me atendeu guarda a gorjeta.

— Cala a boca, Rodo, deixa de ser falastrão que você chama todas de "meu amor" — diz a garçonete ao sujeito que está ao lado.

— Você sabe que é a minha preferida, Susy.

A mulher despreza o elogio com a mão como se estivesse espantando uma mosca. O sujeito continua olhando a bunda dela. Elimino uma das possibilidades. Faltam três.

Atrás das estantes repletas de garrafas de J&B, Criadores, Old Smuggler e Gancia há um espelho em que é possível ver pedacinhos meus. O cabelo arrepiado. Um canto da boca. Fecho os olhos. Inspiro, solto o ar e me acomodo na banqueta ao lado do cara.

Ele usa barba e tem marcas de suor na barriga e nas axilas. Aperta um sifão de água gaseificada para diluir um vinho tinto. Me vê e levanta as sobrancelhas.

— Eu ia cozinhar ali — digo, e exagero me abanando com a mão antes que ele possa pensar no assunto. Como se fosse funcionar.

— Tá um calor insuportável — responde ele, olhando para minhas pernas.

Susy volta e deixa para ele uma garrafa num cooler. Peço um sanduíche de carne para viagem.

— Espero que você não seja fresca pra comer — diz o cara. Pega o prato, cheio de restos de carne e cebola crua empilhados num canto. — Aqui a carne é de borracha, não de vaca.

Faço aquela cara de quem não sabe o que responder.

— Então por que você vem?

— Por causa das pessoas — responde ele. — E às vezes eles se enganam e servem alguma coisa molinha.

Ainda nem me olhou no rosto. Vira o corpo para ficar de frente para mim. Quando apoio as mãos no balcão, as migalhas grudam nas palmas. Pego um guardanapo. Me limpo e jogo o papel amassado de lado.

— Você conhece a Valeria?

Ele dá um gole no vinho, os cubos de gelo se acumulam na borda. Devolve o copo ao balcão.

— Amiga sua? — pergunta ele.

O homem não pergunta do meu sotaque nem nada. A cabeça dele não deve sintonizar muitos canais. Melhor. Não respondo. Dou corda a ele.

— Por que tá procurando ela? — continua o sujeito. Enfia um gelo na boca, joga o cubinho de uma bochecha para a outra. — Não me diga que seu namorado te traiu com a Vale.

Dou um peteleco em uma migalha. É o que alguém faria se quisesse esconder como está puta. Ele abre a boca, vejo o gelo entre os dentes.

— Seria muito idiota da parte dele. A Vale é linda, mas não chega aos seus pés.

A informação não ajuda muito. Todas as garçonetes são lindas, à sua maneira, mas para esse cara basta respirar para ser bonita. Não a procura sequer com o olhar. Como vai procurar a Vale com o olhar se não tira os olhos das minhas pernas? Tenho vontade de não ter cortado o jeans tão curto, de ter dado um pouco de ouvidos a papai ou ter pedido a ele uma camisa para poder amarrar na cintura como em outras vezes. Porém, depois penso que é melhor assim, que ele não erga o olhar, porque ninguém é capaz de reconhecer outra pessoa pelas pernas.

Saca um cigarro do bolso e me oferece o maço de Camel. Recuso.

— Melhor mesmo, não pega bem uma moça fumando.

Acende um. O ventilador não permite que a fumaça chegue ao teto. Lá fora, a menina do picolé continua em cima do cavalo. Mexe as perninhas, dá com os calcanhares nas ancas do bicho para que ele galope, mas nada. Te entendo, irmãzinha.

— Parece que você não é a única arrasadora de corações, Susy — diz o sujeito. — A Valeria tá te fazendo concorrência.

A garçonete junta os guardanapos, coloca a pilha em um prato e ergue tudo.

155

— Aos vinte anos, todo mundo arrasa corações. — Ela, sim, procura a tal Vale com o olhar e aponta a loira com o queixo. — Mas também, com esse shorts... Enfim, tudo pela gorjeta, né?

— Eu sempre te deixo gorjeta.

— Moedas de dez não são gorjeta, Rodo.

— Não reclama, senão vão nascer rugas no seu rosto, amorzinho. E me serve mais um pouquinho de vinho.

Do outro lado do balcão, um idoso fala com a Susy. Ela, com as mãos cheias de pratos, faz um gesto de cabeça na direção de onde estou. O velho vem e me entrega uma sacola com o sanduíche. Pego as moedas e olho para ele. O que de longe achei que eram verrugas, de perto noto que são cicatrizes. Uma grande e rosada atravessa a testa e corta a sobrancelha e o lábio de uma vez. Não perdeu o olho por milagre. Tem outras ao lado dessa, uma menorzinha que a outra, como uma versão esculhambada do logo da Adidas. Empurro as moedas na direção dele, acrescentando bastante gorjeta. O velho me agradece e vai embora.

— Que belo lifting fizeram nele — diz o sujeito no balcão. — E isso que ele era boxeador.

— E você tava aqui quando aconteceu isso?

— Não. Se eu estivesse, ninguém teria encostado no don Sierra.

O chefe, com certeza.

Dou a volta, procuro a tal Vale. Espero que ela se aproxime para que eu possa descrever a mulher para o papai depois. Usa vários brincos de argola em uma das orelhas. Uma pulseirinha vermelha no punho. Coisas às quais ele nunca daria atenção. Eu poderia dizer a ele "a da cinturinha fina". Mas deixa pra lá, não vai adiantar. Vamos passar a tarde cozinhando no Neon esperando que ela saia para que ele grave como ela é. Ou eu posso gravar como ela é agora, e ele que espere.

Me pergunto se Valeria sabe exatamente o que o Mbói faz, se tem uma ideia, nem que seja aproximada, disso tudo, se só o tolera pensando que com isso não vai ter mais que vir trabalhar aqui. Onde tem um monte de caras pedindo telefone, passando a mão nela, onde ela junta mais migalhas que gorjetas. Se o ofício de Mbói é o que a atrai ou o que a faz repensar. Ou, vai saber, ela só gosta do cara e pronto. Sei lá.

Me sinto uma babaca por pensar que poderia largar o papai para trás e abrir meu próprio caminho, vir aqui e ter que lidar com todo o resto. Sozinha.

O homem vê que não tiro o olho de Valeria.

— Há maneiras melhores de se vingar — afirma ele.
— Não tô nem dizendo que você não pode bater nela.

Ele já roteirizou o filme inteiro, contratou os coadjuvantes e pensou nas cenas.

— Olho por olho já não vale mais de nada. A melhor vingança é orgasmo por orgasmo.

— Pode ser — digo. — Mas com isso você não poderia me ajudar.

Desço da banqueta com um saltinho. Os ventiladores, os gritos dos moleques, o ruído dos talheres encobriria qualquer resposta possível, mas ele continua de queixo caído, a mandíbula parecendo deslocada. Antes de sair cruzo com a Valeria, *Mandou bem,* me diz, e sorri. Tem os olhos azuis como as argolas na orelha.

O sol me abraça assim que piso na rua. A menininha do picolé fala *Vai, cavalinho,* vai e acaricia a cabeça do animal, como se o estivesse penteando. Pego duas moedas, coloco ambas na fenda do brinquedo.

— Segura, peoa! — digo, e aperto o botão.

O cavalo começa a galopar e ela cai na risada.

Papai continua no mesmo lugar, falando com um homem que lhe entrega algumas notas. Ele guarda o dinheiro na camisa, e do mesmo bolso tira um saquinho de pó. Espero o cara ir embora para me aproximar.

— Ainda falta um tempo pro meu aniversário, mas pelo jeito você já tá preparando os saquinhos-surpresa — digo.

— Que engraçadinha. Comprou alguma coisa pra comer? — Pega o pacote com o sanduíche da minha mão e, antes de terminar de abrir, diz: — Não me diga que comprou um sanduíche de carne. São uma merda.

— É uma churrascaria, o que você queria que eu pedisse?

Ele me devolve o lanche e coloco o saco no chão.

— Encontrou ela? — pergunta papai, e confirmo com a cabeça. — Como ela é?

O sol pega bem nos meus olhos e eu os cubro com o braço.

— Loira. Bundona bonita. Lábios grandes — listo as características. Papai espalma as mãos como se eu estivesse falando em outra língua. — Vem, melhor eu te mostrar quem é. Não tô a fim de passar o dia inteiro derretendo no carro.

Paro na esquina do restaurante, onde começa a parede de vidro. Dou uma olhada pelo espaço até encontrar a garota carregando uma Torre de Pisa feita de pratos.

— Amar alguém não é escolher sua quadrilha — digo.

— E?

— Não machuca ela. Ela não tem nada ver. Promete

— peço. Ele beija os dedos cruzados. — É aquela.

Papai abaixa os óculos com um dedo, olha para a moça e volta a subi-los. Encara de novo o estacionamento. Um cachorro está comendo o sanduíche que abandonamos. Meu pai me passa cinco notas de dez.

— Pra você curtir por aí.

Uma família se aproxima da fonte. Os pais e três filhos. A mãe dá uma moeda a cada um e eles a jogam, aplaudem. Meu pai balança a cabeça.

— Cada um acredita no que pode — digo.

— Você quer fazer um pedido?

Digo que sim. Vamos até a fonte. Há moedas brasileiras e paraguaias também. Do bolso, ele me passa um projétil e pega outro para ele.

— A gente não tem sonhos — diz papai. — Temos planos.

Mordo os lábios. O sol se reflete na bala acomodada no meio da minha mão, parece que está viva. Eu a aperto, penso e a jogo na fonte. A do meu pai cai ao lado da minha.

— O que você pediu? — pergunta ele.

— Se eu contar, não se realiza.

17

Depois de caminhar duas horas pelo vilarejo, até minha sombra está suada.

Dou voltas, entro em uma rua, dobro uma esquina, estico o percurso. Placas de lojas de ferragens, um hotel duas estrelas, cartazes coloridos anunciando festivais. As moedas chacoalhando no meu bolso tilintam de uma forma que parece que estou andando com esporas. Me sinto em um filme de velho-oeste desses que o papai assiste e sempre diz: *Se alguém fizer isso, perde a cabeça na hora. Ou Isso é mentira. Ou O John Wayne não ia durar nem meia hora em Eldorado, em Misiones. O único Río Bravo é o Paraná. E continua assim por um bom tempo, até eu falar Pode crer, pai.*

Não tem muito o que fazer por aqui. O lugar mais atraente é a igreja, por conta da brisa úmida e com cheiro de terra que sinto quando passo na frente dela. Aproveito a torneira de uma casa e refresco a nuca com cuidado para não molhar a camiseta. Prendo o cabelo em um rabinho; não gosto do resultado, mas prefiro isso a morrer de calor.

Depois esbarro na coisa mais parecida com um oásis que encontro — um fliperama com ventiladores enormes, dos antigos. Dá para sentir o ventinho da rua. Entre os tubos de neon que sobraram e as marcas escuras na parede onde não tem mais nada, reconstruo o nome do lugar: Hechavy. Vai saber o que significa.

Mais de uma vez, papai usou fliperamas de creche. Me enchia de fichas e dizia Já volto. Eram lugares seguros. Ninguém fumava ou enchia a cara, exceto bem tarde da noite, e a única coisa que levava umas pancadas eram as máquinas. Isso foi antes de eu ganhar o Sega. Depois disso, ele me deixava enfurnada no quarto do hotel mesmo.

Nos fliperamas, sempre parece de noite. E, a julgar pelos jogos, é a mesma noite há dez anos. *Wonder Boy. 1942. Pac-Man.* Um de futebol. *NBA Jam. Galaga* — o único que papai jogava — e *Mortal Kombat II. Ultimate* também, e na frente desse tem fila. Também tem *Daytona* em um canto. As banquetas de madeira foram pintadas de vermelho, azul, amarelo. Ao fundo, uma mesa de bilhar e umas máquinas de fliperama. Ainda não tem muita gente.

Um cara magrinho me atende no caixa. Está atrás de um vidro de proteção repleto de adesivos. Pelo jeito quer deixar o bigode crescer, mas tem só uns fiozinhos. Pego as moedas e as coloco no balcão.

— Assaltou uma fonte?

— À mão armada.

Ele me passa um montão de ficha. Quando olho para o *Mortal Kombat II,* vejo que está ocupado, e estou a fim de jogar só contra a máquina. Nenhum moleque gosta de perder para uma menina, pedem revanche de novo e de novo, depois vem um amigo querendo vingança, e é assim que se chama a atenção.

Papai me deixava tanto tempo sozinha que aprendi todos os truques. Minha cabeça ia registrando as combinações de botões para não pensar no que ele estaria fazen-

ÁMBAR

do. Aprendia o *fatality* do Scorpion, repetia o golpe uma vez ou outra para não perguntar por que meu pai tinha voltado com a sobrancelha cortada, memorizava o truque para tirar o Human Smoke e assim resistia à tentação de abrir a mala que ele tinha trazido. Minha cabeça tem uma área cheia de dados com os quais tentei encobrir outras coisas.

Gasto algumas fichas no *Pac-Man*. Chego até a maçã e aí fico de saco cheio. O lugar vai ficando mais movimentado. Quase só garotos. Agora no *Mortal Kombat II* tem uma menina. O cabelo dela bate na saia jeans. Está jogando com Mileena, e se move como se estivesse tendo um ataque de epilepsia. Tenta fazer um combo, aperta todos os botões.

— É o soco alto, não o baixo — digo a ela.

Aí, sim, Mileena saca os punhais que usa.

— Valeu.

Vou até o *Daytona*. Não gosto desses jogos de carro, mas quero ficar sentada sem ter que me equilibrar em cima de uma banqueta de pernas tortas. Completo duas fases de estrada, as duas com câmbio manual. Mesmo depois que perco, fico sentada ali.

A menina do *Mortal Kombat* se larga ao meu lado. Usa óculos grandes. A maquiagem disfarça os traços fortes. Tem os lábios vermelhos, um pouco de rímel. A barriguinha de fora deixa ver um piercing no umbigo com uma joia em forma de dado.

— Você é de Buenos Aires? — pergunta ela. Faço que sim com a cabeça. — Veio pro festival?

Conto que meu pai — meu coroa, digo — veio ver uns terrenos. É consultor de uma empresa. A melhor coisa para não perguntarem muito é dizer algo bem chato. As pessoas só falam *Ah tá,* como se estivessem fechando

162

uma janela do MSN.

— Mas e você? Veio sozinha?

— Com uma amiga, mas o carinha que ela gosta apareceu e perdi ela.

Ela faz um sinal na direção da mesa de bilhar. Vejo dois jovens abraçados com um dos braços, segurando os tacos na outra mão. O garoto é mais baixo, e ela não parece nem aí para o fato de que o ventilador está bagunçando o cabelo dela. Usa uma camisa que não fecha direito por causa dos seios.

— Quer jogar? — pergunto.

— Não tenho mais ficha.

Jogo uma para ela.

— Mas eu sou muito ruim, tá?

— Eu também.

Escolhemos o câmbio automático. Abro uma boa distância dela. Ela bate em tudo. Devia jogar aquele jogo em que você ganha pontos quando atropela as pessoas. Na última volta, sou eu que faço todas as curvas bem mal. Na reta final, levanto o pé do acelerador e ela me ultrapassa. Festeja dando umas batidinhas no volante.

— Isso que você era ruim… — digo.

Depois que perde na outra volta, ela se apresenta:

— Martina.

— Alejandra.

Ela tem uma mochila toda rabiscada com corretivo e vários bottons. Blink 182. Green Day. Diz que está estudando porque tomou pau em matemática e química. Eu digo que já passei de ano. *Deve ser lindo viver em Buenos Aires.* Por sorte, para ela basta eu falar um pouco do Obelisco e da Plaza de Mayo. Me pergunta sobre os boliches. *Meu coroa não me deixa sair muito.*

— Doeu? — pergunto, apontando o piercing com a

cabeça.

— Pra caramba. Mas valeu a pena.

— Ficou lindo.

— Quero colocar outro na sobrancelha.

— Eu tô guardando grana pra fazer uma tatuagem. — Acaricio o braço.

— Já pensou no quê?

— Ainda não decidi. Quero ter certeza.

A amiga vai embora com o moleque. Olha para ela por cima do ombro, dá a volta e junta as mãos num gesto de pedido de desculpas.

— Não sei como ela faz isso.

— Quer que eu explique?

— Não… Tô ligada.

O lugar fica cada vez mais lotado. A maioria jogando futebol. Gritam com os gols. Festejam um com o outro, riem.

— Você é boa no *Mortal Kombat*, né? — diz ela, e dou de ombros. — Tem um menino que acho lindo, mas ele não me dá bola. Ele vem sempre e fica jogando *Mortal Kombat*. Eu acho que, se ganhar dele algum dia, capaz de ele perceber que eu existo.

— Já tentou falar com ele?

— Tá louca? — Ela ri, baixinho, chacoalhando os ombros.

— Vem.

Entupo o *Mortal Kombat* de moedas e ensino a ela até os *fatalities* da Kitana e da Mileena. Ela é meio ruim. Fica nervosa. Confunde os botões.

— Como você sabe tanto truque assim?

— Meu coroa viaja muito e me deixa com o Sega.

Ela abre a boca, tenho certeza que para perguntar sobre minha mãe, mas muda a frase no meio do caminho.

— Seu coroa parece estar sempre na correria.

Nos sentamos em um banco grande ao lado da mesa de bilhar, perto da parede. As pessoas passam por ali para ir até o banheiro. Vários vão molhar o rosto e saem se secando com a camiseta. Dois falam oi para Martina do outro lado da mesa, de vez em quando alguém se aproxima dela e a cumprimenta com um beijo. Mendigam fichas ou cigarros aqui e ali. Quando vão embora, ela me conta coisas sobre cada um. *Esse anda sempre com o skate embaixo do braço, mas nunca vi ele andando. Também, quase não tem asfalto aqui... Aquele outro ficou com uma amiga minha. Ficou, ficou pra valer,* me diz, com as sobrancelhas levantadas. Eu falo pouco. Falar me obriga a lembrar de cada coisa que disse para não cair em contradição. E não gosto muito de mentir.

Apoio os pés no banco, os joelhos contra o peito, e descubro um corte na perna, uma casquinha fina. Não tenho ideia de quando fiz, mas, se tivesse que chutar, diria que foi ontem à noite. A adrenalina faz seu corpo não sentir as coisas. Estou passando o dedo em cima do machucado, de um lado para o outro, quando escuto:

— Maninha.

O rapaz é alto. Cabelo raspado, uma camiseta preta do Chicago Bulls. Os traços fortes do nariz e das maçãs do rosto caem melhor nele do que na Martina.

— Manão — diz ela. — Alejandra, esse é o Marcos. Marcos, essa é a Alejandra.

O carinha me dá um beijo. Puxo o corpo para longe o mais rápido possível para ele não sentir o cheiro de suor e acabo batendo com a cabeça na parede. Sinto a bochecha queimar. Marcos, segurando a risada, me apresenta o amigo que veio com ele, mas nem guardo direito o nome do garoto. Tem uma corrente de bicicleta pendurada no peito. Coloca uma ficha na mesa de bilhar. Pergunta se a gente quer jogar. Digo que não. Marcos começa. *As pares*, diz. O som da bola caindo pela parte de dentro da mesa.

Martina se aproxima e me conta, baixinho, que o outro garoto também é de Buenos Aires. Que é o único do vilarejo que usa corrente para prender a bicicleta. *Como se alguém fosse roubar a bike toda detonada dele.* Espero que não diga a ele que sou da capital, que não me coloquem à prova. Ela continua falando. Marcos olha para mim e sorri. Tem os dentes pequenininhos, parecem Chiclets. Quando acerta uma bola, os músculos do braço se tensionam por um segundo e depois relaxam.

— Metido, né? — conclui Martina.

— Opa — respondo, mas não tenho ideia se ela está falando do menino da corrente, do irmão, ou dos óvnis no Chile.

Por um tempo, há apenas ruídos das bolas deslizando pela mesa de bilhar, risadas, olhares de canto de olho. Marcos só precisa encaçapar a última bola par, que está bem na beirinha da caçapa, mas a preta está na frente.

— Vou fazer uma jogada aérea — diz ele. Antes de dar a tacada, garante que eu estou olhando e eu levanto o queixo para ele, em um desafio. Ele faz a branca voar da mesa e cair no chão. Amparo a bola com o pé e entrego na mão dele.

— Achei que era bilhar, não beisebol.

— Quem tá de fora, biquinho calado — diz ele.

Martina ri.

— Que foi, irmãozinho? Tá nervoso?

— Esses tacos são uma merda. — Passa giz na ponta dele, irritado. Está com o rosto vermelho. — Você já passou pra buscar o liquidificador consertado, né?

Martina aperta os olhos, como um cachorrinho apanhando de alguém.

— A mamãe vai te matar — continua ele.

— Esqueci completamente — diz ela, e se levanta com um salto. Coloca a mochila nas costas.

Marcos larga o taco, balançando a cabeça.

— Vem, eu te levo na moto antes que feche.

Ela se despede de mim com um beijinho. *Já volto.*

— Senão minha mãe mata ela — comenta ele.

O cara da corrente me olha com cara de *agora que a gente tá sozinho...*, mas por reflexo me levanto e coloco fichas na primeira máquina que vejo. *Tetris.* O segundo pior jogo do mundo. De canto de olho, vejo que o menino está viciado em *Gals Panic*. Aquele em que, com um cursor, você tem que ir tirando a roupa de uma garota. O pior jogo do mundo. Um carinha para ao lado dele para ver que pirralha ele vai deixar pelada. Olho para a minha tela, tem um montão de blocos empilhados e o letreiro de GAME OVER em cima de tudo.

Já anoiteceu. Há bichinhos ao redor da lâmpada externa do lugar. Me pergunto que horas trocaram de turno no restaurante, se Valeria já saiu ou se continua com fumaça no cabelo, se quando ela tomar banho também vai ter que se limpar do sangue, sangue dela ou do meu pai. Quero voltar para casa, ver se ele já chegou para colocar um ponto final na minha cabeça, mas se ele não estiver lá vou inventar ainda mais coisas.

Não quero mais buscar cartas, ou abrir presentes que são de outras pessoas. Estou cansada de ser o resto do que deixaram para trás.

Coloco algumas fichas no *Cadillacs and Dinosaurs*. Vou escolher a moça, mas, quando vejo que ela se chama Hannah, prefiro Jack. Bato nos personagens do *Chaves* versão punk, nos meio capengas, nos que parecem o Cormano do *Sunset Riders*. Passo de nível. Dois. O plástico que protege os controles está queimado de cigarro. Vai sobrando pouca gente, então vejo de cara quando ele volta. Trocou a camiseta dos Bulls por uma camisa polo. A gola dobrada. Também se banhou e passou perfume. Deve morar perto. Todo mundo aqui deve morar perto.

— Minha irmã me disse que você é de Buenos Aires.

Ela se apoia na máquina. É uma cabeça e um pouquinho mais alto que eu. Sigo na minha, apanhando. Os inimigos me rodeiam e tenho que usar um truque para tirar eles de cima de mim.

— Ela me contou que você é uma gênia do *Mortal Kombat*.

— Ela contou ou você perguntou?

Ele dá uma risada anasalada.

— É raro encontrar por aqui outra pessoa que curta Pantera.

Ele olha para minha camiseta. Sei que é a capa de um disco, mas não sei nem como ele chama.

— Sim, eu adoro aquela música, "Respect".

É a única de que me lembro. Eu ficava alucinada com o fato de que o guitarrista tinha a barba tingida de rosa. Mas, no mesmo minuto, não suportava a música e mudava de canal.

— "Respect"? *Walk*, não? É um hino.

— Eu tenho o CD pirata. Não vem com a capa.

Ele passa por trás de mim e se apoia do outro lado.

— Todas as meninas que eu conheço jogam *Pac-Man* ou fliperama.

— *Pac-Man*? Não são meninas, então, são vovozinhas.

— Você já zerou esse aí alguma vez?

— Nunca — digo. Ele se cala, olha a mesa de bilhar,

deve estar procurando o menino da corrente da bicicleta ou algum amigo. — Dizem que o chefão final é um tiranossauro. Me parece lorota.

— Só tem um jeito de saber.

Ele me mostra algumas fichas e faço um gesto de *manda bala*. Ele escolhe o deformado. Quebra todos os barris. Dividimos a comida que aparece. Ele deixa a escopeta para mim.

— Que cavalheiro.

— É que você não manda muito bem nas bicas.

Dou um chutinho no calcanhar dele.

— Acha mesmo?

Ele leva as mãos ao tornozelo, exagera. Depois se endireita, mas vejo que está olhando mais para as minhas pernas do que para a tela.

— Derrubou alguma coisa? — pergunto.

— Não, não.

Ele fala devagar, com uma voz que parece que ele está pedindo *com licença e por favor,* uma voz sem pressa alguma, que flui, que leva junto, mas não arrasta.

Passamos de nível. No último, ele morre. Não tem mais fichas.

— Me vinga — diz ele.

Mas estão batendo muito em mim, e não tem como largar o controle agora. Viro o quadril, mostrando o bolso para ele.

— Pega — falo, e ele hesita. — Vai. Antes que me matem.

Quando encosta em mim, me estico. Ele mexe a mão até encontrar as fichas, que parecem se esconder dos dedos dele. Pega algumas. Vejo na tela que me mataram e revivo.

— A cavalaria chegou — diz ele.

O chefão final é uma espécie de tiranossauro mutante. A gente mata o bicho duas vezes. Depois, tudo explode.

— Mandou bem.

— Você também — respondo, e trocamos um aperto de mão.

Ainda estamos olhando um para o outro quando o sujeito do caixa diz que precisa fechar. Pergunto a hora. Onze da noite. Papai vai me matar. Devo ter feito uma cara de pânico, porque Marcos diz:

— Eu te levo.

Ele tem uma Zanellita. Me empresta o capacete. Agarro o garoto com força, mesmo sem muitos buracos no caminho. Vou guiando ele. Duas quadras antes de chegar, procuro uma casa substituta. *Nunca diga a ninguém onde você mora.* Encontro uma com um quintal fundo, sem cachorros, portão destrancado, e com aquela clássica luz de fora acesa que diz *saímos, mas estamos fazendo de conta que tem alguém em casa.*

— É aqui.

Ele para ao lado de um latão de lixo. Olha para os lados. Deve estar pensando que caralhos estamos fazendo parando aqui, mas não diz nada. Até o silêncio nele é lindo. Devolvo o capacete, e ele o pendura no braço.

— Você devia dar um pulinho no festival, vale a pena.

Faço que sim com a cabeça e tateio para abrir a tranca. Entro e fecho o portão. Que não venha nenhum cachorro, por favor. Finjo que estou procurando a chave, como se ela pudesse estar em muitos lugares. Com certeza ele vai esperar até eu entrar.

— Sou eu! — grito para o nada. — Tá, tô indo.

Faço uma cara de *que saco.* E dou a volta na casa. Escuto Marcos indo embora, mas espero uns segundos no escuro, espantando os mosquitos, e só então saio.

Quero pensar em uma desculpa, mas nenhuma me ocorre. É como se tivesse me dado um curto-circuito. Na barriga e na cabeça. Quando entro, vejo que meu pai ainda não chegou. Solto o ar pela boca e sinto os ombros descolarem das orelhas. Tudo continua igual, o mesmo café sem terminar em cima da mesa, as mosquinhas na casca de banana.

Me jogo na cama, cansada, como se tivesse voltado correndo, mas levo as mãos ao rosto e sinto o perfume de Marcos. No reflexo da televisão, encontro meu sorriso como alguém encontraria um dinheiro esquecido em um jeans que ficou muito tempo sem usar.

Estou toda suada. Meu corpo pinica de ter passado pelo meio do mato, estou toda suja de terra vermelha e a camiseta do Pantera está um nojo. Mas cubro o rosto com as mãos e fico assim mesmo.

A ducha pode esperar um pouco mais.

18

Demoro algumas horas para verificar todos os cantos da casa. Cada armário tem um fundo falso. Há baús, e a madeira parece papelão por causa da umidade. Gavetas deformadas que não abrem bem e fecham pior ainda. Encontro todo o tipo de facas, de fios cansados e já sem brilho, armas espalhadas por todo o lugar, notas fiscais amassadas com preços de muitos anos atrás, papéis que se desfazem entre os dedos ao mínimo toque, instrumentos para castrar animais, coisas que não sei — nem quero saber — para que são. Há também muitos brinquedos meus, livros com páginas grudadas e capas mofadas, roupinhas minúsculas. É como voltar a uma versão minha que já não me serve. Um montão de coisas com que poderia acender uma fogueira. Coisas que eu não sabia que tinha perdido. Mas não tem nenhum ferro de passar, nem nada parecido. Tampouco um ventilador. Muito menos um desodorante.

Está abafado demais. Fico só de top e shorts. Tento abrir as janelas para ventilar, mas todos os vidros e as persianas estão travados. A porta que dá para os fundos também. Para que ninguém entre ou saia, dependendo da necessidade.

Li em algum lugar, ou alguém me disse, que o vapor ajuda a desamassar a roupa. Abro a ducha quente e penduro as três camisetas que tenho em um cabide, no suporte da toalha e no varão da cortina. As três estão tão enrugadas quanto uma senhorinha de oitenta anos. Na vermelha é que mais dá para ver. O vitrô embaça e desenho uma carinha feliz. Saio e encosto a porta para juntar vapor.

Belisco as batatas fritas que vieram com o hambúrguer. Quentes até vai, mas frias é como mastigar um chiclete sabor óleo. É a coisa mais barata que consegui por aqui. Não sei por quanto tempo esse dinheiro vai ter que durar. Flerto com a ideia de comprar um vestido, algo levinho, mas não quero ficar sem grana e depois não conseguir dormir de fome, como já aconteceu outras vezes em que esbanjei com um livro, um jeans ou uma fita de Sega. Conto o dinheiro. Separo as fichas do fliperama. Pego uma, jogo ela para cima e, sem nem ver de que lado ela cai, sorrio.

Ligo a televisão, mas o único canal que sintoniza é o local. O noticiário da tarde mostra os preparativos do festival. Pessoas armando barraquinhas, acendendo churrasqueiras, derretendo ao sol. Espero que ao vivo esteja mais agradável.

Tiro as pilhas de uma lanterna e as coloco em um rádio com toca-fitas. O cabo de força foi arrancado, provavelmente para amarrar as mãos de alguém. Rebobino até chegar a "Even Flow". Minha vontade é colocar a música no talo, mas é melhor não chamar a atenção. O ritmo me dá vontade de me mexer. Pulo, danço, suo, arrumo, varro, guardo os pratos, lavo os copos, danço mais um pouco, me canso inteira, os braços, as pernas. Tudo cansa, menos o sorriso que segue exposto nos meus lábios.

A árvore de Natal tem teias de aranha que parecem

grinaldas. Tento desmontar, mas os galhos não soltam. Tiro ela de dentro de casa e deixo no meio do quintal. A grama está alta, exceto numa área onde não tem mais terra, debaixo da árvore. Dava para fazer uma horta com tanto espaço. Junto algumas garrafas e jogo tudo no lixo. Separo umas madeiras podres cheias de bicho e coloco na rua. O sol parece me seguir como se fosse um holofote, e eu, a estrela de um show. Em dez minutos, minha pele já ganhou certo bronze. Gosto da aparência.

O vapor passa por baixo da porta do banheiro e, quando me aproximo, sinto o calor. Uma névoa abafada gruda na pele quando entro. Passo a mão nas camisetas. Continuam iguais. Deixo elas no vapor por mais meia hora.

Pego uma cadeira dobrável, passo um pano nela que não sei se limpa ou suja mais. Tomo o cuidado de garantir que não haja ninguém nos quintais vizinhos. A cerca é reforçada, e a grama alta me diz que não mora ninguém ali. Nas visitas anteriores, eu sempre pensava quem caralhos ia ter uma casa naquela região. Hoje, sinto que dá para viver bem aqui, não estar só de passagem.

Não quero mais estar nos lugares de passagem.

Tiro o shorts e o deixo de lado, com a camiseta do Pantera preparada para caso tenha que me cobrir rápido, e vou tomar sol.

Depois de cinco minutos percebo que é difícil, ao contrário do que parece. Não é só deitar e pronto. Não consigo parar quieta. Minha cabeça, muito menos. Vejo uma série de lampejos de imagens, lembranças que não termino de acessar porque não sei se aconteceram mesmo ou se são invenção.

Passei um verão aqui. Na verdade, não foi um verão inteiro, só duas semanas, soube mais tarde, mas me pareceu muito mais longo. O que acontece quando a gente é criança parece eterno. É provável que seja mesmo. Eu estava sempre sozinha. Aprendi a identificar o barulho do motor do carro do vizinho. Quando ele saía, eu subia na árvore, pulava para o terreno dele e mergulhava na piscina de fibra. Relembro a textura da casca da árvore, das palmas brancas e doloridas depois que eu me soltava do outro lado. Gostava de estar na piscina depois do anoitecer e nadar no reflexo da lua. Atravessava a imagem várias vezes. Também fazia uma concha com as mãos e a prendia, tentando não mexer a água para não desfazer o reflexo. Se a lua cabia nas minhas mãos, eu já era crescida, e não podia ter medo por estar sozinha.

Mas no terreno ao lado não tem uma piscina de fibra. Talvez fosse uma dessas de montar.

Sei que eu nadava de noite em uma piscina que refletia a lua. Precisei acreditar muito nisso para ser forte, para ser criança e não me afetar pelo fato de que estava no meio do nada. Capaz de o medo ter se metido no meio da lembrança e a influenciado.

O que importa é que agora tudo o que acontece comigo só pertence a mim. Ninguém vai me dizer como são as coisas, nem como elas fazem eu me sentir, nem de que eu gosto, nem que cheiro as coisas tinham, nem do que tenho ou deixo de ter medo. Sei que os dentes do Marcos são pequenininhos, que matamos dinossauros juntos, que ele tem um perfume que quero inspirar como se fosse o cheirinho da chuva, que eu gostaria de ter andado de moto sem capacete para apoiar a cabeça nas costas dele, que agora mesmo o sol não está mais parecendo um carinho, e sim um beliscão de novo, e estou ficando toda vermelha e é melhor entrar antes de me queimar como um galho da mata.

ÁMBAR

O vapor embaçou até a janela da cozinha. Em cima da mesa, a escopeta escapando da bolsa parece estar fora de lugar. Guardo a arma direito para que não fique à vista. Faltam algumas horas para a noite. *Amanhã o ônibus espacial Columbia volta.* Imagens da aeronave na televisão. Depois passa uma reportagem sobre adestramento de cavalos.

Para esperar coisas bonitas, o tempo também passa devagar.

O vapor aquece a casa até ficar quase insuportável. A camiseta preta é a que ficou mais lisinha. É nela que as rugas menos aparecem. Está com cheiro de guardada. Que porra. Saio e a penduro em um galho. A televisão não passa de um ruído distante, e não consigo entender o que está sendo dito. Fico vendo o reflexo que consigo distinguir das janelas, a maneira com que as luzes e sombras pintam a sala de um jeito diferente quando as imagens mudam. O jornal de fundo faz parecer que papai está em casa.

É a primeira vez na vida que penso tanto tempo em um homem que não é meu pai. Que não me pergunto onde ele está ou o que está fazendo.

Não me sinto culpada.

Entro, desligo a televisão e volto ao quintal. O calor vai perdendo força. Acomodo a cadeira embaixo da árvore. A lua já nasceu, mas não preciso mais dela. Uma brisa fraca bate no rosto, mas não dá para escutar nem os galhos, nem as folhas. A camiseta mexe devagarzinho. Um cachorro late para um carro que passa a uns vinte por hora — a estrada de terra força todo mundo a ir devagar. O sol vai se esparramando vermelho pelo céu conforme baixa, lento, como algo à deriva e sem pressa; cresce com a rapidez de uma trepadeira. O cachorro não está mais latindo. A única velocidade é a do meu coração.

19

De longe, no meio deste nada, deste território aberto a machadadas, o festival parece um incêndio. A fumaça sobe de vários pontos, um refletor escavando as nuvens, o resplendor das luzes vermelhas e amarelas parecendo chamas.

De perto não é um incêndio, embora esteja fazendo um calor equivalente. As pessoas empurram, caminham tão devagar que parece que estão em uma procissão. De um dos lados estão as barraquinhas de comida. Sopa paraguaia. Cachorro-quente, hambúrguer. *Pancho*. Pizza *mbeyú*. Um sujeito com uma carrocinha esvazia garrafas de cerveja em copos de plástico e os entrega um atrás do outro. É onde tem mais fila.

Do outro lado, as brincadeiras: uns carinhas convidando as pessoas a tentar a sorte nas barracas e ganhar todo o tipo de coisas por dois pesos. Há um bingo, gente em cadeiras de plástico numeradas encarando as cartelas. Uma casa dos horrores. *Sobreviva ao* pombero, *ao* jasy-yateré *e ao lobisomem*.

Analiso a multidão para ver se encontro algum rosto conhecido. Cruzo com o moleque da corrente de bicicleta e penso em perguntar do Marcos, mas não quero que ele fique no meu pé, então dou uma de marrenta,

ÁMBAR

passo reto e vou ver um show no palco que tem no fundo. *Somos os Tanimbu*, diz o intérprete, que está usando um casaco de couro. Deve estar derretendo. São um desastre, desafinam, é uma banda de garagem que não devia ter saído dela, mas me ajuda a disfarçar o fato de que estou sozinha, parece que sou só mais uma assistindo ao espetáculo à toa. As músicas vão passando. Fico preocupada de os meus ouvidos acabarem com sequelas. Espanto mosquitos. Empurrões.

Devia ter ficado em casa.

O vocalista pergunta se querem outra. Um grupo de moleques grita: *Outra, outra, outra banda tocando*! Os Tanimbu nem se abalam com as brincadeiras e se despedem com um *cover* de uma canção que não me é estranha, mas eles tocam tão mal que não consigo terminar de decifrar qual é.

Demoro a me dar conta de que a *Ale* que estão chamando sou eu. Martina está sentada nas arquibancadas com um algumas amigas e acena para mm. Está com uma saia xadrez e uma regata da Cadena Perpetua cortada acima do umbigo. Trocou o piercing por uma argola comum.

— Essa é a menina de quem falei pra vocês.

Ela me apresenta, uma é a que estava no fliperama. Verónica.

— Ah, a portenhazinha — diz uma menina que ajeita uma mecha do cabelo para cobrir uma espinha na testa.

Elas não abrem espaço para eu me sentar, então fico parada ali de pé. A da espinha fala alguma coisa bem baixinho para a outra, uma loira, que ri. Dá uma baforada no cigarro. Tosse a fumaça. Pega o cigarro de um jeito, depois de outro. Deve ser tipo a segunda vez que fuma.

— E o que achou do nosso vilarejo? Passeou por aí?

Foi tranquilo. Visitei uma mulher que lê linhas de cocaína e um matador de aluguel aposentado, ajudei meu pai a sequestrar um cara, fiquei de tocaia observando uma garçonete.

— Não muito.

Uns garotos se aproximam e nos cumprimentam. Fazem piadinhas. Olham a gente de cima a baixo. Vão passando um copo de cerveja. Tem toda a pinta de estar mais quente que eles. Quando percebem que não tem espaço ali, vão embora.

— Eu super tomaria uma cervejinha — diz a da espinha.

— Vamos comprar — falo.

— O gordo Fugaza decidiu que esse ano não vai colaborar. Não tá mais vendendo bebida pra menores de idade.

— Rolou algum problema com a prefeitura.

— Não se preocupem.

Tenho um documento em nome de Victoria Vizcarra que diz que tenho dezoito anos. A fila passa devagar. A da espinha e a loira me olham, esperando que eu me dê mal. Martina se junta a elas. Peço a cerveja. Coloco a mão no bolso. Preparo o documento como um ás na manga e o sujeito me entrega a bebida olhando na minha cara, e fico tão desconcertada que quase vou embora sem pagar.

— Parece que a portenhazinha tá com cara de acabada — diz a da espinha.

Abro um sorriso tão falso que até um cego perceberia. A cerveja esfria minha mão. Dou um gole e passo para elas. Apenas molham os lábios. Fazem cara de quem tomou xarope. Não estão acostumadas. Olham para os lados, o importante é verem elas com o copo, não tomar a cerveja; é tirar uma foto dizendo que enfiaram o pé na

179

ÁMBAR

jaca no festival, que foi a terceira breja, ou a quarta, *Cê não imagina como fiquei,* que aconteça alguma coisa que torne o evento inesquecível. Em algum momento, perdemos Verónica.

E o seu irmão?

— E a Vero?

— Adivinha.

Martina dá dois goles longos e me devolve o copo. Está mais arrumada que ontem. Fico com vontade de pedir o rímel dela emprestado. Ou o batom, que seja.

— Tá esperando o menino do *Mortal Kombat?*

— Não. Não.

— Você parece estar muito concentrada nos arredores.

— Tem um moleque de outro vilarejo que talvez venha.

— Parece que tá todo mundo de orelha em pé.

— Aquelas duas estão vendo se os coroas não aparecem. Na teoria, estão estudando uma na casa da outra.

E seu irmão, não falou nada sobre mim?

Não gosto muito de cerveja, mas cai bem no calor. Tomo um pouquinho. Depois mais um pouquinho. Passo para a menina da espinha, que, como se fosse uma isca, atrai dois carinhas que vêm conversar com ela e com a loira. Um é alto e parece um alemão, um falso jogador de rúgbi que se veste com Kevingston. Fala alguma coisa no ouvido da menina da espinha, que passa a mão no cabelo e ri. Ela oferece a minha cerveja para ele. O carinha dá uns goles e continua falando coisas no ouvido da garota, mexe o copo de um lado para o outro como se estivesse explicando alguma coisa. Me abaixo e tropeço, ou algo parecido, e caio em cima do cara com roupa da Kevingston, que derruba a cerveja na mina da espinha.

— Puta merda — diz ela. — O que você tá fazendo?

— Foi mal.

— "Foi mal" minha bunda! Meu coroa vai me matar.

Com a loira, vai buscar guardanapos em uma barraca de *pancho*, depois seguem até o banheiro. O cara da roupa da Kevingston me devolve o resto da cerveja.

— Você é uma esquisitinha — diz Martina.

— Eu tropecei.

Me sento no espaço que abriram na arquibancada. Estão desarmando o palco, enrolando cabos.

Não vai falar nada do seu irmão?

Bom, já deu, chega de silêncio, mas, quando vou fazer a pergunta, vejo o rosto dela se iluminar e ela cumprimenta um garoto com um aceno. É mais velho que os outros. Deve ter uns vinte anos. Tem uma barba meio desgrenhada e usa uma camiseta do Green Day. Ela olha para mim.

— Amiga, não quero te deixar sozinha...

— Para com isso, vai lá. Se cuida.

Ela corre até o menino como uma criancinha indo até a árvore de Natal depois da passagem do Papai Noel. Vejo meu reflexo no restinho de cerveja. As luzes acendem e se apagam; algumas me mostram mais, o cabelo escorrido, a parte debaixo dos olhos, fundos. Outras só marcam minha silhueta, transformando meu rosto em uma mancha.

Os mosquitos estão apaixonados pelas minhas pernas. Mato um. Depois outro. Deixo passar mais um tempinho antes de aceitar a derrota. Quero escutar alguma música de fossa, "Nothingman" ou "Black" do Pearl Jam. Ou "Fell on Black Days" do Soundgarden. Ou até alguma do Cartola. Como se houvesse partes minhas que elas agora podem traduzir, como se pudesse entender algo

181

que até ontem era incompreensível. Canções que agora têm nomes e caras.

Então eu o escuto, e sinto que há vozes que também são canções.

— Achei que você nem vinha — diz Marcos, e o perfume chega um instante depois que as palavras.

Ele colocou uma regata preta e uma bermuda que bate logo abaixo dos joelhos.

— Você tava me esperando?

— Teria sido uma pena se você tivesse perdido a festa.

— É isso que vocês chamam de festa?

— Nossa, que cavala.

Estico a mão para que ele me levante da arquibancada. Puxa tão forte que precisa me conter. Ou faz de propósito para ter que me abraçar. Pareço pequenininha nos braços dele.

Passeamos. Compramos um cachorro-quente. O cara colocou dois quilos de maionese nele, e preciso morder esticando o pescoço para não me melecar. Estou mandando tudo para dentro com a Coca quando Marcos me faz rir e quase cuspo tudo. É fácil para ele me fazer rir. Me diz coisas soltas, que tal jogo é manipulado, que o pai dele jura que viu o lobisomem. Fala da mata como alguém que já se embrenhou nela, que tem a mata como infância e não como um lugar no qual se esconder.

Marcos para em uma barraca de atirar em patinhos com armas de ar comprimido. O homem que o atende guarda umas notas em uma pochete pendurada no quadril, que mais parece uma barriga de três meses de gravidez.

— Faz bonito na frente da sua namorada, galã — diz ele.

Marcos não o corrige. Eu também não.

O funcionário aponta as prateleiras cheias de bichos de pelúcia envoltos em plástico, como se quisessem asfixiar os animais. Quatis, jacarés, tucanos, ursos com corações escritos *Rohayhu*. Nenhum jaguaretê.

— Os meus jaguaretês foram extintos — responde o homem com um sorriso. Tenho vontade de encher a cara dele de projéteis de plástico. — Cinco tiros; se acertarem três, ganham um bichinho.

Marcos paga e o homem entrega a arma de ar comprimido. Não tem muita ideia de onde encostar a coronha, e gosto da inexperiência dele com uma arma. Vou para o lado. Ele dispara e acerta um patinho. Não faz pose. Não olha para mim. Nem de relance. Está em uma missão. Erra o segundo e o terceiro tiros.

— Você consegue, galã — diz o funcionário, concentrado em prender um maço de dinheiro com um elástico.

Na quarta tentativa, Marcos derruba outro patinho. Respira. Relaxa os ombros. O último tiro não é bem-sucedido. Franze as sobrancelhas, estreita os olhos. Devolve a arma.

— A mira foi alterada.

— Não seja mau perdedor. Na próxima você consegue.

Pego uma nota amassada no bolso e entrego para o sujeito. Ele arruma os patinhos e me dá a arma. É leve. Não pesa nada comparada a uma escopeta ou um revólver. Com certeza teve a mira alterada. O importante é saber o quanto. Aponto para um papelão atrás dos patinhos e disparo. O desvio é de um dedo à esquerda.

— Precisa segurar…

— Shiu, shiu — interrompo ele. — Como foi que você disse mesmo? Quem tá de fora, biquinho calado?

Acomodo a arma, a coronha no ombro. Seguro o ar

ÁMBAR

e, quando solto, disparo uma, duas, três vezes seguidas, todas com um barulho metálico de um patinho caindo. Passo a arma para o rapaz, que está com um cigarro na boca. Uma corrente de vento arranca dele a parte que virou cinza.

— E o que a mocinha vai querer?

— Deixa o galã escolher que é presente pra ele.

Marcos escolhe um jacaré, e o homem o liberta da sacola de plástico.

— Onde você aprendeu a atirar assim?

— Sorte de principiante.

Fico com o coração quentinho de ver o garoto com o jacaré de pelúcia na mão. Não tenta esconder, mesmo com alguns conhecidos morrendo de rir, mas, depois que eles veem que ele está comigo, calam a boca. Gosto de ter pessoas me vendo com ele. Quando sorri, os olhos ficam puxadinhos, e eu arrepio.

A sensação é esquisita. Essas coisas não deveriam acontecer comigo, ninguém tem que me descrever ou relembrar das coisas, e cada vez que ele me chama de *Ale* me traz de volta à realidade, a de que esta não sou eu, que isso não é nada, mas ele me olha com toda a atenção do mundo, olha nos meus olhos como se eu fosse uma paisagem e me esqueço do que preciso fazer, do que devo fazer, e dou um beijo nele. Nossos lábios se chocam, depois se entendem. Têm gosto de cerveja e chiclete de melão. Odeio melão. Odiava melão. Ele me dá um abraço atrapalhado pelo bicho de pelúcia. Ele não quer parar, nem eu. Mas se afasta de mim, abaixa a cabeça com timidez.

— Fura-olho — diz, olhando para o jacaré. — Quer roubar a minha garota.

Passa o bichinho para mim.

— Me espera aqui? — E aponta para os banheiros

químicos.

Me sento nas arquibancadas. Não há muitas pessoas agora. Duas criancinhas brincam no palco vazio. Aos poucos, o festival vai se apagando, as luzes dos carros que vão embora ficam mais esparsas; primeiro luminosas, quando batem de frente, e depois vermelhas, quando freiam antes de entrar na rodovia e ficar pequenininhas à distância. A maioria das barracas já fechou. A do gordo Fugaza continua firme e forte. Tirando o banheiro, é o único lugar em que ainda tem fila. Tem um sujeito tomando cerveja, sozinho, olhando de um lado para o outro. Quando leva o copo à boca, vejo que tem uma tatuagem no mesmo lugar que o Mbói. Poderia ser uma serpente. Poderia ser qualquer coisa. O cara vê que estou olhando para ele e sorri. Se aproxima. Não consigo ver a tatuagem. Quando se senta à minha direita, a tinta fica escondida pela posição do braço. Me oferece a cerveja.

— Quer?

— Não, valeu.

— Deu uma refrescada.

Olho para o rosto dele. Uma barba aparada, bem desenhada, sem cicatrizes.

— Tô esperando meu namorado.

— Tranquilo. Também tô acompanhado.

Olho para a mão dele e não vejo aliança. Mas vejo umas feridas. Uma gota de suor escorre pelas minhas calças, se estica, fica tão longa que daria para confundir com o rio Paraná.

Ele toma outro gole da cerveja.

— Tem certeza de que não quer? Não aguento mais.

— O que aconteceu com a sua mão?

— Machuquei no trabalho. Sou meio desastrado.

— Tudo bem aí? — diz Marcos, parando ao meu

lado.

— Tranquilo, amigo. Eu só estava cuidando dela. Tem muito garanhão por aqui.

O sujeito se levanta, deixa o copo de cerveja no balcão. A tatuagem não se parece em nada com uma serpente. É o monstro do Iron Maiden, mas a sensação de incômodo permanece. Me faz lembrar que não estamos de férias, que Mbói pode estar em qualquer lugar. Marcos me dá um beijo que só retribuo.

— Aconteceu alguma coisa?

— Acho que tá ficando muito tarde pra mim.

— Eu vim sem a moto, mas, se vier comigo buscar ela em casa, te dou uma carona. Moro a umas quadras daqui.

Não sei se ele diz isso com outra intenção, por um momento não consigo raciocinar. Ele me dá a mão e me faz andar. Os carros passam ao lado, nossas sombras se esticam e comprimem, formam um M na terra vermelha. Chegamos a uma casa de esquina pequenininha, branca e ajeitadinha.

— É aqui — diz Marcos. — Espera que eu já volto.

Em uma das janelas, há uns adesivos. Um é do Green Day, vários estão queimados por causa do sol. Deve ser o quarto da Martina. Me pergunto como será por dentro. Como é o quarto de uma garota que vive no mesmo lugar há tanto tempo que o sol já desbotou os adesivos? Mas, acima de tudo, me pergunto como deve ser o quarto do Marcos.

As luzes de um carro me iluminam, me deixam cega, e é como sair de um sonho e cair na realidade. Quando passa por mim, reconheço o veículo. É o Neon. Estaciona bem do outro lado da rua. Papai desce, e uma mulher sai pela outra porta. Vejo ela de costas, esperando que dê a volta pela frente do carro. Ela o abraça. Papai olha na minha direção e corro para me esconder atrás de um pilar de tijolos.

— Eita, o que foi? — pergunta Marcos, que traz a moto pelo guidão.

— Não, nada. Só me assustei.

Ele para no beco e olha para onde meus olhos estão apontando. Papai esperando na frente da casa enquanto a garota procura a chave na bolsa.

— Tive a impressão de que você tinha se escondido. Tá tudo bem mesmo?

Dou um beijo nele, meio hesitante, que termina antes do que ele espera. Abraço Marcos e uso o corpo dele para me esconder e poder olhar para o papai e a mulher sem que me vejam. Ela sorri quando enfim encontra a chave. Tem umas pernas longuíssimas, e o vestido curto as faz parecer ainda mais compridas. Ajeita as alças do sutiã. Claro que a conheço. Tenho a lembrança de estar ali, de ter passado para deixar dinheiro e achado que era a esposa de algum amigo de papai que foi parar na prisão.

Como sou burra, penso.

Marcos me solta e gira para ver os dois. Não consigo me lembrar do nome da garota. Papai e ela se enroscam em um beijo ao lado da porta. Marcos balança a cabeça, como se não estivesse acreditando no que vê. Fico preocupada com a possibilidade de ele conhecer papai.

— O que foi? — pergunto.

— A Gringa… — responde ele, e levanta as sobrancelhas.

Gringa, isso mesmo, aquela italiana. Abre a porta e papai dá um tapinha na bunda dela. Antes de fechar, garante que não tem ninguém atrás dele. Vacilou, pai.

— Nunca conheci algum parceiro dela. Quando vejo um, o cara tem maior cara de babaca. Vai ver é verdade que as mais gatas sempre querem os mais idiotas.

— Sabe, nunca achei que eu era lá muito linda, mas parece que sou, porque você é um grande babaca.

— Ei, espera. Era uma brincadeira.

Viro, envolvo o corpo com os braços e saio andando a passos largos.

— Ale, espera — continua ele. — Alejandra, não faz isso, vai.

Não conheço nenhuma Alejandra.

Continuo caminhando. Ele não corre atrás de mim, não vem me buscar. Espero escutar a moto dando partida, me alcançando, mas nada. Demoro três quadras para perceber que estou seguindo para o lado errado. Dou a volta.

Imbecis.

Os dois.

20

Uns ruídos vindos da cozinha me acordam. Papai está batendo o porta-filtro da Volturno para jogar fora o café velho; raspa os restos sobre o lixo, enche ele de novo, coloca água na cafeteira. Aciona o acendedor. Pelo jeito, comprou um novo.

Parece que a casa da Gringa não tinha café da manhã incluso.

Quando ele vier perguntar se quero que ele traga café com leite na cama ou se vou me levantar, vou fingir que estou dormindo. Pelo calor, parece que estamos mais perto do meio-dia do que do amanhecer. Os ombros da minha camiseta estão molhados de suor, os lençóis também.

O café demora para passar. Como se fosse necessário mais tempo para vir até aqui. Escuto ele indo e vindo, colocando coisas na mesa. Espero que só tenha vindo me trazer mais dinheiro. Tomara que não tenha encontrado o Mbói.

Ou tomara que sim.

Não sei.

Não quero ir embora tão cedo. Estou cansada de reiniciar minha vida, minhas vidas, de ter que inventar histórias, de que meus amigos — só para os chamar de alguma coisa — sejam mensais ou trimestrais, de viver sempre me despedindo.

Cubro a cabeça com o travesseiro, assim é mais fácil fingir que estou dormindo. Os ruídos da cozinha chegam abafados. A faca abrindo o leite. Ele se servindo. As portas da despensa, um potinho, outra faísca do acendedor, o fogão tossindo, sujo, ou o botijão de gás nas últimas. Alguns sons que não decifro. Mas há outros que não deixam dúvida: ele fazendo os cartuchos da escopeta saltarem. Papai não usa minhas armas.

O café fica pronto e sinto o cheirinho. Os passos no assoalho de madeira são leves, como se fosse uma sombra caminhando e não uma pessoa, e penso que deve ser por causa do travesseiro. Tiro ele da cabeça, mas os barulhos ainda estão baixinhos. Coloco o shorts e vou até a sala.

O homem está sentado na lateral da mesa. Uma réstia de luz passa pela janela e o atravessa, como se a luz nele fosse uma cicatriz. Com uma mão, segura a minha escopeta sobre as pernas. Com a outra, a xícara de café.

— Desculpa, não queria ter te acordado, mas não tomei café ainda — diz ele. — Muito trabalho, a gente teve uns problemas e tive que sair meio correndo.

— Quem é você?

Dá para ver que ele é alto até sentado. Está todo vestido de preto, camiseta, calça da Adidas, acho que deve ser o Mbói, mas ele só tem uma tatuagem no pescoço. Não sei o que é.

— Não te servi porque não sei como você toma seu café. — Ele se levanta com a escopeta e a apoia sobre o balcão. Tento lembrar onde papai deixou as armas, mas minha memória está bagunçada e tudo me escapa. Também não acho que sou tão rápida assim. — Esquentei um pouco de leite. Eu tomo meio a meio. O seu vou fazer um pouco mais forte porque parece que você tá muito sonada. E preciso de você bem alerta.

— Quem é você? O que quer?

— Meu avô sempre me chamava de Rupave. Sabe o que significa?

— "Intruso" em guarani?

Ele abre a tampa da Volturno e uma baforada de vapor deixa o reservatório. Serve o café em uma leiteira e a coloca no fogo.

— Passou perto. Rupave era o guardião da única entrada da terra sem mal. Algo parecido com o paraíso para os guaranis. *Mitaí, você é nosso Rupave*, dizia ele, todo sério. Meu avô era contrabandista, e eu só ficava de guarda pra ele, mas ele gostava de me chamar assim.

— Bom, Rupave, lamento informar que aqui não é a terra sem mal, então não preciso de guardião.

— Você deveria ter um. Especialmente com essa zona que seu coroa tá fazendo pra encontrar meu irmão.

Faz um sinal para que eu me sente. Minhas pernas tremem, e obedeço mais para não cair do que por qualquer outra coisa.

Ele me serve o café, acrescenta um pouco de leite e me passa. Acomodou as armas de papai sobre a mesa — as balas de um lado, os cartuchos vermelhos e amarelos em fila indiana, alguns dos meus documentos falsos, minhas calcinhas, um jeans, umas meias. Tudo bem organizado, como se ele tivesse feito uma apreensão da minha vida e estivesse colocando tudo em evidência.

— Vê se tá bom ou quer que eu esquente mais — pede ele. Aproximo a xícara da boca. Minha mão treme tanto que me respingo e queimo os lábios. Ainda mancho a camiseta. — Foi mal, tô acostumado com o micro-ondas.

Ele se senta na minha frente, sem soltar a escopeta, de

forma a ficar cobrindo a porta.

— Agora a pergunta é quem é você. — Vai pegando os documentos, abre, primeira e segunda página. — Fizeram um trabalho bom, hein? Parecem reais e tal. Até saiu bem na foto. Uma bonequinha linda. Quando anos você tinha nessa? — pergunta o homem. Não respondo. — Vou te chamar de Alejandra, que é o nome que anda usando por aqui. O que acha?

Sinto a boca seca. Meu coração bate tão forte nos ouvidos que eu não escuto algumas palavras que ele fala.

— Se você veio ver meu coroa, já teve ter percebido que ele não tá.

— Vim cuidar do meu negócio. Que bela arma. — Acaricia o cano da escopeta. — Não seria tão portátil se não fosse serrada. Ficou com um tamanho bom. Deve fazer um bom estrago. Já experimentou?

Ele tateia um cartucho amarelo, aninha o objeto na palma da mão, o pesa. Depois o esvazia sobre a mesa. Os grãos de sal se esparramam.

— Não vejo um desses há mil anos. Quando era pequenininho, meu avô me mandava roubar as galinhas de um velho que atirava nos moleques com uma arma dessas. Eu morria de medo. Mas ele nunca me acertou. Sempre quis saber que merda eles faziam.

Dá um peteleco nos cartuchos, que caem um atrás do outro em um efeito dominó. O celular dele toca. Ele tira o telefone do bolso, encara a tela azul e o deixa em cima da mesa. Junta o sal num montinho.

— Nunca gostei dessa história de roleta russa, não é muito regional. O que acha de a gente jogar roleta guarani? — Pega um cartucho vermelho e um amarelo e leva as mãos às costas. — Escolhe.

— Quero que você vá embora.

— Escolhe, Ale.

— Eu não tenho nada a ver com isso — digo, e ele não tira os olhos de mim. — Esquerda.

Ele levanta as sobrancelhas duas vezes. Não chego a ver o que saiu, porque a mesa tampa a visão. Carrega um cartucho e depois o outro. Escuto um carro se aproximar, e nós dois olhamos para fora. Ele para e vai até o canto do cômodo, sempre mirando a porta. Não reconheço o motor. Tomara que não seja o meu pai. Tento juntar saliva para dar um grito, para avisá-lo, mas sinto a voz falhar também, sinto que tudo em mim está falhando.

O carro passa reto. Rupave vira, se senta, apoia a escopeta de novo nas pernas.

— Que pena que não era seu coroa. — Vai dizer mais alguma coisa, mas o celular toca. Olha para a tela. Atende. — Me diz alguma coisa boa, Loza. Nada? — Tamborila na coronha da escopeta. — Sim. Tô cuidando disso. Vou levar mais um tempinho aqui. A gente nem começou. — Me fita, demora o olhar na área da camiseta que está molhada e grudada na pele, onde caiu café. Puxo ela para longe do corpo. — Meia hora. Talvez mais. E não me liga se não for importante, que custa muito caro.

Deixa o celular de lado antes de continuar:

— Tem razão, você não tem nada a ver. Tem é que escutar. A mim ou à escopeta. Vou falar e, se eu não gostar da resposta, a gente vai inaugurar a roleta guarani.

Me incomoda ver minhas roupas ali, minhas calcinhas, é como se ele tivesse me aberto e estivesse dizendo: *Essa é você, pirralha. Não tem como se esconder.*

— Cadê seu coroa?

— Não faço ideia.

— Quer tentar a sorte assim tão rápido?

O sujeito mexe a arma de um lado para o outro.

193

— Tá procurando o Mbói.

— Agora é a parte em que você me conta alguma coisa que ainda não sei.

— Ele me disse que foi ver um tal de Piñata — digo. Ele aguarda. O olho da escopeta me encara. Se chegou aqui, devem ter me seguido de algum lugar. — E depois uma garota com quem o Mbói tá saindo.

— Meu irmão sai com muitas garotas. Não sei que porra veem nele.

— Não sei o nome dela. O meu coroa não me conta o que ele faz.

O homem toma um pouco de café. A tatuagem no pescoço é uma caveira em chamas.

— Quando ele volta?

— Às vezes, ele desaparece por semanas.

— Há quanto tempo você não sabe do paradeiro dele?

— Dois dias.

— E não fica preocupada que tenha acontecido alguma coisa? — pergunta. Arranco uma pele da boca. Nem tinha percebido que estava mordendo os lábios. — Não tem como encontrar seu pai? Ele não tem um celular?

— Ele não acredita nessas coisas. Diz que assim as pessoas podem rastrear ele.

Rupave balança a cabeça. Tem as unhas cortadas bem rentes à pele. Engatilha a escopeta e sinto um calafrio. O suor me escorre pelo rosto, uma gota cai no shorts.

— Às vezes o que acontece é que você precisa abrir espaço pra que as verdades saiam — diz ele. — Elas ficam enganchadas nos dentes, na roupa, em lealdades. A lealdade é uma merda. Deve ser a maior causa de mortes, e geralmente a pessoa que a gente não quer trair merece ser entregue. A culpa de estarmos nessa situação é dele.

Baixo as mãos, apoio as palmas nas pernas. Mergulho as unhas para elas se enfiarem na pele, para não se moverem, para controlá-las. Ele estica o corpo por cima da mesa para ver o que estou fazendo, depois cutuca minhas mãos com o cano da escopeta.

— O que você tá escondendo de mim, Ale?

— Nada, juro.

A boca do cano mal cerrado da arma pinica minhas pernas.

— Com as coxonas que você tem, ia ser uma pena não poder exibir mais elas. Ou perder elas de uma vez.

A escopeta parece um focinho, tentando me farejar como um cachorro. Empurro a arma com tanta força que ela quase cai das mãos dele. Ele insiste. O celular toca. O homem faz um movimento brusco na minha direção. Vê a tela, atende.

— Oi, lindinha. Como você tá? — Abre um sorriso doce que não combina com o sujeito que está mirando a escopeta nas minhas pernas. — Sim. Ainda numa reunião. Não, você nunca me incomoda. O que vai querer comer? Claro que vou comprar um presente pra você. Tá pensando em quê? Vou só terminar aqui e vou pra lá.

Guarda o telefone no bolso da calça.

— Sabe o que posso dar de presente pra uma menina fazendo treze anos? — Com a ponta da escopeta, levanta uma calcinha preta listradinha. — Com que idade você começou a usar umas assim?

— E importa?

— Dá pra uma menina de treze anos usar?

Deixa a calcinha cair em cima dos documentos. Depois apoia a escopeta no ombro, com o dedo no gatilho.

— Eu adoraria ficar e esperar seu coroa, ainda mais com uma companhia linda assim, mas acho que você vai

195

ÁMBAR

entender que hoje é um dia importante e eu gostaria de passar um tempo com a minha família. A família sempre sofre, e aproveita quando pode.

"Cá entre nós, meu irmão é um filho da puta. Por culpa dele a gente teve que vazar do nosso vilarejo — que era horrível, mas era nosso. Fica fazendo bobagem de um lado pro outro, e já não aguento mais ter que arrumar as cagadas dele."

Por um momento, dá para ver que o homem está esgotado. Tem os ombros caídos, massageia a testa, assopra por um canto da boca. Esse cansaço faz os homens ficarem perigosos, o que me faz lembrar de papai.

— Pra ser bem honesto, eu entendo seu coroa. Mas, se tem alguém que vai dar um jeito no meu irmão, sou eu. Ninguém mais. Entendeu?

Faço que sim com a cabeça. Ele prossegue:

— Quando encontrar seu coroa, você vai dizer pra ele que precisam ir embora. Fala pra ele desistir de recuperar a grana. Se é tão fodão quanto dizem, não vai demorar pra arrumar outro bico. Convence ele. Não me importo como. Sua família é problema seu. A minha, é meu. Mas, se vocês se meterem com o meu sangue, bom… — Ele aponta a escopeta para mim. — Vai ter sangue pra pintar as paredes. — Faz o cartucho saltar da arma, e é um vermelho. — Você teve sorte. A próxima visita não vai ser assim na amizade.

Rupave junta o sal, puxa o montinho até a borda da mesa. Joga tudo por cima do ombro.

— Pra espantar o diabo e a morte — diz ele.

— Não sabia que os guaranis acreditavam nessas coisas.

— Você entendeu errado. Meu avô é quem mais acredita nessas bobagens. O único lugar em que tenho sangue guarani é nas mãos.

Ele para e limpa o sal que sobrou numa das minhas calcinhas. Pega outra, dá uma cheirada, inspira fundo.

— Sua buceta deve ser tão cheirosa que devia ser ilegal você lavar ela.

Guarda a peça em um bolso e apoia a escopeta na cadeira em que estava. Leva a xícara até a pia, lava e a põe de lado virada para baixo. Esfrega o rosto com as mãos molhadas e depois as seca na camiseta.

— Se eu fosse você, escolhia bem com qual documento andava por aí — comenta ele. — Não quero que enterrem você com o nome errado.

Quando fecha a porta, dou um beliscão nas pernas. Tento sentir meu corpo, ver se tem alguma parte minha que ainda é minha e não do medo.

21

O amuleto chamador de anjos continua ali, pendurado entre a porta e a janela. É diferente dos originais, aqueles com palitinhos que, quando está ventando, fazem tanto barulho que é difícil dormir. Esse é feito com uns círculos tricotados em laranja, vermelho e branco.

O nome desse tipo de bordado é *ñandutí*. Significa "teia de aranha". Foi uma das primeiras palavras que papai me deu de presente. Me pergunto se ele a trouxe daqui.

Me lembro de esperar no carro, ver ele entrar, passar um tempo longo, que agora entendo melhor que antes, encarando o ñandutí, do sol que as folhas das árvores filtravam e me dava sono. Também tenho a memória de ver o amuleto pela janela, de passar uma noite no sofá e acordar coberta por uma manta. Não. Não coberta. Isso foi em Tandil. Tinha a serra, e estava frio. Naquela vez aqui, estava chovendo muito, por isso não voltamos para a estrada. Acordei com uma gata siamesa me encarando, enrolada nas minhas pernas. Acho. Capaz de não ter tido gato nenhum. Minha infância é uma tatuagem que nunca terminaram, cujo desenho foram mudando à medida que ela era feita, ou que foi abandonada na metade do caminho porque não aguentei a dor.

O *ñandutí* continua ali. O Neon, não.

Onde caralhos você tá, pai?

Umas mechas de cabelo caem no meu rosto e as acomodo atrás da orelha. Devo ter ficado um tempo parada na frente da casa, porque sinto o sol pinicando a pele atrás dos joelhos. Estou com a boca aberta. E mau hálito, por mais que escove os dentes mil vezes. Como se a saliva não brotasse, como se eu fosse incapaz de colocar o terror em palavras. Me viro e olho para a casa de Marcos. Não tem ninguém. As persianas estão abaixadas. Além dela, o verde se estende como um corpo se espreguiçando.

Na casa da Gringa, a cortina se mexe e, alguns segundos depois, a porta se abre. Ela está com uma regata preta e uma saia solta até o calcanhar.

— Ámbar?

O mormaço a faz estreitar os olhos. Olha para os lados, como se estivesse esperando mais alguém aparecer.

— Entra, senão vai ter uma insolação.

Entro rápido, sem beijos ou abraços. A sala é separada da cozinha por uma mesa com três cadeiras. Ao fundo, uma porta dá para o quintal. Ela caminha até chaleira fervente. Se abana com a mão duas ou três vezes, faz menção de se virar e pergunta algo, mas em vez disso desliga o fogo.

Parece uma casa feita para durar, um lar. Os móveis são pesados, os mesmos de antes. Tudo está no lugar, não porque simplesmente foi parar ali, mas porque foi escolhido com o tempo. Os pratos com receitas em italiano pendurados na parede. Um mapa velho de Asti, Turim. Um quadro bordado de umas *cholas* em cima do sofá onde dormi. Não lembro se ele já estava ali. Uma torre de CDs, uma estante cheia de prateleiras, um violão. Não tem telefone, nem porta-retratos. Umas luvas de jardinagem com terra em cima da mesa. Eu gostaria que tivesse mais coisas ali, que eu pudesse enrolar olhando para elas antes de voltar a olhar para a mulher.

O silêncio afunda, se acomoda como uma camada de poeira.

— Desculpa ter vindo.

— Tudo bem.

Ela aponta para o sofá grande. Apoia as mãos sobre o encosto de uma poltrona. O vapor continua saindo da chaleira. Olha para mim como se não entendesse o que eu estou fazendo ali. Somos duas.

— Aconteceu alguma coisa com o seu pai?

— Minha esperança era que você soubesse.

— Ele te pediu para vir? Falou de mim?

— Meu pai não fala nem dele.

Outra onda de silêncio. Um dos cadarços do meu sapato está desamarrado e ficou todo vermelho.

— Eu vi vocês dois ontem à noite.

A Gringa tem a pele bronzeada, mas mesmo assim consigo ver como as bochechas dela coram.

— Você seguiu ele?

— Não. Só estava passando por aqui.

— Por aqui? Não tem nada por aqui.

O rosto dela muda, como se tivesse entendido tudo.

— Eu me perdi depois de ir embora do festival.

— Gostou dele?

— Melhor que ficar encarando o teto.

Trocamos olhares pelo reflexo no vidro da mesa de centro que nos separa, como se fosse mais cômodo encarar uma à outra por ali.

— Eu tava indo preparar um chá. Quer?

Digo que sim. Está um calor desgraçado, mas é capaz que ajude a melhorar meu mau hálito. Olho para a rua.

Não vejo o amuleto. Talvez eu tenha que me deitar pra enxergar. Talvez eu tenha inventado — quase — tudo.

O cabelo castanho da Gringa fica avermelhado quando o sol bate. O meu pai é alguns anos mais velho que ela. Está descalça, e tem as unhas dos pés pintadas de verde. Vem com uma bandeja, o açucareiro, duas xícaras iguais, cada uma com um saquinho de chá fervendo. Há uma calma nesse detalhe, em duas xícaras e duas colheres iguais, que me tranquiliza, algo controlado e não improvisado. Meu corpo relaxa, se esparrama no sofá. Ela se senta diante de mim.

— Você cortou o cabelo, né?

— Cansei de manter ele preso. — Passa a mão pela nuca, sacudindo as pontas dos fios. — Que memória. Você era pequenininha.

— Você tinha uma gata.

— Tenho. A Mandioca. — Ela chama a bichana. — Deve estar dormindo na cama.

Faz um barulhinho com a boca duas vezes. Depois de um ruído de impacto, a gata aparece no corredor que dá para o quarto, espreguiça e se aproxima miando. Sobe no colo da dona, que faz carinho.

— Tem certeza de que não aconteceu nada?

O chá vermelho vai tingindo a água aos poucos.

— Ele não aparece faz dois dias, e tô preocupada.

— Você fala como se desaparecer fosse algo novo pra ele. Você sabe como ele é. Conhece seu pai melhor que ninguém. O jeito dele de cuidar de você é se afastando.

Pela janela dos fundos, vejo um galpão com a porta aberta e algumas plantas, roupas penduradas em um varal. Umas calcinhas pretas, nenhum top, alguns vestidos, o vermelho com o qual ela estava ontem à noite.

Observo os lábios grandes, os brincos de argola, uma

verruga em cima da sobrancelha. Me pergunto o que ela vê no meu pai.

— Você não tem ideia de onde ele tá, né?

Ela deixa o saquinho de chá em um pires. Coloca açúcar na xícara e mistura.

— Trabalhando. É assim que ele responde quando pergunto. E quando pergunto *Trabalho de que tipo?*, ele só me diz *Trabalho de merda, como se tivesse de outro tipo.* Já não pergunto mais. — Ela toma um pouco de chá, o vapor cobre seu rosto. — O Victor não é do tipo que fala. Conta algo, coisas soltas, poucas. Não sei se porque tem medo de que alguém o delate ou de que as pessoas se assustem. Há alguns meses, disse que tinha algo em mãos, definitivo. Disse assim, *definitivo*. Vai saber o que quis dizer com isso.

Há alguns meses...

Me pergunto quantas escapadas ele deu até aqui, quantas vezes fiquei esperando à toa em algum hotel zoado enquanto ele vinha ver a Gringa.

Escuto uma moto lá fora. Pela janela, vejo uma mulher com uma menininha ou um menininho na garupa. Não sei. Está com capacete. Não importa.

— Fica calma. Ninguém vai vir te procurar aqui. Seu pai é cuidadoso.

Ela não tem nem ideia. Ou talvez eu tenha sido descuidada.

Mandioca vem, atravessa a mesa, me fareja, me dou conta das manchas de café e suor na camiseta. A Gringa as vê também, mas não diz nada. Deve até conseguir sentir o cheiro. Também não diz nada da marca de unha nas pernas. Talvez as reconheça, talvez ela já tenha feito a mesma coisa.

— Seu nariz é igualzinho ao do Víctor — diz ela.

— Tá de brincadeira, né? O nariz dele é todo torto.

— Eu sei, mas, antes de quebrarem ele, era igual ao seu.

— Você conhece ele há bastante tempo.

— Desde quando não tinha que usar outros nomes.

Dou um gole no chá. O saquinho ficou tanto tempo mergulhado na água que está forte. Tem gosto de amora ou algo do gênero.

— Sabe como ele quebrou o nariz?

— Tentar lembrar como causaram as cicatrizes nele é como tentar lembrar os dias em que fez calor aqui.

— São as coisas mais duradouras na vida do meu pai.

— Não. Você é. Eu... Não sei. Sou uma espécie de férias. — Olha para o ventilador desligado. — Com ele, o mais parecido com "para sempre" é a prisão perpétua. E eu cansei de não saber com que vestido esperar a chegada dele. Se com um de sair ou um preto de luto. — Ela vê que tem um pouco de terra na saia e a balança. — Qualquer uma cansa de esperar.

— Ontem à noite não parecia isso.

— Eu já não espero mais. Mas, se ele aparece, bom, aí...

— Você é a primeira garota do meu pai que conheço.

— Depois da sua mãe.

— Ela nunca foi a garota do meu pai, acho.

Mandioca procura minhas mãos, se esfrega nelas e deixa um tufo de pelos brancos em mim.

— É difícil ser uma mulher na vida de Víctor Mondragón.

Na casa do Marcos, tem um galo dos ventos, imóvel apesar da corrente de ar que bagunça o bosque mais além.

— Como era antes? — pergunto.

— Antes de quê?

203

De ser como é.

— Quando ele não tinha o nariz quebrado.

Ela termina o chá e limpa os lábios com a mão.

— Não sei, é difícil lembrar depois de tanto tempo. A gente se conheceu no vilarejo dele quando eu tinha a sua idade. Era engraçado porque quase todo mundo queria parecer mais velho, tomar cerveja, fumar, mas seu coroa ia até um bar e pedia água. Também não usava roupa de marca. Andava sempre com as mesmas camisas xadrezes ou com aquela verde camuflada. Se sentava lá, no balcão, e parecia alheio a tudo. E mais de um achou que ele era um tonto e se enganou. Foram vários que se enganaram, os que deram um nome e um sobrenome a ele.

"Ele sempre teve uma autoconfiança terrível, contagiosa, fazia as pessoas acreditarem no que ele bem entendesse. Ele te ganhava."

A Gringa toma o chá, corre o olhar pela casa, a boca dela se move, como se não fosse capaz de sintonizar a frase seguinte. Mas enfim continua:

— Tenho a sensação de que essa confiança era porque ele não podia acreditar em nada nem em ninguém, e o que restava a ele era acreditar em si mesmo. Não sei o que aconteceu com ele antes, mas sempre o vi como um homem que aprendeu a viver espiando por cima do ombro, e que não podia se dar ao luxo de ver o que tinha adiante. Mas quando ele olhava pra alguém, quando percebia que a pessoa existia...

Solta uma risadinha fraca. Gostaria de saber que imagem de papai lhe veio à mente, se existe outra versão dele além da que conheço.

— Perdão, não sei por que tô falando tudo isso — continua ela. — Acho que não tem nada que eu saiba que você já não sabe também.

Abre um sorrisinho e duas ou três rugas aparecem no canto dos olhos. A maioria delas deve ter o nome de papai. Ou não — talvez não sejam fruto das noites esperando por ele, das noite rindo e aceitando que a única possibilidade quando algo está à deriva é ficar observando a coisa se afastar. Talvez as rugas sejam de viver em um lugar onde sempre faz sol, talvez seja da idade. Talvez ela só seja um espelho do que tenho dentro de mim.

— Às vezes tento entender o meu pai — digo. — A maior parte do tempo, fico satisfeita em amar ele. Se bem que tem umas horas que ele é muito difícil de se amar.

Me arrependo assim que as palavras saem da minha boca. Escuto um *tac, tac,* e me dou conta de que é meu pé batendo contra o tampo de vidro da mesa. A Gringa olha para mim como se quisesse me abraçar, mas fico grata por ela estar longe, por ter um móvel entre nós.

— Seu coroa tem um coração enorme. O problema é que ele pensa que tem a cabeça e os culhões maiores ainda, e eu gostaria de acreditar que ele tá percebendo isso. Mas eu nunca duvidaria do coração dele.

A casa fica pequenininha. O ar, rarefeito. Quero sair.

Me pergunto se é assim que papai se sente.

Uma moto passa devagar. É um garoto com uma calça curta e um capacete que freia na esquina e depois acelera e deixa a casa de Marcos para trás. Me dou conta de que vi a moto dele duas vezes; não sei como ela é, mas poderia reconhecer o garoto pelo sorriso. Quando desvio o olhar da janela, me deparo com o da Gringa.

— Ele saiu hoje cedo — diz ela. — Você não tira o olho da casa dos Cardinal. Qual o nome do garoto, de cabelo curtinho, que escuta heavy metal… Marcos?

— Como você sabe?

— Também sei o que é ficar olhando pela janela es-

ÁMBAR

perando que uma pessoa apareça. — Ela coloca as xícaras na bandeja e leva tudo até a pia. — Vocês vão ao encerramento do festival?

— Não sei. A gente discutiu ontem à noite. Nada grave. Ele falou uma bobagem…

Levanto um dos ombros. Me sinto boba por contar isso a ela, como se tivesse mais alguém para quem contar, como se meu problema fosse um garoto e não o sujeito que entrou na nossa casa. Como se eu fosse apenas uma menina de quinze anos.

Ela joga os saquinhos de chá no lixo.

— Quando não criam coragem de abrir o coração, os moleques abrem a boca, e geralmente falam merda. É você que sabe, mas, no seu lugar, eu iria. É melhor do que ficar olhando pro teto.

Me levanto. Espano uns pelos da Mandioca, que flutuam no ar e fazem meu nariz coçar.

— Também não quero que, numa dessas, meu pai decida voltar e não me encontre.

— Deixa um bilhete pra ele — diz ela. — Ninguém merece perder a vida porque tá esperando o Víctor.

Trocamos um sorriso como se estivéssemos trocando um segredo.

— Você tem alguma roupa pra usar? — pergunta ela.

— Alguma melhor que essa, sim, né — digo, e cruzo os braços para tampar as manchas.

A Gringa vai até o quarto. Mandioca vai atrás. Escuto o barulho de portas e cabides. Ela volta com um vestido curto com decote em V, todo preto. Lindo.

— Só por via das dúvidas — diz a Gringa. — É difícil tirar os pelos da Mandioca. Mas acho que esse vai entrar em você. — Coloca a peça em frente ao meu corpo só para ver como fica. Ele tem um laço na cintura. Deve custar uma boa grana. — Pode ficar com ele. Esse tipo de vestido não é mais pra mim.

— Valeu.

Ela me dá uma sacolinha e coloco a roupa dobrada dentro dela. Ficamos ali paradas, nos esquivando, sabendo que qualquer coisa que a gente falar agora vai trazer mais dúvidas do que certezas.

— Parece que... — começo.

— Sim — interrompe ela.

— Não conta pra ele que eu vim até aqui.

— Nem você — diz ela, rindo. — Pode ficar tranquila.

Me acompanha até a porta e nos despedimos com um gesto da cabeça. Ela fecha a porta. O miado da Mandioca fica mais distante dentro da casa. Paro na esquina. Não tem nada se movendo na quadra inteira, nem na casa dela, nem na do Marcos, só o *ñandutí* chacoalhado pelo vento.

Penso que faz sentido que numa casa frequentada pelo meu pai não tenha um chamador de anjos comum, e sim um que não faz barulho, um no qual as pessoas ficam presas.

22

Quando vejo o Neon estacionado diante de casa, paro, fecho os olhos e solto tanto ar pela boca que sinto que até murcho. Inspiro, inflo os pulmões, meu corpo recupera parte da forma, como se eu não estivesse mais de joelhos e houvesse me levantado.

Depois me lembro do vestido e xingo entredentes.

Poderia entrar com uma escopeta, meu pai até abriria um sorriso de orgulho, mas um vestido — dela, ainda por cima — preciso tratar como se fosse um item de contrabando. Me aproximo sem fazer barulho. Dá para ouvir o noticiário, *O incêndio se desencadeou nas primeiras horas da manhã*, o barulho da torneira. Dou a volta pelo quintal e penduro a sacolinha em um galho de uma árvore de costas para a casa.

Depois retorno e bato na porta com nosso código.

— Já tava ficando preocupado — diz ele.

— Saí pra comer alguma coisa.

— Em outro vilarejo? Eu cheguei faz umas três horas.

— O lugar tinha ventilador e uma televisão com mais de um canal.

Ele está tomando café, sem camisa, e a pouca luz que sai da tela ressalta as cicatrizes no peito e na barriga, grandes e disformes. A camisa verde camuflada está no encosto da cadeira em que Rupave se sentou.

Por mais que eu tenha arrumado a sala, trocado a mesa e a televisão de lugar, guardado todas as minhas coisas, minha cabeça ainda não foi capaz de desfazer a cena, de tirar o nome que impuseram àquilo que antes era só meu.

— E ontem? Liguei várias vezes e você não atendeu.

— Eu dei uma saída. É um saco ficar aqui. Algum problema? — Me sento, com as costas contra a parede e os olhos na porta. Coloco um chiclete de hortelã na boca, o mau hálito continua impregnado nela. — Além disso, se você tá todo preocupado, imagina como eu tô.

Ele baixa o volume da televisão. Na escuridão, não passamos de contornos.

— Preocupada por quê?

— Como assim "por quê"?

— Por causa do Mbói? Ele é só mais um trabalhinho na minha lista. Tive problemas mais sérios na escola.

— Você não foi pra escola.

— Fui, até a sexta série.

A ferida do peito está muito melhor, mas ele tem uma atadura na mão direita, cobrindo os nós dos dedos e a palma. Com manchinhas de sangue. Me pergunto que tipo de fúria ele deve ter dentro de si para não dar ouvidos a essa voz que pede que ele fique quieto, que sossegue, que se não for assim vai abrir as feridas, como consegue silenciar o corpo para poder estragá-lo um pouco mais.

Penso em Valeria, mas é como se ela já fosse coisa do ano passado.

Em dois dias da vida de papai, cabe a vida inteira de outra pessoa.

Ou a morte dela.

Na televisão, os incêndios desnudam o bosque, redu-

ÁMBAR

zem as plantas a ossos de madeira e terra.

Se desencadeou.

Um termo que só é usado na televisão ou nos livros.

Se desencadeou. Como se o fogo estivesse acorrentado.

Uma vez perguntei para o meu pai qual era a coisa mais linda que ele já tinha visto na vida, um homem que tinha conhecido a Argentina de ponta a ponta e partes do Brasil e do Paraguai. Me respondeu: *Um cavalo em chamas*. Disse que o bicho sobreviveu, embora eu duvide, e que ele ficou fascinado de ver o animal atravessando a noite, correndo do estábulo em chamas, levando um pedaço do incêndio com ele. Disse aquilo como se tivesse inveja do cavalo.

— Você ajeitou as coisas aqui.

— Precisava de algo pra passar o tempo. Encontrei umas coisas minhas, velhas. A gente esteve aqui quantas vezes?

— Juntos? Não sei. Duas, três vezes. Eu morava aqui quando trabalhava pra Avó.

— Fazia tempo que você não vinha?

Ele não tira os olhos da televisão. A xícara está sem asa, mas ele a envolve com a mão toda. Considerando o vapor que sai dela, o conteúdo deve estar fervendo. Era para ele estar se queimando, mas parece que não tem mais sensibilidade nos dedos.

— Não sei. Faz um tempão. Que monte de pergunta é essa?

— Fiquei curiosa, não tinha tanto pó acumulado.

— Eu empresto o lugar pra alguns amigos. — Ele abre e fecha a mão com a atadura. — E já sabe que não é pra mexer nas minhas armas. Se fizer isso, pelo menos devolve tudo no lugar.

Não fui eu.

O que não posso é soltar a língua.

— O que você veio fazer aqui?

— Ver se você estava bem.

— Agora o motivo de verdade.

Abro a porta para deixar entrar um pouco de vento, para deixar de enxergar nas sombras o que não existe, para poder ver que sobre a mesa tem uma caixa de projéteis de papai e não minhas tangas nem meus documentos. Nem Rupave me cutucando.

— Se você viu que mudei as armas de lugar, é porque foi atrás delas.

Ele abre o .38, esvazia as cápsulas usadas em um cinzeiro, aos poucos o lugar assume outro tipo de ameaça. Uma que conheço. Que quase posso compreender, porque tem nome. Papai.

— Seu café ficou uma delícia — diz ele. — Agora, não deixa mais o lixo aberto senão algum bicho entra. — E me dá um beijo no cabelo.

Larga a xícara na pia, enche outra com água quente. Remexe as coisas dele até encontrar o pincel e a espuma de barbear. Vai para o banheiro.

Caminho pela sala e escuto o que parece o ranger de ossos. Baixo os olhos para meus Converse e vejo que estou pisando nos grãos de sal que Rupave derrubou.

— Pai.

Tô com medo.

— O que foi?

O irmão do Mbói veio aqui.

— Você encontrou ele?

— A gente tá perto, Ambareté.

Ele espalha a espuma pelo rosto enquanto assovia a porra da música do Cartola que não consigo me lembrar como se chama. Apostaria todo meu dinheiro que na torre de CDs da Gringa tem um do Cartola.

— Você não vai me contar mais nada?

Como você matou ela. Como já recuperou o dinheiro.

Ele passa a navalha no rosto. Careca, sem barba, as formas do corpo dele ficam expostas como uma árvore depois de um incêndio. Ele não tem outra pele para a qual fugir.

Papai xinga. Levanta o pescoço e vê que se cortou. O sangue mancha a espuma, demora para estancar. Ele limpa a navalha na xícara e passa de novo no rosto. Já sem espuma, o sangue escorre devagar, duas linhas fininhas que vão ficando mais largas e se juntam em uma só.

Tenho certeza de que, se eu contar do Rupave para ele, o máximo que vai fazer é me deixar trancada em um hotel, sozinha. Um hotel em que talvez me encontrem com mais facilidade. Não vou deixar que o medo me tranque em algum lugar.

Na televisão, um jornalista está debaixo de uma ponte, ao lado de um riacho. "Encontrada jovem desaparecida", diz uma legenda em letras grandes. Aumento o volume.

Um casal a encontrou ontem à noite aqui mesmo. Aponta para a margem banhada de leve pela água, uma área que não passa de um lamaçal. *Valeria Almada, de vinte e cinco anos, estava desaparecida havia dois dias. Os familiares prestaram queixa, dizendo que a tinham visto pela última vez quando saiu do restaurante onde trabalhava.*

— Vem cá.

— O que foi?

— Vem cá que eu falo.

Papai para ao meu lado, apertando um pedaço de papel higiênico contra o pescoço para conter o sangramento. Na televisão, surge uma mulher com maçãs do rosto altas como montanhas. "Romina, mãe de Valeria". Depois uma ambulância, policiais diante de um hospital, uma maca.

— Por que tá me olhando assim? — pergunta ele.

— Se tivesse sido eu, não tinham encontrado dela. — E, depois de uma pausa, acrescenta: — Eu nunca faria isso com uma mulher.

A jovem estava sem documentos. Só a identificaram hoje por conta de uma cicatriz que tinha na barriga. Cortesia do ex-namorado, que ela tinha denunciado e que acreditam ser o agressor, conta a mãe, como consegue, a fala entorpecida pela tristeza.

— Ela devia escolher melhor os companheiros — diz papai.

Mostram uma imagem rápida de Valeria dando entrada no hospital, o rosto distorcido pelos hematomas e pelo sangue. A pulseirinha vermelha no pulso.

— Não deviam mostrar as imagens.

— Caralho, nem ela mesma conseguiria se reconhecer assim.

Um rapaz com um cigarro, as cinzas se acumulando na ponta, esquecido. "Ramiro Istillarte, namorado de Valeria". *Ela era uma santa, diz ele. Não fazia mal a ninguém. Trabalhava dobrado pra trazer mais dinheiro pra casa.*

— Corno e idiota. O segundo turno era com o Mbói?

— Dá pra calar a boca?

Papai vai falar alguma coisa, mas só olha para mim. Não sei se ele dá nome às minhas expressões, mas, se fizesse isso, poderia batizar esta de *cala a boca ou te arrebento.* Meu pai guarda seja lá o que tem para dizer e só cerra a mandíbula como resposta.

Levo as mãos ao rosto, elas passam pelo cabelo, che-

ÂMBAR

gam à nuca, e eu as deixo ali. Apoio a testa suada na mesa e sinto toda a sujeira grudada no corpo.

Enquanto o sol avermelhava minha pele, era o próprio sangue dela que a avermelhava. Enquanto me davam a mão, davam nela uma, duas, três pancadas, a arrebentavam inteira.

— É nossa culpa.

Ele coloca uma regata e, por cima, a camisa militar.

— A única coisa de que sou culpado é ter votado no Turco da primeira vez. Não se mete nessa espiral senão você não sai mais dela.

Meu pai segura meu rosto para que eu olhe para ele, sinto a textura áspera da bandagem, o áspero dos olhos dele. A espuma que nele parece raiva esparramada.

— A consciência é um luxo, Ambareté — continua ele. — Coisa de rico. Eles têm a consciência limpa porque pagam outros pra sujarem a deles, outros que não podem se dar ao luxo de ter consciência. Se aprendi alguma coisa é que a barriga faz mais barulho que a consciência. E eu posso ter as mãos sujas, mas aqui em cima... — Dá uma batidinha na cabeça. — ...estou impecável. A tal da Valeria escolheu com quem se metia. Não eu.

Só então me solta. Me pergunto se ele mesmo acredita em todas as babaquices que fala.

— Não é pra se sentir culpada — prossegue, apoiando as mãos nos meus ombros. — Se isso fizer você se sentir melhor, a gente vai vingar ela. Prometo que uma das balas vai ter o seu nome nela.

Não faz eu me sentir melhor. Nada faria eu me sentir melhor.

Quando ele termina de se barbear, vai até o quarto e volta com uma bolsa, da qual tira a caixa de balas. Deixa o objeto sobre a cadeira. Vejo o sal no chão, paro ao lado, depois piso em todos os grãos até transformar tudo em pó, apagar eles da existência, transformar aquilo em sujeira.

— Vou sair hoje.

— Sem problemas. Aproveita a última noite aqui.

— Você não gostaria de ficar?

— Aqui? Nem ferrando. Prefiro ir pra prisão.

Ele vira de costas pra mim e acomoda as armas na bolsa, garante que está tudo no lugar, um monte de coisas que vão terminar descartadas. Pronto para seguir o mapa de suas cicatrizes, para voltar a alongar sua jornada com uma nova marca que vou ter que me encarregar de fechar. Se conseguir.

Mordo tão forte os lábios que até dói. Arranco uma pele maior do que eu pensava, grande como o silêncio, como tudo o que tenho que calar dentro de mim, que não consigo colocar em palavras. Como se minha boca fosse uma ferida.

Mais uma. Só minha.

Vai se danar, pai.

Uma estrela cadente na televisão. Duas. Três.

Abaixo, em um banner vermelho: Tragédia do Columbia.

Em seu retorno à Terra, o ônibus espacial Columbia explodiu no céu horas antes de aterrizar. Dá para ver a linha branca se desintegrando em várias, cada uma com sua própria estrela. Se eu não soubesse do que se trata, seria uma imagem linda. Muitas pessoas devem ter achado que eram estrelas cadentes e fizeram um pedido a um montão de fogo e carne carbonizada.

Sinto que acreditar em papai é parecido com isso.

— Desliga a televisão e vem ver isso — diz ele, parado na porta. — Olha só esse céu. Não tem entardecer mais vermelho que o de Misiones. Lembra quando a gente parou na estrada, deixamos o carro no acostamento e ficamos sentados no capô, vendo o céu mergulhar no rio?

Me lembro das pernas congelando contra a lataria, do frio no rosto. As únicas nuvens no céu eram as que saíam da nossa boca.

— Era uma caminhonete, acho.

— Tem razão, a F100 que o Méndez deu pra gente.

— Tava frio.

— Um frio da porra. Você tinha aquele casaco de neve, e a gente ficou abraçados. Foi em Posadas, acho. Eu lembro... — Faz uma pausa para abafar uma risada. — Eu lembro que você estava preocupada porque viu o sol mergulhar no rio Paraná e ficou com medo de que ele se apagasse e a gente precisasse viver na escuridão. Eu disse pra você não se preocupar, que ninguém consegue apagar esse fogo. — Olha para dentro da casa, mas não consigo enxergar nada contra a luz. — Foi uma das primeiras viagens que a gente fez. Não me lembro se terminamos de ver o sol desaparecendo. Você começou a repetir: *Pai, a gente já pode ir? Quanto falta pra voltar pra casa?* Não, acho que a gente foi embora antes de cair a noite.

Ele está falando do entardecer, mas não do fato de que paramos na margem para que ele pudesse descartar uma arma no rio. Disse que ia mijar, mas foi um barulho pesado na água, como se tivesse jogado uma pedra nela, e, que se ficamos, se não tivemos pressa, foi porque ele não tinha ideia de onde a gente podia dormir.

É capaz que ele nem se lembre disso.

Cada um desbasta as arestas das lembranças como pode, para que doam o menos possível.

Ele fica com o cotovelo apoiado contra o batente e encara o pôr do sol. O braço dele divide o céu em dois.

Em cima, azul-celeste. Embaixo, só vermelho.

— Você era chatinha quando era pequena. Todo dia perguntava sem parar quanto faltava pra gente voltar pra casa. O bom é que você não pergunta mais.

Tem um ninho de vespas na quina da porta. Meu pai vê, dá um peteleco fraquinho na coisa, não sai nenhum inseto. Se estica, arranca o ninho, aperta ele entre as mãos, e os pedaços caem pelos lados. Entra, pega a bolsa, me sopra um beijo e vai embora.

— Porque a gente não pode mais voltar pra casa — digo enquanto o Neon se afasta.

O único lugar ao qual podemos voltar é a nós mesmos.

E é uma merda.

23

Há noites que são tatuagens.

Que marcam, para sempre.

E outras que são um piscar de olhos.

Papai pode viver olhando por cima do ombro, mas eu vivo olhando tudo em um espelho retrovisor, se afastando, deformado, indecifrável por causa da velocidade, algo nascido para ser esquecido. Momentos que são picadas de insetos, que incomodam alguns dias e depois desaparecem como se nada tivesse acontecido.

Há noite que são poços.

E há noites que são tatuagens.

Quero levar esta noite no corpo, esquecer a merda toda da manhã, a culpa da tarde, deixar só a noite, tatuar ela em mim, poder voltar a ela e dizer *Isso aconteceu,* com todos os detalhes merecidos, antes que me arranquem daqui.

Entro no festival, atravesso o lugar, descarto o que vejo, as decorações, não me interessa se tem uma barraca ou outra, se tem fila para comprar cerveja ou para lerem seu futuro. Quando eu voltar para este momento, não vou lembrar que quase derrubaram cerveja em mim, que um cara tentou passar a mão na minha bunda, nada que aconteceu até eu encontrar com Marcos nas arquibancadas e ver o sorriso dele desabrochando como uma flor. Sei que tem mais pessoas gritando, dançando, mas nem agora que passo por entre elas tenho olhos para qualquer coisa que não sejam aqueles dentes, aquela boca que domino, que puxo até a minha, que tomo, da qual roubo o sabor da cerveja, o eco de um chiclete de hortelã, a boca que ocupo. Eu a transformo em minha.

Em que parte da gente guardamos coisas que são para sempre?

Onde um beijo dura mais?

Na cabeça?

Na pele?

No coração?

Depois de um tempinho nos afastamos, ficamos sentados nas arquibancadas, o mundo se engrandece, um casal discute ali no canto, ele grita, ela não olha para ele, uma menininha abraça um quati de pelúcia, as mãos aplaudindo o fim de uma canção, e mais tarde chegam as palavras, desnecessárias, inevitáveis.

— Desculpa por ontem — digo.

— Não, eu que peço desculpas. Sou meio idiota às vezes.

— Às vezes?

— Melhor a gente não falar de ontem à noite, combinado?

— Combinado.

Penso que talvez, daqui cinco anos, eu me lembre da banda no palco, mas acho que não do nome dela, Los Mistoles, talvez eu confunda com o nome de outra árvore, talvez me dê um branco, talvez lembre que estavam todos vestidos iguais, com roupas azuis, talvez minha cabeça diga que eram vermelhas, confundindo a roupa com a cor da terra que essas centenas de pés em movimento

219

ÁMBAR

levantam. Uma neblina vermelha. Disso vou lembrar, talvez em detalhes, de forma exagerada. Mas acima de tudo vou me lembrar de que Marcos está com uma camisa nova, preta, acho que dá para ver os vincos, como se ele tivesse acabado de tirar a roupa da embalagem. Deve ter comprado especialmente para hoje. Gosto dessa organização meio atrapalhada.

A banda se despede e um apresentador anuncia a próxima, lê o nome em um papel, duas vezes e mal, como se não estivesse entendendo a letra ou estivesse bêbado, e acho que, se ele tivesse falado certinho, este momento teria passado sem chamar a atenção, mas agora, imperfeito, ele toma forma enquanto Marcos pega minhas mãos entre as dele, olha para elas, faz carinho nelas com o dedão. Eu adoraria ter as unhas pintadas, talvez possa incrementar a recordação e fingir que elas eram verdes, repetir isso várias vezes até que se torne uma verdade.

— Esse vestido ficou lindo em você, Ale.

Ale... É como quando você está gravando sua música favorita direto da rádio e o radialista fala alguma coisa por cima.

Não desafina o momento, Marcos.

Murcho um pouco, apoio a cabeça contra o ombro dele. O vento sacode as minhas mechas soltas, as que antes eram rosa, o resto do cabelo preso num coque que eu demorei meia hora para fazer. A música satura os alto-falantes. Chego mais perto dele, vejo uma cicatriz de um brinco que ele usava na orelha. Ainda bem que tirou.

— Preciso confessar uma coisa — digo. Ele levanta a cabeça como um cachorro que tivesse escutado um barulho. — Eu não gosto de Pantera.

— Eu sei. Você mandou um "Respect", tonta. — Ele morre de rir. — E do que você gosta de verdade?

— De você.

Os olhos castanhos ficam pequeninhos, dois traços, quero que se derramem sobre mim como tinta, que sejam a tinta com a qual vou tatuar este momento.

Onde uma lembrança dura mais?

Na cabeça?

Na pele?

No coração?

— Adoro você, Ale.

Ale, Ale.

Ale o caralho do pai de todas as Alejandras do mundo.

Fico quieta porque o que tem na minha garganta não pode sair. A banda nova sobe, tropical, contamina o ar com algumas canções. Ele me levanta de repente e entramos na fila para pedir uma cerveja na barraca do gordo Fugaza. Marcos cumprimenta um moleque, falam de uma festa na casa do Tote no fim de semana que vem, *Os coroas vão sair de férias, a gente vai ficar com a casa, vamos.* A camisa do Marcos está para fora do jeans. Me pergunto se fui eu que puxei. Não me lembro de ter colocado as mãos na cintura dele. Penso na velocidade do que se sente, em como é impossível reter tudo. Quando volto do devaneio, o garoto já foi embora e é quase nossa vez. *No fim de semana que vem.* O silêncio, o nosso, cresce. Que vem. E, onde cresce o silêncio, cresce a dúvida.

— Você já sabe quando vão embora?

— Não sei. — Não quero pensar nisso. Muito menos mentir para ele. — Amanhã, depois... Com o meu coroa, nunca se sabe.

A gente olha para o chão como se fosse a coisa mais interessante do mundo, como se tivesse alguma coisa nele além de tampinhas de cerveja. Alguém atrás de nós avisa que a fila andou.

— E já vão voltar pra casa?

— Pra isso ainda falta bastante.

— Deve ser da hora viajar pelo país todo.

Os mosquitos devoram minhas pernas. Espanto alguns. Marcos pega a cerveja. *Que sua coroa não fique sabendo disso,* diz o Fugaza. Voltamos para as arquibancadas. Ele dá um gole, depois outro.

— Se você me passar seu endereço, eu posso ir te visitar. — Ele diz tudo rápido, como se estivesse desafiando a vergonha para conseguir colocar aquilo para fora. — Se eu juntar dinheiro, consigo ir te ver. Sempre quis conhecer Buenos Aires.

Eu também.

— Se você quer tanto ver concreto, é só virar pedreiro.

— Vai dizer que a cidade não é linda?

Quero que ele cale a boca, mas não quero estragar um beijo usando ele como ponto final. Marcos me passa a cerveja, viro, rápido, para que ela empurre o que está preso na minha garganta ou para que me ajude a dizer as palavras, não sei. Estico o braço para devolver o copo, mas antes tomo mais um pouquinho. Ele dá umas bicadas, fitando as pessoas. O copo transpira. Ao lado do olho, ele tem uma marca de catapora. Tenho vontade de passar a mão nela. Marcos me devolve a cerveja, eu bebo o resto e aperto o copo, mas ele não amassa como imagino e me respingo toda. Isso eu penso em apagar da recordação.

— Você sabe dançar? — pergunta ele.

— Não é muito minha praia.

— Eu posso ensinar.

Cara de pau. Ele sabe menos que eu. Me conduz, me empurra e me puxa de volta, os corpos se acomodam um no outro, ele agarra minha nuca, os dedos frios e molhados de segurar a cerveja, a boca toda aberta, rindo, a dele, a minha, a mesma por um instante. Batemos palmas, fora do ritmo, ou no nosso ritmo, as luzes nos pintam de azul, de vermelho, não sei do que a canção fala, é ruído de fundo.

Tudo,

exceto nós,

é ruído de fundo.

Nós, penso, uma palavra que quase nunca posso usar com papai.

E não, não entra nessa, não tira a cabeça daqui, Ámbar, não seja idiota, porque esta noite é sua, do Marcos, dou um beijo nele, nossos dentes se chocam, ele morde meus lábios, dói, um pouco, eu gosto.

Sentir é o mais parecido que encontrei com não pensar.

Tocam uma música lenta, me apoio no ombro dele e de relance observo todos os rostos ao redor. O mundo volta, de uma vez só, e sinto medo, porque procuro, procuro ele entre todos os rostos, e o medo, o eco do medo, me manipula, tantos olhares me esmagam. Fecho os olhos, faço carinho no cabelo raspado e suado de Marcos, enfio as unhas, não consigo sentir mais nada, não o que quero sentir, que é o mesmo que nada, porque penso em todos esses rostos, nesses olhares que me esmagam, qual deles estará me seguindo, procurando a Alejandra.

A noite tremula, deforma a tatuagem, a transforma em uma de serpente, em uma caveira em chamas no pescoço, em um nome num braço.

Não quero pensar, quero sentir.

— Vamos.

Não sei que expressão faço, mas o que a princípio é

223

dúvida no rosto dele depois muda, vira um sorriso, nervoso, que ele tenta disfarçar, e me dá vontade de bater nele, ri mesmo, seu besta, que o mundo fica mais leve quando você ri.

Ele me pega pela mão, me leva até onde termina a área do festival e começa a mata, avançamos por um caminhozinho feito à base de gente passando ali, e escuto outras pessoas, casais, mas seguimos até chegar ao rio, à margem, a lua refletida na água. Ainda dá para ouvir a música, mas reduzida a um zumbido.

Marcos se senta num tronco, não sei de que árvore é, nem me importa. Me acomodo ao lado dele. Ele olha para mim, com alegria e não com alívio, não como papai, não contente de que eu ainda esteja inteira, o que ele considera intacta, não, Marcos olha para mim feliz, que bom estar aqui, olha para mim e o coração, em vez de bater, sacode, e quero que ele acaricie até minha sombra. Abro um dos botões da camisa dele, dou um beijo no pescoço, outro no peito.

E com ele me sinto segura, e a segurança é o mais parecido com prazer que conheço.

Ele me toca, mas as mãos não saem das minhas costas, só vão baixando, vai, garoto, abro mais um botão como se para ver se ele acorda, vamos fazer uma caminha com a sua camisa e o meu vestido, mas ele não tem coragem de tirar minha roupa e eu, muito menos. Quero sentir, mas tem muitas coisas na minha cabeça, e me cairia bem outra cerveja, ou uma amiga. Amiga nenhuma me falou disso, ninguém me aconselhou sobre como traduzir o desejo, sobre como levar o desejo às mãos, à boca, de como fazer que as vontades corroam o nervoso, o desconhecido, e ele fica tenso, não encosta em mim, não me abraça. E não entendo. Os meninos estão sempre querendo passar a mão em você, toda, tudo, é você que tem que botar um freio neles, mas ele fica ali quieto, e fico meio brava, e depois dou um beijo e outro nele, talvez ele precise que eu tome a iniciativa, que eu o toque, mas não tenho nem ideia de como, ele continua ali, como se estivesse paralisado, e tenho vontade de xingar Marcos, de perguntar o que caralhos ele tem, qual é o problema, e no segundo seguinte me sinto mal, porque penso que se ele não quer me tocar é porque deve ter algo feio em mim, que ele não gosta do meu corpo, dos meus beijos, que sou chata ou muito inocente, sei lá eu.

Ele olha para mim, os lábios franzidos, ajeita uma mecha atrás da orelha e faz carinho no meu rosto.

— Te amo, Ale.

Balanço a cabeça.

— Estraguei tudo, né? — pergunta ele.

— Claro que não.

Pronto, chega, quando esse momento acontecer de novo, quero que as coisas tenham o nome correto.

— Eu também te amo — continuo. — Mas meu nome não é Alejandra. — Acaricio a marca de catapora dele, como se estivesse tirando uma sujeirinha do olho. — Meu nome é Ámbar.

— Ah, pronto. Tá de zoeira.

— Não tô de zoeira. Meu nome é Ámbar, ponto final. É uma longa história.

Ele dá uma risada.

— Eu já te pedi desculpas — diz ele. Ele se afasta, e minha mão fica pendurada no ar como um galho. — E você continua zoando a Gringa, sua besta.

— Não tô entendendo. O que a Gringa tem a ver com isso?

Ele olha para mim, as sobrancelhas franzidas, como

se não estivesse entendendo, os olhos pequenininhos, mas já não mais por causa da risada, e sim porque está com cara de bravo.

— Como assim, "o que ela tem a ver"? — É uma pausa breve, mas na minha memória ela será eterna. — A Gringa se chama Ámbar...

Sei que ele continua falando, mas tem uma parte minha que se desconecta. Já não sei o que vou levar desta noite porque me dou conta de que ninguém escolhe o que lembra, porque se tem algo de que não quero me lembrar é das palavras dele, e sei que é a única coisa deste momento que nunca vou poder esquecer.

Há noites que são tatuagens.

E há noites que são apenas cicatrizes.

Onde dura mais uma cicatriz?

Na cabeça?

Na pele?

No coração.

Parte III

Ámbar

24

Voltar ao meu nome era voltar a me sentir a salvo.

Eu pensava, acreditava — e inclusive mentia para mim mesma — que tudo aquilo que eu vivia naqueles vilarejos temporários, as coisas que via ou fazia, acontecia na verdade com a Mariana, com a Arely, com a Victoria, mas nunca com a Ámbar.

Foi a Mariana que aos nove anos teve que dar voltas em uma esquina até que o policial adiante, o que ficava na joalheria, se aproximasse, *Fala pra ele que você se perdeu, que não sabe cadê seu pai*, me pedia aquele homem que eu mal conhecia, que não parecia com as fotos que eu tinha dele, e que só era reconhecível pela tatuagem com um nome que ele me deixava usar de vez em quando, como se fosse algo alheio e não meu. *Se perguntarem como eu me chamo, você responde Octavio, entendeu? Octavio, nada de Víctor, faz o policial se aproximar, chora se precisar, depois te dou sorvete,* e como eu não ia chorar se não sabia mesmo onde estava o meu papai, se eu estava sozinha em uma esquina de uma praça em um lugar onde eu nunca tinha estado e nunca voltaria a estar?

Foi a Arely que ficou parada no estacionamento de um supermercado, que tinha centenas de olhos e olhava para todos os lados, montava guarda enquanto Antonio arrombava um carro, fazia ligação direta e dava a partida. Foi a Arely, e não eu, que cem quilômetros depois trocou as placas, que machucou os dedos arrancando parafusos, enquanto Antonio xingava dizendo que só tinha arrumado cem pesos em um posto de gasolina, e reclamava que agora todo mundo usava cartão, *Que mundo de merda esse, sardentinha.*

Foi a Victoria que aos treze deu pontos em uma facada na barriga do pai, que fechou o corte como se calasse uma boca. Não queria saber por que ou quem tinha feito aquilo com ele.

Costurava.

Calava.

Esquecia.

Para depois voltar a ser Ámbar.

E agora, para onde volto?

Para um lugar arrasado, saqueado.

Para o nome de outra.

Para um nome que é um eco.

A tinta num braço.

Agora meu nome também é minha cicatriz favorita.

Não. Ainda não é cicatriz.

Tem coisas que nunca vão ser cicatriz.

E tem coisas que só desaparecem com fogo.

Penso.

E acendo uma fogueira.

E a alimento.

Com a árvore de Natal ardendo no quintal, com minha roupa pendurada nos galhos, as chamas vão passando de uma para a outra, engolindo tudo, assumindo formas estranhas, um círculo que nasce no centro de uma camiseta cresce, destrói o tecido, cospe fumaça preta, que sobe pesada e se mistura à noite. Há uma beleza no fogo, há calma nas chamas sob o céu, a calma de, enfim, se reconhecer em um espelho.

Por que você fez isso, pai?

Porque também quis acreditar que você não era o Antonio, o Germán, que algum dia ia ser só o Víctor, e talvez seja, e talvez isso seja o pior de tudo. Porque nunca vou saber se o que dizem é verdade, mas já não preciso, porque uma verdade dá e sobra.

Para onde volto?

Ainda não tenho como voltar.

Todos os caminhos são mais longos na volta.

Ámbar.

Nunca soube o que significava.

Agora sei.

A mulher que ele não pôde ter.

Ou a que ele nunca terminou de assumir que amava.

Tenho o nome de outra.

Não.

Sou a outra.

O que você fez, pai?

Que merda você fez, puta que pariu?

Um por um vou jogando fora meus documentos falsos, vão se enrugando, desaparecem, tchau. Não sinto o calor por mais que esteja de calça e top. Quero arrancar a noite de cima de mim como se fosse um vestido, como arranquei o que tenho agora apertado na mão, reduzido a um bolo de tecido, esse vestido que eu queria que terminasse jogado no chão, e no chão vai terminar, mas só depois de virar cinzas.

O fogo é a única coisa que me separa da escuridão. Me levanto e me aproximo, apoio o vestido sobre as chamas até ele arder, o fogo o manipula, se apodera da cintura, do pescoço, até lambe a ponta dos meus dedos, e é só então, quando já não aguento mais, que solto a roupa, ela cai sobre os galhos e assume a forma de um corpo quebrado. O incêndio faz cair pedacinhos de tecido, encaram o céu, mas caem e são cinzas que aterrissam no meu cabelo, na pele, nos pés.

Deixo o fogo crescer, tento encerrar a noite, fazer ela terminar, mas continuo aqui, vendo o que já não é meu, nem nunca foi, arder, se consumir, me deixar sozinha.

Sozinha com o fogo.

Não é isso o que você sabe fazer, Ámbar?

Isso é tudo o que ele lhe ensinou.

A fechar feridas alheias, mas nunca as suas.

A queimar tudo que lhe pertence.

A desaparecer.

A ser outra.

Mas não vai mais ser a outra.

Sou a Ámbar.

E isso significa que tenho minha própria vontade.

25

Como um xerox do dia anterior, estou aqui, parada diante da casa da Gringa. Se alguém me perguntasse, não saberia muito bem explicar como cheguei aqui, sinto que acabei de sair do efeito de uma anestesia. A raiva parece muito com anestesia.

As imagens voltam em fotos, não em vídeo, a última chama do incêndio sendo guardada dentro de mim, o banho, a terra sendo levada dos meus pés, deixando um rastro vermelho na banheira, minhas pernas entrando no shorts, um café que não me lembro de preparar nem terminar de beber, a última camiseta, meio amassada, mas não importa, e depois, enfim, a bolsa mais leve da minha vida pendurada num ombro. Um *walkman* sem pilhas. E a escopeta, a única coisa que nunca tive que descartar porque não tem como identificarem uma pessoa com ela, os cartuchos sacudindo a cada passo.

O Neon não está ali, nem nenhum carro "novo" estacionado na porta. Nem prestei atenção se tinha alguém na casa do Marcos. Penso em dar a volta, mas para quê? Não preciso dele. Não sei o que poderia dizer para o garoto.

Tampouco sei o que espero encontrar na casa da Gringa, mas bato, uma vez, duas. Não tem campainha.

Na árvore da casa ao lado, tem um balão preso entre os galhos mais altos. Como caralhos ele foi parar ali? Bato de novo. Quero gritar: *Abre, porra.* Uma moto, ao longe, em algum lugar a umas duas quadras. O condutor de capacete. Tento decifrar se é ele, mas é difícil saber de tão longe. Pela bermuda larga e os tênis, pode ser. Ele ou qualquer outro garoto que se veste como um moleque do heavy metal. A porta se abre. O contraste entre o que espero encontrar e o que encontro me congela. Rupave aponta a arma para mim, a mão jorrando sangue. Me dá um puxão, e estou tão mole que vou direto para o chão. Caio de lado, tateio buscando a bolsa no ombro. Não está mais lá. Antes que a possa encontrar, ele me levanta e me empurra no sofá grande.

— Senta, pirralha.

A bermuda florida deixa antever a tatuagem quase no calcanhar. Estou muito nervosa para entender o que é. Ele tranca a porta, guarda a chave, tudo em que ele encosta se pinta de vermelho. Fala para alguém no quarto da Gringa:

— Vem, se arruma, a gente tem visita.

A Gringa sai do cômodo, caminhando devagar, se arrastando. Se apoia contra a parede. Está com o cabelo todo bagunçado, evita olhar para mim, mas olha mesmo assim. O rosto está cheio de manchas vermelhas, o sangue escorre pela sobrancelha até descer pelo queixo em uma gota eterna. O vestido rasgado, azul, com uma alça arrebentada.

— Vem até aqui, mamãe. — Rupave anda e confirma se a porta dos fundos está fechada. — As duas putinhas do Víctor Mondragón. Pelo que me contaram, não são mãe e filha. Sei lá. Agora é difícil saber se são parecidas. Daqui a pouco, é capaz que fiquem.

Ele coloca a mão embaixo da torneira, a água lhe arranca o sangue das mãos. Rupave se seca com um pano de prato, se vira e apoia na poltrona. Confere a mão direita, o sangue continua escorrendo dos nós dos dedos machucados, e depois surge a marca de dentes na palma.

— Por sorte, tomei vacina antirrábica.

O nariz da Gringa não parece quebrado, mas ela tem cortes no rosto inteiro, na têmpora, na sobrancelha, a pálpebra se fecha e o olho fica infinito. Ela não para de passar a mão nos joelhos.

— A gente tava falando do seu coroa. Principalmente eu. Não consegui fazer ela abrir muito a boca. — Ele chupa o sangue de onde tomou a mordida. — As pessoas acham que sou louco quando falo que dá pra ver o silêncio. Olha bem, pirralha. Essa é a cara do silêncio. — E aponta para a Gringa, que ajeita o vestido para que o seio não escape do lado em que a alça arrebentou. — Vamos ver se você é mais esperta e fala. Cadê seu coroa?

— Achei que ele tava aqui.

É uma resposta tão sincera quanto primitiva, sai sozinha.

Rupave bufa, dá a volta, se senta no braço do sofá. A pistola apoiada contra o joelho. Uma 9mm, acho, como se dar nome ao medo o fizesse ser mais manejável.

— Lamento dizer que ele não tá aqui, mas esteve.

Aponta para a camisa verde camuflada do papai pendurada no varal.

O vestido da Gringa insiste em cair do lado da alça rasgada, ela tenta ajeitar a roupa, a cabeça não consegue registrar o que não existe mais, e os dedos ensanguentados vão marcando o ombro dela.

— Você devia agradecer a interrupção e me fazer o favor de abrir o bico. Quando os homens falam, é depois de acabar de transar, e você tem pinta de que manda bem nisso.

— Eu já te disse que ele não me conta essas coisas.

Rupave coça a nuca. Dá a volta numa mesa de vidro, se senta no apoio de braço ao meu lado.

— Já viu que nas propagandas pra recuperar cabelo ou diminuir a barriga eles colocam duas fotos, a de antes e a de depois? Então. Você é o antes. Ela ainda não é o depois. Ainda falta muito pra ser o depois.

A imagem de Valeria lampeja na minha mente, rápido, logo some, mas o rastro fica impregnado na minha cabeça como a marca de mão num vidro.

— Cadê seu coroa?

— Não sei.

O soco na barriga me faz cair no chão. Me tira o ar. Me arrasto, acomodo o corpo entre o sofá e a mesa de centro, respiro, tento abrir os olhos, a dor se expande, pulsa, cresce.

— Que exagero, eu mal encostei em você.

Ele me puxa por um dos braços e me coloca no sofá de novo. Não se senta. Agarra meu rosto. Me obriga a olhar para ele. A transpiração se junta na cara dele como se fosse uma lágrima. Tento me desvencilhar, uma mecha de cabelo cai sobre um dos meus olhos e ele a sopra. Um cheiro árido, de algo enterrado.

— Onde caralhos tá seu coroa?

Balanço a cabeça, apenas, ele me aperta tanto que os dedos dele afundam na minha pele.

— Não tenho tempo pra isso — completa ele.

A pancada me acerta no nariz e na boca, e me joga para o outro lado do sofá. O mundo balança, volta com gosto de sangue, a boca inundada, cuspo, tusso.

— Continua sem saber? Vamos tentar outra pergunta. Onde encontro ele? Cadê meu irmão?

— A gente não sabe, porra — diz a Gringa.

— Você cala a boca, maluca. Ou quer que eu continue com você?

A Gringa se aproxima para me ajudar, mas levanto uma mão e apoio as costas na parte de baixo do sofá. A mandíbula, os lábios, os dentes, tudo pulsa, pede atenção, formiga. O sangue me escorre do nariz, passa pela boca, pinga na camiseta.

— Não sei se você já experimentou um pau, pirralha, mas garanto que, se você não abrir a boca, é provável que não chegue nem a ver um. E aí vai perder o melhor da vida, né, Gringa?

O sujeito se aproxima e escondo o rosto com os braços.

— Ontem, pedi pra você contar por bem — continua ele, e o celular toca antes que ele possa continuar. Pega o telefone, olha para a tela, atende. — Encontraram ele? Então por que caralhos tá me ligando, Loza? Sim. Também tô cuidando disso. — Enquanto fala, não tira a mão de uma corrente com um ₲ folheado a ouro em vez de um $. Olha para Gringa primeiro, depois para mim. — Não, ainda não, mas a qualquer momento.

Volto a me sentar no sofá. Rupave faz um gesto com o revólver e leio nos lábios dele: *Não se mexe.*

— Não me interessa. Os "quase" não me servem de nada. Não liga de novo até ter encontrado um dos dois.

Guarda o celular na bermuda. Dá um passo para trás, coça a testa com o cano da arma, vê alguma coisa que chama a atenção atrás dele e acho que deve ser minha bolsa. Ele se agacha, perco o homem de vista atrás do sofá e, quando volta, está com Mandioca no colo, que solta um miado sofrido.

— Enfim alguém que fala — diz ele. Acaricia a gatinha. O pelo branco fica vermelho e arrepiado. — Qual o nome dela?

— Deixa ela em paz — diz a Gringa.

— Que nome de merda pra uma gata.

A cauda do animal chicoteia, um pêndulo nervoso.

— Mandioca.

— Bom, pelo menos uma coisa você sabe responder. — Acaricia tão forte a gata que marca o crânio. — Nunca soube se eles têm sete ou nove vidas. A Mandioca aqui quer que vocês digam onde o Mondragón tá, porque, sejam sete ou nove, ela só tem mais uma.

A Gringa tenta falar alguma coisa, se engasga, estica uma mão, puxa ela de novo, não sabe o que fazer, como se o corpo sobrasse e lhe faltassem palavras.

Ou é como eu me sinto.

— Solta ela — digo.

Mandioca não para de mexer a cauda, dá uma unhada no homem, depois outra, escorrega pelos braços dele antes de disparar para o quarto.

— Parece que, das três gatinhas, ela é a única que sabe se virar. — E olha o corte no dorso da mão. Assente algumas vezes. Sacode o ombro, respira fundo. — Bom, chega, cansei de ser um cavalheiro.

Me vejo no reflexo do vidro da mesinha de centro. O sangue escorrendo do nariz, dividindo meu rosto em dois até o queixo, pingando pelo pescoço até o decote.

— Não sei se você sabe, portenhazinha, mas por aqui a gente chama os delatores de *yurú palangana*. *Yurú* significa "boca", o resto você já imagina. — E abre as mãos desenhando um círculo enorme. *Grande*. — É agora que uma de vocês vai ser *yurú palangana*, ou vão terminar sendo buceta *palangana*.

ÁMBAR

Chega mais perto, me pega pelos cabelos e me puxa até me colocar contra a parede.

— Eu não sei onde ele tá — repito, várias vezes, mas não tenho certeza se as palavras saem.

Ele acerta minha boca com a coronha da 9mm. Meu corpo amolece, se desfaz como um monte de argila e despenca, um montão de ossos e pele que se amontoam no chão.

Um zumbido sobe da mandíbula até o ouvido e borra o que ele fala. Me acomodo de barriga para cima, o sangue escorre pelo meu pescoço. Tento abrir os olhos, trazer um pouco de luz à escuridão, mas tudo treme, como se minha visão estivesse com eco. Ele parado ao meu lado, enorme, faminto, falando, cuspindo, o sangue escorrendo das mãos, meu sangue, caindo ao meu lado.

Sintonizo a casa de novo. O teto está longe, a boca do Rupave gritando, com a Gringa, imagino, a arma apontada para ela, mas as vozes não chegam, é só um ruído, o sangue entra dentro do meu ouvido. *Você tá debaixo d'água, Ámbar, vai pra superfície, tira a cabeça pra fora, os olhos ao menos.* Cuspir o sangue inundando minha boca é o mais parecido a respirar, em inspirações bem curtas, as ondas vêm e vão, consigo ver o *ñandutí* lá fora. Tem tanto sangue que acabo engolindo um pouco, vejo moedas debaixo dos sofás, pequenininhas, pelos de gato, vejo minha bolsa também, embaixo da poltrona, as pernas do Rupave, os tênis pisando na alça, a tatuagem no calcanhar em primeiro plano, uma adaga cravando um nome na pele dele: Delfina.

Quem caralhos é Delfina?

Quantos devem ter pensado "Quem caralhos é Ámbar?" enquanto meu pai fazia exatamente a mesma coisa?

Ele se agacha, olha para mim, a paciência nos olhos

dele é uma ampulheta prestes a se esvaziar. Penso em mentir, dizer qualquer coisa, mas sei que não serviria de nada, que a única areia que posso dar a ele é meu sangue, posso deixar que ele me bata a ponto de ter certeza que ninguém aguentaria uma surra assim sem abrir o bico, que destroce tanto minha boca que ela vai ficar aberta para sempre, que eu não consiga esconder nada nem ficar em silêncio, mas não acho que aguento. Nem acho que isso é o que ele quer.

Depois ele olha para a Gringa, diz alguma coisa, que soa como uma última chance, mas o sangue entope meus ouvidos. Rupave passa por cima de mim, esquece de mim, e me sinto mal por saber que por um tempo ele vai se entreter com ela, que vai arrebentar ela, que minha pele vai ter um respiro. Me arrasto pelo chão, o mais rápido que posso, mas é lento, lento como um caracol, que em vez de gosma deixa um rastro de sangue. *Você é isso, Ámbar, lenta*. Estico a mão, encosto na alça da bolsa, puxo ela para perto, mas ele pisa nela e a tatuagem fica em primeiro plano de novo. Arranca a bolsa da minha mão, abre, tira a escopeta de dentro.

— Você trouxe seus brinquedinhos, filha da puta — diz, e guarda a 9mm na cintura. — Agora, sim, a gente vai jogar a roleta guarani.

A Gringa pula em cima dele antes que ele possa erguer a escopeta, prende as mãos dele, mas ele a acotovela na barriga e a joga para longe com um empurrão. Ela aterrissa no sofá, que bate com tudo na mesa de centro e a destroça, os cacos de vidro ficam ali, tão perto que consigo ver meu rosto estilhaçado em um monte de reflexos, olhos, boca, lábios, tudo em partes diferentes, como pedaços arrancados de mim, soltos.

E, como se tentasse juntá-los, trazê-los de volta para

mim, agarro um vidro que parece uma faca, disforme, comprido. A pele da minha palma rompe quando o aperto, a mão fica vermelha em um piscar de olhos, arde, como se estivesse pegando fogo, mas é só um vidro que corta, muitíssimo, e, antes que ele possa mirar em mim, enfio o caco na coxa de Rupave. Enterro bem fundo e o objeto fica enfincado no músculo e pelo vidro vejo o homem gritar, o rosto distorcido. Ele solta a escopeta, que cai longe de mim. Hesita entre arrancar o vidro da perna ou pegar a pistola, hesita muito, demais. Me arrasto para o lado, o suficiente para ficar atrás do sofá. A Gringa dispara e o tiro o acerta na perna, o cartucho que voa é amarelo, onde antes havia pele, agora há só carne picada. Rupave cai de cara e, antes que possa se virar, a Gringa aperta o gatilho de novo, mas não há mais cartuchos. Ela pula em cima dele, puro instinto, fúria, desespero, e o golpeia na cabeça usando a coronha da escopeta, uma, duas, três vezes, até ele apagar. Ela chuta o homem para garantir que está inconsciente. Puxa a alça do vestido, que protege um corpo salpicado de sangue que já não é mais só seu. Respira pela boca. Me estica a mão e me coloca de pé.

— Obrigada, Ámbar — digo.

Não consigo identificar a expressão dela atrás de tanto vermelho, de tantos cortes, e não importa. Não mais.

— Pega aquele braço — diz ela, e arrastamos Rupave.

Levamos o brutamontes para o quintal, como se ele fosse um saco de ossos.

26

— Acho que nem ele mesmo sabe — diz a Gringa.

A maletinha de primeiros socorros sobre a mesa, algodões ensanguentados, dois absorventes internos que usei de tampão para o nariz, um tubinho de Superbonder espremido até a última gota. Pacotes de bandagens e gazes. A porta aberta ao fundo faz entrar um vento cansado que de vez em quando sopra alguma embalagem da mesa e a joga no chão. A escopeta à mão, recarregada, e a 9mm ao lado.

A Gringa foi cuidando das minhas feridas uma a uma, atando as dores para que deixassem de gritar separadas, para que se juntassem a uma só voz, uma dor única. Primeiro o corte no nariz, outro embaixo do olho. Com os lábios, não tinha muito o que fazer. Agora limpa com água oxigenada o corte que vai de um lado ao outro da minha mão.

Para poder falar, tiro da boca a bolsa de gelo feita com um lenço. As gengivas estão inchadas, como se quisessem sepultar meus dentes na carne.

— Você nunca perguntou pra ele?

— Ele ter me respondido não significa que ele saiba. Ou que não seja outra mentira.

O rosto dela vai se fechando como uma flor que não

ÁMBAR

recebeu luz nem água. A carne toda machucada, e o olho direito mal dá para ver. Está atrapalhada, faz tudo devagar, mas com precisão. Tem manchas de sangue no pescoço que a água não limpou. Uma camiseta nova e alguns curativos, improvisados, que fiz da melhor forma possível — diferente de como faço com meu pai, porque para ele uma cicatriz nova não significa nada.

Ela apoia um pano de prato cheio de gelo no nariz por alguns segundos.

— Não quebrou — digo.

— Mas dói como se tivesse quebrado.

Ela se levanta e serve um copo de água e dois analgésicos comuns para cada uma de nós. Precisamos jogar os mais fortes no lixo, estavam vencidos. *Encontrou outra para curar suas feridas,* penso, como se soubesse que, se tem uma coisa que não vai mudar, é papai precisando de alguém que cuide de suas feridas.

Paro para confirmar que Rupave continua na garagem, algemado — com umas algemas de pelúcia rosa sobre as quais não quis perguntar — e amarrado a uma grade. De vez em quando ele grita algo, mas a Gringa o amordaçou com a própria camiseta, então só dá para ouvir uns grunhidos de zumbi.

— Ontem, quando você veio, achei que já tinha ficado sabendo de tudo.

— Por que não me contou?

— Pra quê?

Ela joga álcool no corte e arde, fazendo coro à dor principal. Me pergunto quantas vezes ela curou as feridas do meu pai.

— Uma vez ele me disse que a tatuagem era em minha homenagem, pra mostrar que ia me levar sempre com ele — diz a Gringa. — Que estava disposto a sacrificar o bem mais precioso que tinha, ser um anônimo, foi como ele disse, e voltar a ser identificável por mim.

Lá fora, o céu parece um pano de chão molhado, pesado, é impossível saber que horas são só de olhar para ele.

— Depois me disse que ia ficar com a sua mãe, que ela estava grávida e que só tinha feito a tatuagem porque era o nome que ia colocar em você — continua ela. — Que tinha que tomar conta de você. Outras vezes, me disse que só gostava do nome. É difícil saber por que ele faz as coisas. Você sabia exatamente o que queria quando veio até aqui?

Na sala, Mandioca cheira meu sangue, restos de carne arrancada do Rupave, os cacos de vidro, não encontra nada interessante e vai se lamber. O porta-CD está no chão, as caixinhas todas esparramadas. Vejo um da Teresa Parodi, um do Caetano e, pouco mais longe, um do Cartola, o mesmo que tinha na casa do Charly.

— Não sei. Às vezes eu nem sei por que faço algumas coisas, nem enquanto tô fazendo.

— Não se preocupa, é sempre assim.

Até abrir meio sorriso dói. Lá fora, as pernas do Rupave se agitam, a terra gruda na ferida.

— Uma vez ele me contou que tava num ônibus, lá na capital — diz ela. — Pararam no semáforo na avenida Córdoba. Aí ele viu que, do outro lado da rua, um moleque dava uma surra numa menina, depois roubava alguma coisa dela e saía correndo, passando por trás do coletivo. Seu coroa se levantou, tranquilo, puxou a cordinha, como se fosse a parada dele. Desceu e saiu correndo atrás do moleque.

Ela limpa bem o corte na minha mão com uma gaze encharcada com alguma coisa que não sei o que é, mas arde. O corte é comprido, mas não muito fundo. Abre um pacote de bandagens.

— Uma quadra depois, o moleque tirou a camiseta branca pra jogar fora e, por baixo, tinha outra camiseta branca — continua ela. — Seu coroa ria. *Como pode ser tão idiota de estar usando duas camisetas iguais se já sabe que vai precisar trocar o kit de identidade?* Lembro disso porque ele usou esse termo. *Kit de identidade.* — Faz um sinal para mim e devolvo a mão, a palma para cima. Ela coloca a bandagem. — Segura com o polegar — pede, e começa a enrolar a atadura. — Ele alcançou o garoto duas quadras depois. Apoiou o joelho nas costas dele e teve que lutar pra abrir a mão do menino. À toa. Ele não tinha conseguido roubar nada. *Não soube o que fazer*, seu pai me disse. Virou o pirralho e viu que era uma criança. Treze anos, no máximo. Usava um rosário de plástico sem crucifixo. Seu pai ficou ali, olhando pra ele, e não soube o que fazer. Não sabia por que o garoto tinha corrido, por que tinha descartado uma camiseta branca pela outra. A única coisa que ocorreu ao seu pai foi falar pra ele pedir desculpas pra menina, mas o moleque não queria saber nada disso, começou a chorar. A falar que não, que não. O seu pai diz que o menino tirou do bolso uma correntinha que tinha roubado antes, com certeza, e a ofereceu em troca caso Víctor deixasse ele ir embora. Ficou tipo uns dois minutos olhando pro garoto. *Não tinha a menor ideia do que caralhos fazer. Eu achava que ia pegar o menino, encher ele de porrada, recuperar o que ele tinha roubado e devolver tudo pra menina, mas de repente lá estava um molequinho que era bobo de tudo e eu não soube o que fazer. No fim das contas, deixei ele ir embora.* — O sangue suja a bandagem na primeira volta, menos na segunda, nada na terceira. Ela aperta bem forte. — Às vezes, acho que na verdade ele deu uma surra no pivete, por pura impotência, pura raiva, de saber que só tinha descido do ônibus pra arrebentar a cara dele e pronto, que alguém tinha dado a ele um motivo pra descontar toda a merda em que tava mergulhado. Outras, acho que ele aceitou a corrente, e que é uma das que ele me deu de presente. Tem vezes que chego a pensar que, na verdade, ele era o pivete na história. Mas nunca me passou pela cabeça que ele deixou mesmo o moleque ir embora.

A Gringa tenta cortar o esparadrapo com os dentes, mas dói. Vai buscar uma tesoura e aí, sim, prende as pontas da bandagem para não escaparem. Enfaixada assim, parece a mão de uma boxeadora.

— Quando tento entender seu coroa, me lembro dessa história e desisto. As coisas acontecem e é isso. Mas tem algumas que duram pra sempre. Especialmente os erros. — Olha para Mandioca, depois para mim. — Seu nome é seu, e de mais ninguém.

— É um nome lindo.

Deixo o lenço em cima da mesa. O gelo fez meu rosto adormecer, não sinto os lábios nem o nariz, as pontadas de dor se acalmam, como uma respiração voltando ao normal. Tateio os cortes, prefiro descobrir meu estado com os dedos em vez de com os olhos.

— Vai ficar tudo muito pior antes de melhorar.

— Que maravilha.

Me levanto. O primeiro passo é o mais difícil, mas tento não ceder à dor, tento caminhar, me manter em movimento. Sobre a mesa, espalhamos as coisas do Rupave. O celular. Dez chaves de casas e uma de moto. Uma carteira sem documentos, mas com uma foto 3x4 de uma menininha de uns oito anos, ruiva. A foto é meio antiga. Deve ser a que fez aniversário. Papéis com números

245

de telefone. Duas camisinhas. Um pacote de chiclete de hortelã.

— O que a gente faz?

— Espera. A gente tem experiência nisso.

O lenço vai ficando encharcado conforme o gelo derrete, e a água escorre tingida de vermelho por uma das laterais da mesa. A camisa verde camuflada do papai tremula no varal. Para ele ter tirado, a peça devia estar imunda, banhada de sangue.

— Onde caralhos ele se meteu? — pergunto. — Ele não falou nada ontem?

— Não se preocupa, tenho certeza de que ele tá bem.

O celular começa a tocar e tomo um susto. Vibra sobre o balcão, avança, passa por cima da foto. A tela iluminada de azul. Loza. Mostro para a Gringa.

— Não atende.

— E se encontraram ele?

Ela franze o cenho, de dor, de dúvida ou das duas coisas. Fecha os olhos. Tamborila na mesa. O vento sopra a embalagem das gazes até ela enroscar nuns cacos de vidro. O telefone para de se mexer. Bem na borda da pia.

A Gringa parece encolher, a adrenalina a abandonando depois de arrebentar a cara do Rupave.

Será que ela sabia que tinha isso dentro dela?

O celular volta a tocar. Cai na pia entre dois pratos e um copo. Pego o telefone, agarro também a escopeta e sigo na direção da garagem. Quando me aproximo do Rupave, já desligaram. Uma mensagem: *Atende*.

Ele tem sangue respingado no rosto todo. Parece que derreteram uma vela vermelha de cinco quilos no cabelo dele. A fita isolante prendendo a camiseta na boca, o grito, o xingamento. Os braços algemados acima da cabeça. A perna me dá nojo, a pele vai demorar um tempo para crescer. Parece uma queimadura.

— No fim, você experimentou a sensação de levar um tiro de sal — digo. De novo, ruídos abafados. A fúria nos olhos. — Não tô entendendo bulhufas.

A Gringa passa por trás de mim e arranca a fita, expondo uma faixa branca de pele que contrasta com o vermelho.

— Seu sócio não para de ligar — falo. — Você vai retornar a ligação e ver o que ele quer. Eu vou ficar do seu lado e escutar. Se falar alguma coisa e eu não gostar…

— Acham que tenho medo de duas putinhas como vocês?

— Deveria — diz a Gringa. — Mas os homens não têm ideia do que é medo.

Dói agachar. Me acomodo ao lado dele.

— Você não tem culhão pra me matar. Nenhuma das duas.

— Não, culhão eu não tenho — digo. — Tenho ovários. Não sei se pra te matar, mas pra arrancar seu pinto eu tenho de sobra.

Enfio o cano da escopeta no saco dele. Boto o dedo no gatilho e a expressão do Rupave muda. Com a outra mão, faço a ligação e coloco o telefone entre nós dois.

— Finalmente — diz Loza, uma voz de velho. — Puta que pariu, por acaso você tava brincando com a buceta *palangana*?

Empurro o cano da arma, ele tenta fechar as pernas.

— Fala, Loza — continua.

Escuto uma risada, estalos, como se ele estivesse falando de um descampado. Chego um pouco mais perto, com cuidado para o maldito não me morder.

— Encontramos ele, *capelú*.

— Quem?

ÁMBAR

— Como quem? O *añamembú* do Mondragón. O Solano trombou com ele lá no rio, ele tá no rancho de Puerto Kerayvoty. Deixamos o Solano de tocaia. A gente tá indo buscar as armas. Vem que a gente arrebenta a cara desse desgraçado. Larga essa puta aí que eu te arranjo outra na volta. — Quando ele cai na gargalhada, desligo o telefone.

— Onde fica isso? — pergunto.

— Perto do porto, uns vinte quilômetros daqui — diz a Gringa.

— Cagaram — diz Rupave.

Volto para a casa, a Gringa vem atrás de mim. Tem dificuldade de caminhar.

— Você sabe andar de moto? — pergunto, vendo a chave entre as coisas do Rupave.

Ela nega com a cabeça. Inflo os pulmões, dói, expiro. *Não tenho opção*, penso comigo mesma. Vou, pego a camisa do papai do varal e a visto por cima da roupa para esconder da melhor forma possível o sangue. Rupave fala, me xinga, não dou bola. Guardo a escopeta na bolsa e a penduro no peito. A Gringa fica me olhando. Não precisa que eu explique nada.

— Se cuida — diz. — E cuida dele.

Bato na porta. Rezo para ser ele a sair. Ninguém atende, mas escuto o som de uma televisão ao fundo. Bato mais forte ainda com a mão boa. Baixam o volume, escuto passos. Abrem a porta.

— Ale… Ámbar, o que aconteceu?

Ele está sem camiseta. A cueca boxer florida aparecendo sob o elástico da bermuda.

— Um cara me arrebentou na porrada. Queria saber

onde meu coroa tava e… eu precisei falar. Quer roubar o dinheiro de uma venda dele. Preciso avisar meu pai antes que aconteça alguma coisa.

Marcos olha para mim tentando analisar que parte de tudo isso é verdade.

— Não mente pra mim, Ámbar, ou sei lá qual é seu nome.

— Não vou mentir. Não mais. Mas preciso que você me leve. Depois te explico.

Ele fecha a porta e fico falando sozinha. Imagino a caminhonete de Loza, não sei o porquê, mas imagino ele numa caminhonete, todo mundo espremido na caçamba, com armas com números raspados e uma escopeta ou outra, a música no talo e um sorriso nos lábios, o braço esticado para fora da janela com um cigarro entre os dedos, e me sinto distante do mundo.

Mas Marcos sai, vestindo uma camiseta e com as chaves na mão.

— Pra onde a gente precisa ir?

27

Dois dias atrás eu estava fantasiando com esta cena, estar assim: abraçada, grudada nele, com a cara apertada contra as costas de Marcos, o cabelo tremulando, bem longe de qualquer lugar, mas esta versão de agora é um *remake* meio tosco da cena. Em vez do perfume dele, sinto cheiro de rio e de sangue. Tecido, em vez de pele. A marca das minhas feridas impressa na camiseta dele de tanto eu me apertar contra o garoto, sem saber se é para não cair, para não sentir dor quando passamos nos buracos da estrada, ou para não deixar ele ir embora.

Mas a maior diferença é o que me agita o coração.

Olho as placas em cada estrada de terra que parte do asfalto. A ferrugem borrou alguns nomes, marcas de tiros fizeram outros ficarem ilegíveis.

Marcos não fala nada. Não tira as mãos do guidão, como se o corpo todo dele fizesse parte da moto. Se enfia num caminho longo, com árvores dos dois lados, a terra vermelha, intensa, se estica e sobe, o cheiro do rio cada vez mais forte. Tem um bote virado de ponta-cabeça num lado, letras descascadas na pintura. Um bando de pássaros muda de galho enquanto avançamos. Do outro lado da encosta, onde o caminho se divide em três, Marcos freia e tira o pé do pedal.

— O porto fica ali — diz, apontando um rancho de madeira uns duzentos metros à frente.

O Paraná flui alheio a nós dois, a todos, soa como uma interferência entre mim e ele.

Essa é a parte fácil, Âmbar: se despedir.

— Me espera — digo, e desço. A bolsa chacoalha, o barulho dos cartuchos rolando de um lado para o outro. — Eu vou só avisar ele e a gente vai embora.

— Não demora.

Ele não olha para mim. Coça o cotovelo e desgruda a camiseta das costas puxando pela gola. Mordo os lábios, esqueço que estão machucados. Não sei o que estou esperando, mas, seja o que for, ele não vai me dar.

Caminho devagar, dou alguns passos, depois sigo mais rápido, a adrenalina ou os remédios embotam a dor, corta as unhas daquilo que tenta se cravar em mim, se agarrar, que pede que eu fique quieta.

— Âmbar. — Eu posso estar errada, talvez não seja uma despedida, talvez haja alguma parte do meu rosto que não é uma ferida e ele possa me dar um beijo ali, mas me viro e ele está diferente, olhos e dedos apertados. — Você derrubou isso.

Joga algo na minha direção e apanho o objeto no ar. Quando abro a mão, vejo que é um cartucho amarelo.

— Depois te explico.

Eu poderia abrir o projétil, mostrar o sal, dizer que é um amuleto ou coisa do gênero, mas não quero mentir mais. Guardo o cartucho no bolso da camisa. Já não ando mais, corro, escuto a moto se afastando e corro mais rápido para ser eu quem está indo embora, para ser eu quem está abandonando e não sendo abandonada mais uma vez. Mentir para os outros pode ser fácil, mas mentir para você mesma é muito mais difícil.

251

Corro. Prefiro escutar as reclamações do meu corpo às da minha cabeça.

À direita surge um rancho de madeira, de costas para mim. As janelas estão bloqueadas com tábuas. Parece pintado de vermelho; o entardecer e a terra me fazem não ter muita certeza. Um pouco antes, há uma caminhonete F100 apoiada em calços de madeira. Logo à minha frente, árvores, pura mata, puro esconderijo. Canoas empilhadas, emborcadas uma em cima da outra, postes com arame farpado cercando o nada, soltos. Me lembro de que há um deles vigiando a área e analiso os arredores, mas o homem pode estar em qualquer lugar. Ou não estar.

Saco a escopeta. Escuto os pássaros, o rio, não há carros, não vejo o Neon, tenho vontade de gritar *Papai*, mas não quero delatar minha presença. Uns metros à frente do rancho há um declive íngreme, degraus escavados na terra levam a um porto de madeira, diante do qual flutua uma corda. Do outro lado da água, o Paraguai.

Não sei se cheguei cedo ou tarde demais. Os pássaros se calam e ouço alguém cantarolando, tranquilo. Uma canção de Cartola.

"O sol nascerá."

É esse o nome da porra da música.

Subo e encontro meu pai, sentado sobre um caixote de cerveja, na porta do rancho, limpando a sujeira da unha com uma faca. Usa uma regata branca, sangue seco formando um montão de ilhas no peito. Me vê e, em um movimento rápido, solta a faca. Com a mesma mão, saca o revólver.

— Pode parar aí! — diz.

— Sou eu.

Demora um momento para me reconhecer por causa

das feridas.

— Ámbar… — Ele guarda o .38 na cintura e vem até mim. — O que aconteceu?

— A gente precisa ir embora.

— Você tá bem? — Ele puxa meu queixo para conferir meu rosto. — Quem foi o filho da puta…?

— Estão vindo atrás de você — falo. Papai me solta, pisca duas vezes, como se assim pudesse me enxergar melhor. — O irmão do Mbói.

Dá um passo para trás, o olhar se perde no rio. Esfrega os braços. Um primeiro, depois o outro. Coça a tatuagem.

— A gente tem que dar no pé, pai.

— Tá tudo bem. Fica calma.

— Você não tá entendendo.

Alguns pássaros saem voando das árvores na margem, dão voltas, se perdem terra adentro.

— Sim, eu entendo. Espera…

O tiro pega tão perto que os estilhaços de madeira do rancho pinicam meu rosto. Meu pai me puxa e me enfia dentro do lugar junto dele. Os disparos perfuram a parede, desenham pontos por onde entra a luz que ilumina barris, caixas de verdura, coisas cobertas com uma lona na parede da frente, umidade, ferrugem. Lá fora, bem ao lado da porta, minha escopeta. Nem percebi que ela tinha caído. Ele se estica e pega a arma, depois a entrega para mim.

— Fica quieta e mira a porta. Entendeu? — Estala os dedos diante do meu rosto. — Ei, entendeu?

Confirmo com a cabeça. Ele se levanta, puxa a lona, vasculha a bolsa e enfia uma pistola na cintura, mais dois carregadores. De cócoras, encara o fundo da construção.

— Espera, pra onde você vai?

— Acabar com eles. Mete bala em quem entrar, Ambareté.

Meu pai sai pela porta dos fundos e a fecha. Tiros. Dele. Deles. O som de várias armas. O .38 de papai. As outras se misturam, fortes, um fuzil, pistolas, uma escopeta perdida no meio. Quantas vozes tem a morte? Tento contar quantos são pelo som das armas. Três ou quatro. Contra papai, sozinho.

Dependuro a bolsa e a deixo à mão, aberta. Me acomodo num canto. Continuam disparando, furando a parede que me protege. Uma escopeta arranca um pedaço da madeira, e o entardecer entra como uma explosão de luz.

Quando todos se calam, as armas se esvaziam, as cápsulas caem no chão, dá para ouvir como o Paraná flui, à deriva.

Fica tudo à deriva.

Aproveito um buraco na parede para olhar lá fora. Encontro meu pai escondido atrás da F100 contra a qual disparam. Dois deles, do outro lado da trilha, se protegem atrás da pilha de canoas. Um tem uma barriga tão enorme que precisaria do Titanic para se cobrir. O outro é velho, se levanta e dispara com uma metralhadora pequenininha. O tal Loza, imagino. Um terceiro se aproxima rente ao rio, dá uns passos, apoia um joelho no chão, recarrega um fuzil. O carregador escorrega e cai da mão dele. Antes que ele consiga recolher, um projétil o acerta no pescoço e ele despenca, aperta a garganta, o sangue jorra com força para cima, um homem que virou um gêiser, a pressão cede, os braços caem.

Os outros metralham meu pai. O ruído do metal atingido é atordoante. Xingamentos em guarani, em espanhol, desesperados, mais que palavrões, são rezas.

O gordo tenta seguir por uma lateral, tropeça e cai. Quando se levanta, tem uma cerca de arame farpado cravada bem no meio da barriga, os postes balançam quando ele se move. Parece uma marionete esquisita com fios de arame, que se enfincam cada vez mais. Papai não atira nele, morre de rir. O gordo corre sem saber muito bem o que fazer, duas linhas vermelhas brotando onde foi perfurado pelo arame. Ele agita as mãos, se corta, solta gritinhos.

Não quero ver mais a cena e me agacho. Fico mirando a porta, só isso, é a única coisa que preciso fazer, mas a escopeta é pesada, o suor escorre pelo rosto, o cabelo gruda na minha cara, faz as feridas arderem. Me seco com a bandagem da mão. Meus ouvidos latejam, as mãos, a cabeça, e há tiros e gritos, se sobrepõem, se perdem. Escuto uma pancada na cabana, mas não sei muito bem onde. Pelo canto do olho, vejo algo passar pela porta. Talvez tenha imaginado. Há ruídos. Próximos. Acho. Os tiros distorcem tudo. Os pássaros chiam, voam, desnudam os galhos.

O entardecer entra pelos furos na parede e pinta manchinhas no chão, como se houvesse um monte de velas acesas ali. E uma delas se apaga, depois volta a acender, e é outra que se apaga, onde um corpo avança rodeando a casa para pegar papai pelas costas.

Me levanto, os joelhos tremem. Caminho com o cuidado de não pisar em nada, de não fazer barulho. Abro a porta com o ombro, devagar, procuro o sujeito, mas só vejo árvores, sombras, outros carros abandonados, enferrujados como se tivessem nascido desta terra vermelha. Papai surge por cima do capô da caminhonete olhando para o outro lado. Alguém agoniza um pouco mais à frente, não sei se é o gordo ou o velho. Já não há mais tiros.

Papai avança, agachado, uma das mãos no chão, a outra, a da arma, apoiada na caminhonete. Dá um passo, o som metálico da coronha contra a lataria. Escuto o estalar de alguns galhos. Vejo o homem se desgrudar da escuridão, deixar de ser sombra pouco a pouco, um braço, um ombro, meio corpo, a mão com a arma se levantando à procura do meu pai. Atiro, mas não acerto. O sujeito gira, mira em mim. Não vejo o rosto dele. O segundo balaço da escopeta pega nele, mas parece só um empurrão no ombro, ele volta a erguer a arma, atira. Aperto o gatilho, atinjo ele em cheio, recarrego, a escopeta ruge uma vez, outra, mais outra, até acabarem os cartuchos. O homem fica esparramado no chão. Vivo. Desarmado, mas vivo. Há pedaços de carne dele espalhados ao redor, como se ele fosse um saco cheio de lixo que um cachorro rasgou e cujo conteúdo espalhou por aí.

Papai olha para ele, chuta a arma mais para longe. Não sabe que o homem já não tem mais dedos com os quais segurar qualquer coisa. Me pergunta se eu estou bem, mas não consigo responder com a boca e faço que sim com a cabeça ou com um piscar de olhos, não sei. Não percebo que ainda estou mirando a escopeta até que ele empurra o cano para baixo.

— Fica aqui.

Meu pai caminha até o outro lado, até os gritos do velho que agoniza mais à frente, se agacha, escuto o murmúrio da voz dele, ele ri. Depois atira. Duas vezes. Alguns pássaros saem voando como uma cicatriz no céu.

O que eu desarmei tenta tatear a lateral do corpo, onde falta metade da barriga, sinto um cheiro de merda saindo das tripas. Algumas palavras lhe escapam pela boca e, antes que possam sair por completo, são afogadas no sangue que ele cospe, que tosse, que cai em seu peito.

Ele olha para mim, os olhos negros como poços, como se mais que se refletir neles, fosse possível cair e cair. E nunca mais sair de lá de dentro.

Papai mete três tiros no rosto do sujeito para que a morte compartilhe o sobrenome com ele, mas tenha seu nome.

Já não tem mais olhos com os quais me olhar.

Já não estou mais aqui.

— É que ele viu nossa cara — diz meu pai.

É a melhor mentira que já me contou.

Deixo a escopeta cair para o lado e me sento na terra, apoio a cabeça contra a madeira. Fecho os olhos, escuto o rio. Fico incomodada com ele seguir alheio. A tudo. Ou com o fato de que não está me levando. Para longe.

Papai se agacha e revista os corpos, as carteiras, os pescoços, procura uma tatuagem.

— Nenhum deles é o irmão do Mbói.

— Não — digo. — Ele tá algemado no quintal da Ámbar.

As palavras saem sozinhas, nem penso nelas, só saem e pronto. Ele continua como se nada tivesse acontecido, arrasta o cadáver do velho e coloca ele ao lado do outro. Limpa as mãos no jeans. Para ao meu lado, vê que estou olhando para ele e só então fecha os olhos, a ficha dele cai, meu pai infla o pulmão e sopra pela boca.

— Como ela tá?

— Viva.

Espanta uma mosca das mãos ensanguentadas.

— Depois te explico — diz ele, e vai juntar as armas dos mortos.

Os cartuchos vermelhos me cercam, como pétalas de flores artificiais que alguém deixou em uma tumba, a minha. Pego um e depois o jogo para longe.

E outro.

E mais outro.

Todos.

"Depois te explico" é a frase de quem não tem nada o que explicar.

Ao longe, perdido entre todos os carros abandonados, encontro o Neon. Folhas de árvores acumuladas no para-brisa. Faz um tempo que está aqui. Paro, dou a volta, meu ombro dói por conta do coice da escopeta. Massageio a área. Daqui um tempo, quando o sangue esfriar, vai doer para um caralho.

Apoiada contra o rancho, vejo papai jogar as armas na água, um ruído afogado. O som do fuzil lembra o de uma criança pulando na piscina. Meu pai se agacha e limpa o sangue no rio, uma mancha vermelha arrastada pela corrente. Olha para um dos lados. Há um zumbido crescente, um motor se aproximando. Ele para, cobre os olhos com a mão, a sombra meio desfeita na corrente. Sobe trotando. Faz um sinal para que eu entre na construção.

— O que foi?

— Nada — diz. — Pra dentro.

Entramos. Ele se agacha, arrasta mais um pouco a lona, puxa. Fico espiando por um dos buracos na madeira. Uma lancha com dois sujeitos estaciona no molhe. Bermudas, óculos de sol, um de camisa florida, o outro com uma camiseta de futebol. Um saco de lixo entre os pés, um remo mais atrás e uma escopeta no meio.

— Que merda é essa? — pergunto.

Meu pai não responde. Sai com um saco de presentes do Papai Noel pendurado no ombro. Um revólver calibre .45 às costas. O da camisa florida levanta a mão. O outro pega a corda e amarra a lancha. Me levanto, pego a escopeta e volto. Papai chega ao cais e tira o saco do ombro como se estivesse jogando um morto no chão.

— Mondragón? — pergunta o da camisa florida. O português deforma a pronúncia do sobrenome.

— Eu mesmo.

Abro a bolsa, pego um cartucho. Ele cai das minhas mãos. Não sei onde vai parar.

— O que aconteceu com o Mbói? — diz o outro, em um espanhol anasalado. A camiseta é listrada de branco e preto.

— Ele teve uma crise.

— De que tipo?

— De fé. Se deu conta de que essa vida não era mais pra ele.

Os homens riem. O da camiseta listrada olha para os lados, para a cabana.

— Não tem nada a ver com os tiros que tavam rolando aqui?

— Não faço ideia — diz papai. — Talvez estivessem festejando o Ano-Novo guarani.

Tem tantas moscas aqui dentro que fica difícil escutar.

— Trouxe o negócio?

Papai aponta o saco com o pé. O da camisa florida pega, enfia a mão dentro como se estivesse procurando um presente específico. Tira uma lajota de pó branco, que perfura com uma faca.

— Foi mal se eu não confio.

— Cara, fica à vontade — diz papai.

Finge que ajeita a calça e acomoda o .45 para que ele fique à mão. O da camisa florida tira um pouco do material no fio da faca, solta um assovio. O da camiseta listrada faz um sinal para que o outro lhe passe a faca e aspira o pó.

— Por que o Papai Noel não era assim quando eu era pequeno?

O da camisa florida pega a faca e dá mais uma cheirada.

— Isso é meu? — diz papai.

O homem joga o saco de lixo para ele. Papai o pega no ar, abre, vê o conteúdo. Tira um maço de dinheiro. Devolve para o saco, joga ele no chão e, com os pés, o empurra um pouco para trás. Mantém a mão na cintura.

— Você é o Mondragón que trabalhava com o Vasco Caneyada?

A cocaína ficou grudada no suor entre o nariz e os lábios do homem, e ele lambe os beiços como um cachorro.

— Faz muito tempo.

— Falaram de você pra gente.

— Não acreditem em tudo que falam por aí.

— Porra, mas se dez por cento for verdade, você é tudo de que a gente precisa — diz o da camiseta listrada. — A única coisa que me deixa meio assim é a tatuagem. A gente não curte trabalhar com pessoas tatuadas.

— Era isso que a gente não gostava no Mbói.

— Eu concordo — diz papai. — Mas, sabem como é, a gente que fica sempre perambulando de um lado pro outro precisa levar um pedaço do nosso lar junto.

Cara de pau.

Fico tão brava que só consigo escutar minha respiração. As moscas param de rodear e se concentram na lona. Embaixo da parte dela que papai arrastou, dá para ver dois pés.

— Você consegue mais disso?

— Se vocês conseguirem mais *pirapire*, é Natal o ano todo.

— Você tem nosso número.

Puxo o resto da lona toda e revelo um sujeito sem camisa e de calça jeans, virado para cima, as mãos algemadas, cicatrizes, o rosto todo machucado. Reconheço ele pela tatuagem de serpente. Ela se enrola pelo antebraço e termina expondo as presas na mão. Presas e uma cabeça que me dizem que, na realidade, é uma víbora. Um enxame de moscas voa do rosto dele, metade destroçado. Vêm para cima de mim, eu as espanto, recuo, até trombar com a outra parede. Elas escapam pelos furos de bala levando parte da escuridão e, enfim, consigo ver bem o que resta do Mbói.

Nunca vou conhecer o rosto do homem que meteu a gente nessa confusão.

Mentira.

Eu já conheço.

Conheço bem demais.

Uma lancha se afasta, os dois sujeitos assoviam. O sol reflete na superfície do Paraná, que parece um monte de cacos de vidro. Papai se agacha em uma das laterais da construção, tira os maços de dinheiro e os coloca um ao lado do outro na terra. Conta, empilha tudo. É um montão de dinheiro.

Papai também solta um assovio, desafinado.

— Agora, sim — diz ele. — Agora, sim. Recomeçar do zero é bobagem, mas recomeçar com tudo isso é outra coisa. O que acha, sardentinha?

Quero xingar ele sem parar, mas ainda estou no que chamam de "o momento", a cabeça não consegue processar tudo. Não sei o que fazer com as mãos, elas tremem, enfio elas nos bolsos. Encontro o cartucho que Marcos jogou para mim. De tanto apertar, abro um machucado na palma. A bandagem e o amarelo do cartucho ficam vermelhos. Tudo fica vermelho. Imagino a quantidade de balas que passaram por esses mesmos bolsos, a quantidade de morte que deve ter entrado em um espaço tão pequeno. A que ainda falta. A que ainda vai vir.

Não consigo deixar de pensar que Mbói está morto há um tempo, que a gente já podia ter ido embora, que, enquanto ele negociava, esperava, assoviava Cartola, quase nos mataram, ela, a mim, a mim duas vezes, que papai sempre faz um desvio antes de voltar para casa. Penso no próximo documento falso, no próximo "depois te explico", no próximo "algum dia você vai me entender".

Agora entendo meu pai. Entendo por completo. Das cicatrizes na cabeça até a tatuagem com o meu nome.

Quando paro diante dele, estou com a escopeta em mãos. Carrego o cartucho, meio amarelo, meio vermelho.

— Ei, coroa.

— O que foi, Ambareté?

Ele levanta a cabeça. O tiro lhe arranca a tatuagem, a pele, mastiga a carne, cospe tinta, um hibisco continua inteiro, traços pretos soltos, pontos. Onde antes havia *Ámbar*, agora há só mais uma cicatriz.

Ele agarra o braço, grita. Algumas notas voam como papel picado na direção do rio.

— O que você fez, pirralha? Vai se foder!

— Eu? Você fez isso a si mesmo.

Passo ao lado dele, a respiração do meu pai contra a terra levanta nuvens de poeira vermelha. Me agacho e guardo alguns maços de dinheiro na bolsa, junto da escopeta. Dos bolsos dele, pego a chave do Neon. Ele tenta me agarrar, mas me desvencilho. Escapo de seus dedos. Jogo tudo no banco do carona. Dou a partida.

Ele grita. Xinga.

Agora mais nada tem meu nome na língua.

Agora meu nome é só um xingamento.

Quando chego à estrada, solto a bandagem, penduro a mão para fora da janela e deixo o vento terminar de arrancá-la. A pele arde. Me olho no retrovisor e vejo, pela primeira vez, as feridas, o lábio deformado, o nariz inchado, os cortes na maçã do rosto. As lágrimas escorrem, arrastam o sangue, se tingem.

O entardecer pinta tudo de laranja e rosa mais adiante.

No meu rosto, só há violeta, vermelho e preto.

No meu rosto, já é noite.

28

A etiqueta da camiseta me incomoda e não vejo a hora de poder arrancar. Por mais leve que seja, o tecido gruda em mim por causa do calor. O verão não entende que já é março, hora de se recolher. Insiste em continuar com a gente.

Experimento uma terceira colherada de açúcar para tirar o gosto de queimado do café. Tem poucas coisas mais horríveis que café de posto de gasolina, um treco que só fica aceitável quando estamos esperando algo. Ninguém arriscaria o estômago por um se não tivesse que enrolar, matar o tempo. O da ida é mais gostoso, o da volta é combustível. O meu só é algo queimado. Misturo. Bastante. Deixo a colherinha dar voltas, travar, ser puxada pela corrente e enfim parar. O vento balança meu cabelo, os galhos de uma árvore, a sombra que compartilhamos se move no chão, pequenos buracos de luz entre as folhas e minhas mechas. A luz na terra é algo que falta, um furo.

Uma lufada de vento derruba a folha de papel e a caneta. Me agacho e pego ambas. Leio o que escrevi. Um montão de palavras para dar nome ao que sinto. Uma maneira de entender. Todas riscadas.

Não vejo sentido em nada do que aconteceu. Achava que o tempo daria forma a isso, ordem, um significado.

Talvez a única forma possível seja uma cicatriz. A da mão ocupa toda a largura da palma. Ainda fico surpresa quando a vejo. É fininha e só um pouco alta. Só dá para identificar melhor apalpando. De longe, poderia ser confundida com mais uma linha. Tenho outra pequenininha no canto dos lábios, que cada vez que sorrio desaparece em uma ruga.

Talvez a única resposta seja sorrir.

Penso no que vou dizer ao garoto que me der a mão, que história vou inventar sobre o corte que a atravessa, se algum dia vou amar tanto alguém a ponto de não mentir.

Aqui, a estrada se transforma em avenida, atravessa o vilarejo. Do outro lado, há umas meninas da minha idade com jalecos brancos. As mochilas penduradas nas costas. Alguns garotos vão atrás. Olho para o meu braço, alguns pontos negros manchados de tanto bater a caneta procurando uma palavra. Transformo os pontos em manchas, uma, outra, faço minha pele virar uma pelagem.

Talvez eu possa escrever melhor minha história na pele do que em um papel.

Jogo a folha no lixo.

— Ámbar.

Pisco, meus olhos se focam, vejo Méndez. Ele me chama e cubro os vinte metros que nos separam. Ele se afasta mancando. Uma das bainhas do macacão do sujeito está mais gasta do que a outra. Nunca soube como ele quebrou a perna — ou como a quebraram. Pego a bolsa e a penduro no peito. Ainda não tive coragem de contar o dinheiro. Alcanço Méndez antes de cruzar a estrada. Ele cambaleia, procura alguma coisa em que se apoiar e ofereço o ombro.

— Valeu, moçoila — diz ele. — A umidade tá de matar hoje.

ÁMBAR

Talvez as únicas coisas que sirvam, que tenham algum sentido, sejam as que fazemos sem pensar, espontâneas.

— Aqui ela tá sempre de matar. Você devia se mudar.

Ele abre um sorriso meio torto.

— Já pensei nisso.

Méndez continua me usando de muleta depois que entramos na oficina mecânica. Um homem trabalhando em um fosso, correntes, pôsteres de times de futebol nas paredes. Ferramentas penduradas em pregos, luzes portáteis penduradas sobre peças sujas de graxa que não tenho nem ideia do que são.

— Você também vai fazer uma tatuagem? — diz ele, olhando as manchas de tinta.

— É uma possibilidade.

Ele chia. A saliva solta um barulho de mate terminando.

— Seu coroa não vai gostar nem um pouco disso.

— Ele que se foda.

O homem faz um sinal para que a gente passe entre dois fossos.

— Você não sabe onde ele tá?

— Longe, acho.

Não para de falar até atravessarmos a oficina. Me explica sobre motores, ajustes que fez no carro. Conta de uma prima que mora em Buenos Aires e que posso visitar se não tiver onde ficar.

— Coloquei todos os documentos no porta-luvas. *Tudo legal*. Valeu pela carona — diz ele. Solta meu ombro, se apoia em uma mesa. Pega a chave e me entrega.

O Neon está lá fora, brilhando sob o sol. Recém-pintado.

— É o tom de vermelho que você queria? — pergunta ele.

266

— Exatamente esse.

Pago, e ele guarda o dinheiro num bolso do macacão.

— Boa viagem, Ámbar.

Coloco a bolsa no porta-malas e embarco.

A cicatriz estica a pele da palma quando fecho a mão ao redor do volante. Algum dia, ela vai ser incorporada. Vai deixar de ser novidade. Será minha, outra parte do meu corpo. Olho a tinta da caneta, esparramada no braço, inconclusa, pura possibilidade.

Penso que, a partir de agora, vou escolher a forma das minhas cicatrizes.

Parto com o Neon. No primeiro banheiro decente que encontrar, vou arrancar a etiqueta desta camiseta. Entro na estrada. Me misturo ao resto do trânsito. Sou parte de algo. Apoio o braço na janela. O sol se deita na minha pele.

Tenho mil quilômetros para escolher a forma da minha cicatriz favorita.

SAFRA VERMELHA